愛的叮嚀

于德蘭著

Loving reminders

by Teresa Yu Yeh

文學叢刊

文史哲出版社印行

謹以此書獻給

我的母親

張秀亞教授（1919-2001）

如玫瑰花雨般
——愛的叮嚀

母親對孩子的愛是天下最無私，最無保留及沒有任何條件的愛。她心中對子女的關心呵護永無止境，她時時關懷、囑咐，成爲串串密密的叮嚀……。

以前我母親就常說，「外面冷，多穿點兒。」「出外要小心，開車要小心。」「吃好一點。」「作事不要急，事緩則圓。」「要懂得休息，不要太累。」……等等。

無論你長大了，自以爲已很能幹了，只要母親在一天，在她的心裡，你永遠是長不大的孩子，她永遠不斷地給你無數的愛之叮嚀……。

今年六月二十九日是我母親張秀亞教授去世十周年的日子。十年的時光，一個小樹苗也長成大樹了，驚覺和風在母親的墓上已吹過近十年的春、夏、秋、冬……。

正在思索時，怡之阿姨打電話又寫信來，她說我在媽媽走後寫了不少思念文字，可不可以今年彙集成書來紀念母親？老阿姨句句懇切誠摯的話語，她對我母親的深切友情使我非常感動……。一直也有些友人提過，希望我將刊出的一些散篇印成書。母親生前常鼓勵並喜歡我多提筆爲文，出書來紀念母親十分有意義，相信媽媽在天上一定會很高興。

母親一生七十年全心美文耕耘，從未放下寫作的筆，有「全才之筆」美譽的她，寫作生活及信仰的心路歷程，在我追念母親的文字中多少有些呈現。我覺得最難能可貴的是，她如何突破及超越自身的苦痛，用她的一枝筆打動、撫慰了不知多少讀者的心靈……。

這本書內有多年來我爲母親寫的文字，加上一些生活感懷的散文，或許可看出在不同時期生活的背影及軌跡，還有旅遊印象，小說以及人物素描等文，都是曾在國內外各報章雜誌發表過的文章。

文史哲出版社發行人彭正雄先生有個非常好的建議，他問有沒有母親的手稿字跡？可印在書裡給讀者看。母親生前寫得一手清麗脫俗的漂亮好字，但她爲人謙遜，除了收過她親筆信、稿的文友及編輯們知道，很少公開。思及以前她到美國來探親時，她在我的許多畫作上用毛筆題字，我朋友來求字時，媽媽也非常高興爲她們寫字。我每次爲她在桌上鋪好宣紙，磨墨、潤筆，她常喜歡寫一些詩詞短文，在我的回憶中那是母親非常快樂的一段時光。我仍記得當時她臉上愉悅溫煦的笑容。

書內我收了母親一篇散文，「星夜」（刊在聯副上的），是母親寫大畫家梵谷的畫。以前她常對我說到梵谷的畫，尤其是他晚期的作品，筆觸色彩均十分強烈，充滿了生命力！那力量像要從畫布中跳出來似的。我們曾和友人到法國南部普羅旺斯，在一名叫 Arles 的城市旅遊，大畫家的「星夜」「向日葵」等名畫都是在那小城完成的。我們還沿著畫家走過的小道，走到梵谷生命後期養病待過的醫院，也是爲了母親欣賞的這位天才畫家，一探個究竟。這篇「星夜」以前未曾結集在單行本中，另一首「月」是母親寫給我的小詩，也一起收入書內，給讀友欣賞。

在此書中有一些寫我大伯父于斌樞機的文字。大伯父一生爲國、爲教、爲人的貢獻太多了。他雖身爲天主教的領袖，他助人不分宗教，只要有人需要幫助，他均全力以赴地助人，令人嘆服。書內文中大至于樞機爭取在美、加華僑居留的權益，也有許多大人物人情味的小故事與讀者分享。

我也寫我熟悉的長輩們，如音樂家黃友棣，作家徐鍾珮、孫如陵、葉蘋、王藍、王怡之等多位，還有前美國勞工部長趙小蘭，所書寫的人物不但在各自領域中有傑出成就，更有許多值得後生瞭解學習的地方。

在母親去世十周年將屆之時，我思及念及母親親切的話語、文字，對我們無數之愛的叮嚀就如芳香的玫瑰花雨般散落下來，憶之時時溫暖我們的心。這些感情串成的篇章也希望能帶給讀友們溫暖。

感謝文史哲彭發行人樂意出版這本書，呈現給讀者們。

于德蘭

二〇一一年五月於美國加州

愛的叮嚀

目　次

小小說……

張秀亞女士作品特輯

梵谷的星夜

有人問過海明威，愛讀誰的作品？

他答說，畫家梵谷是他「嗜讀」的作家之一。

有星的夜
有夢的日子
開花的大地
——在藝術家的筆下
是畫等號的

在異國旅遊中，藍得有點像古銅器的天空下，我常常思念起在台北的日子，屋簷擎托著的夜色，和階前陶土鉢子裡，那有如藍色詩箋的鳶尾花。

手邊那本梵谷的畫集，像是安慰我的思家，為我展現出一片星夜，那多像我那小樓窗外，群星呢喃的夜啊。

誰能確切的斷定：這是一幅畫，還是一篇小說？——自天地初分的混茫時代，續寫到此刻的長篇小說？

星夜，在這本畫冊上標出的題目是Starry Night，是大自然的傑作，又被畫家梵谷技巧的重現於紙上了，那時他住在阿勒（Arles），在那個美好的地方，他得到了充沛的靈感。

這幅星夜，在意味上是抒情的，而卻充滿了戲劇性的撼人的力量。格外顯得特殊的，是那使我們的眼簾顫抖的色彩，一片碧藍，金星閃爍，含蘊著創作的奇祕。

這當然是一幅畫，卻又可以說：對人生、對美懷有如焚熱情的梵谷，以他熾燃的心靈，在如絨的夜幕上，灼出了幾個大小不同的焰洞——星星，注視片刻，我們不禁感到一股溫熱，且溫習了一遍梵谷感情生活的歷程，而末了，他筆下的世界又漸漸的幻化了，那一抹藍碧，凝成了我們童年時井欄邊的苔痕，那星光，卻神奇的化作新汲水來的木桶底，漏下來的幾滴沁涼的井水。正好用來敷在天空與心靈被灼傷的角落。

再向這幅畫凝望片刻，我們會聽到一個聲音：

暮色
已經走到屋子裡
燈還沒有上呢。

於是，一個黃昏，一個久違了的美好的黃昏，它沙沙的腳步細響，似是漸漸的逼近了——

和它一起走進來的，是那個以藍空爲衫子，目光如星辰，名字好像又叫井的孩子，他說：

「我爲你們讀一篇北歐的黃昏的故事！」

他說著，打開了手中那本書的封面，那封面似是浮漾著菖煙般的紫色的。（那書冊，好像是多少年前商務印書館出版的一本舊雜誌——《小說月報》。你也許會記得。）

於是，一個美好、曲折、可愛的黃昏故事開始了：

我還記得，那個故事的女主角名叫瑪格，她是可愛而又年輕的。她的手腕上繫有串金屬片綴成的手鐶，每一個光片上，印有一圈小小的黃昏光影。

呵，對了，梵谷的畫「星夜」中，浮現著的正是十二顆星星，那女孩腕際叮咚作響的金屬片的數目，好像也正好是那麼多。

在星影下，那故事被她柔聲的唸了出來，伴了她自己添加上的那開頭的詩句：

尋夢草

開著星星一樣的花。

然後，那本書闔了起來，他們又到那不遠的藍色水邊，那道白石橋上，去尋找那掉落在橋頭的星光——那些閃亮的小燈。

這個故事的結尾，自然又是那一聲空空洞洞的「再見」，而書中的故事，在歲月的衝擊下，也漸漸的變得老了，舊了，被夾進歷史篇頁的摺痕中。沒有被遺忘的，只有那個可愛的題目「黃昏的故事」，因爲，它和黃昏的星影一樣，時時由梵谷的這幅畫向人們一遍遍的提示。

在宛如奇蹟的情形下，梵谷的這張畫受到廣泛的喜愛：深藍的夜，十二顆星星，其中有幾顆星子是拖著記憶的光尾的。星子，華美得像雛菊，有閃亮的金色心子；又如蒲公英那些愛飛翔的籽粒，帶著不可逼視的光芒，帶著舊夢，飛過一方方不寐的窗子，化作一陣無聲而甘美的耳語：

莊生與蝴蝶
無從辨析，
喜悅與悲哀
每是並蒂。

是呵，那陣耳語，是來自那些星星，那黃昏河邊石橋上的燈影，伴著遲遲的步履，伴著銀河畔搗衣的回聲——這聲音，被你、被我、被今夕一切舉目看星星的人都聽到了，也許，這可以說是一個無始無終故事的章節，星星們每次只向我們吐訴小小的一段。

每個晴夜，星星帶著閃爍的光的語言，橫空而過，似不勝情感的負荷，卻在流轉中被梵谷畫面一側的絲杉承接住了。

絲杉，是多次出現在梵谷筆下的可愛形象，這美好的植物，看來如一把豎琴，再度將夜變成歌曲。

杉樹佇立一旁，更顯得頭上群星灼灼，不由得使人聯想到敦煌石室的壁畫——那極富聲音之美的、漫天飛翔的各種樂器——多麼神妙的構圖，當初，那位古代的藝術家一定萌發了眾星歌唱的意念了，這與梵谷的星夜，無疑是一種奇妙的巧合。

杉樹對面，地平線上，是一排淡藍、淒綠的小屋（只有一家屋頂閃爍著橙黃），這些和巨大的星影不成比例的小小屋宇，又將我們自天上的光華中引回到人間，那黯然的綠藍，與帶有喜悅意味的橙黃，可是代表著人們心中不同的景色嗎？當然，那整齊的輪廓線，也說明了平衡、和諧、固定的方位與井然的秩序。

這星夜，有著形而上的境界，同時，也使我們窺見了梵谷心靈的一隅。

星星，原是時來我窗前問訊的友伴，印證著梵谷的傑作「星夜」，我更體會出康德名言的奧義：

在我頭上者，
閃爍之眾星。

眾星所啓示的，豈止是歷歷、井然、清明的境界，以及美好與秩序？我們不會忘記了星星引起的這位哲學家的聯想，緊接著，在下一句他不是說嗎：

在我心中者，

道德之法則。

寫到這裡，我不禁又想到我國古代哲人的令人讚美的生活態度「澄懷觀道」，一片藍空，象徵的乃是澄澈的襟懷，而閃爍的群星，則是宇宙大法，生活律則的最好說明書呵。

月

——給蘭蘭

暮色染深了山色
歸鳥輕拭著流雲
黃昏正在臨水洗她的紫衣
聽到水上傳來大伽藍的鐘音

夜合花低眉沉思
蝙蝠空尋著失落的日影
是誰在天藍的搖床邊輕喚
小天使們才一起張開了
金色的甜蜜眼睛

夜已悄化作美麗的黑蛾
撲上沒有燃亮的藍燈
又在你更黑的辮髮上遊戲
小蘭蘭
解掉你花邊裯的小圍涎
貼近媽咪，貼近窗
等月光在你小心版上
第一次寫下銀色的詩

張秀亞女士手稿

今宵疏落漁舟隔上
帆上鬼一般陰迷
只有雲根幾片白露
悄悄的沾濕了人衣

為了尋覓詩句
夜夜住了小船
螢火稀引飛餘夢
徽月半渡溪頭

秋　夕

中華民國六十五年
二月嫩自撰鈔贈嫉嫉
上小詩二首自遣

張秀亞

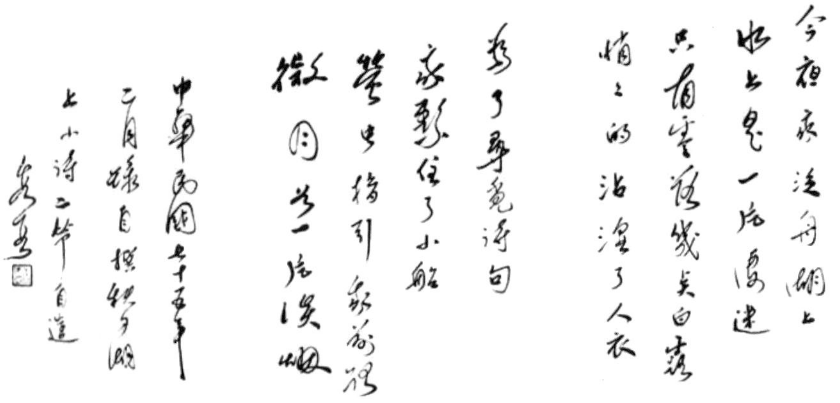

今宵疏雨舟湖上

好上兒一片濛迷

只有雲飛幾朵白露

悄之的沾濕了人衣

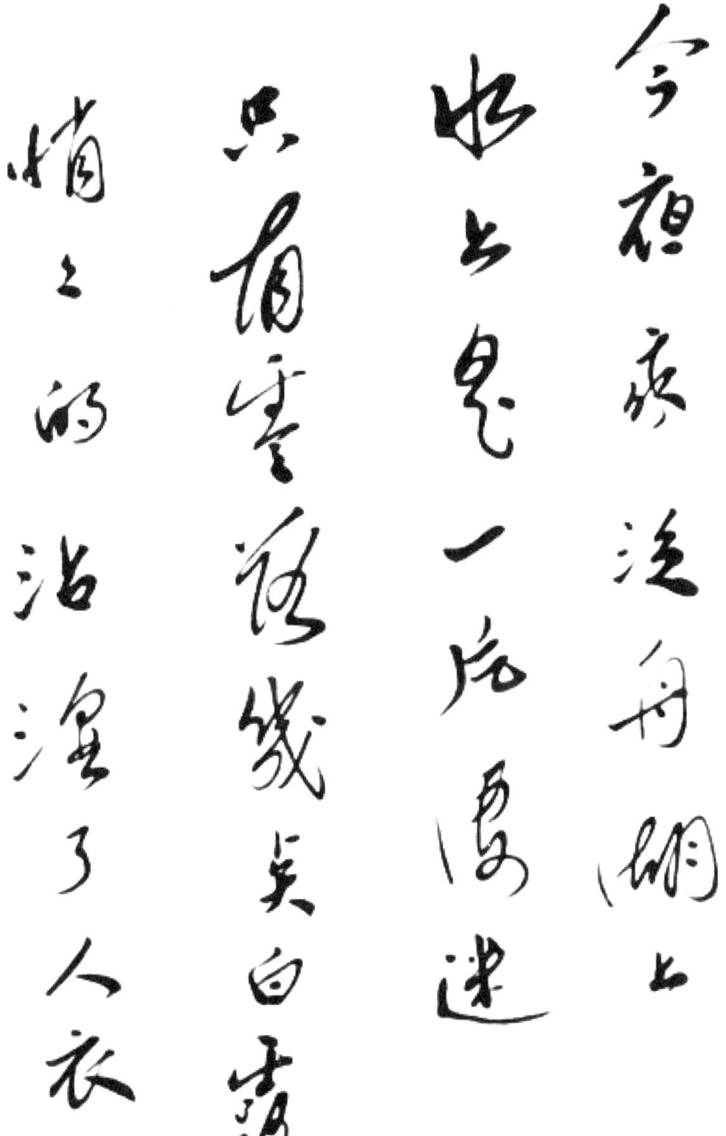

為了爭覓詩句

亦歌住了小船

筆也橋引起荷鴉

微雨為一陣淡煙

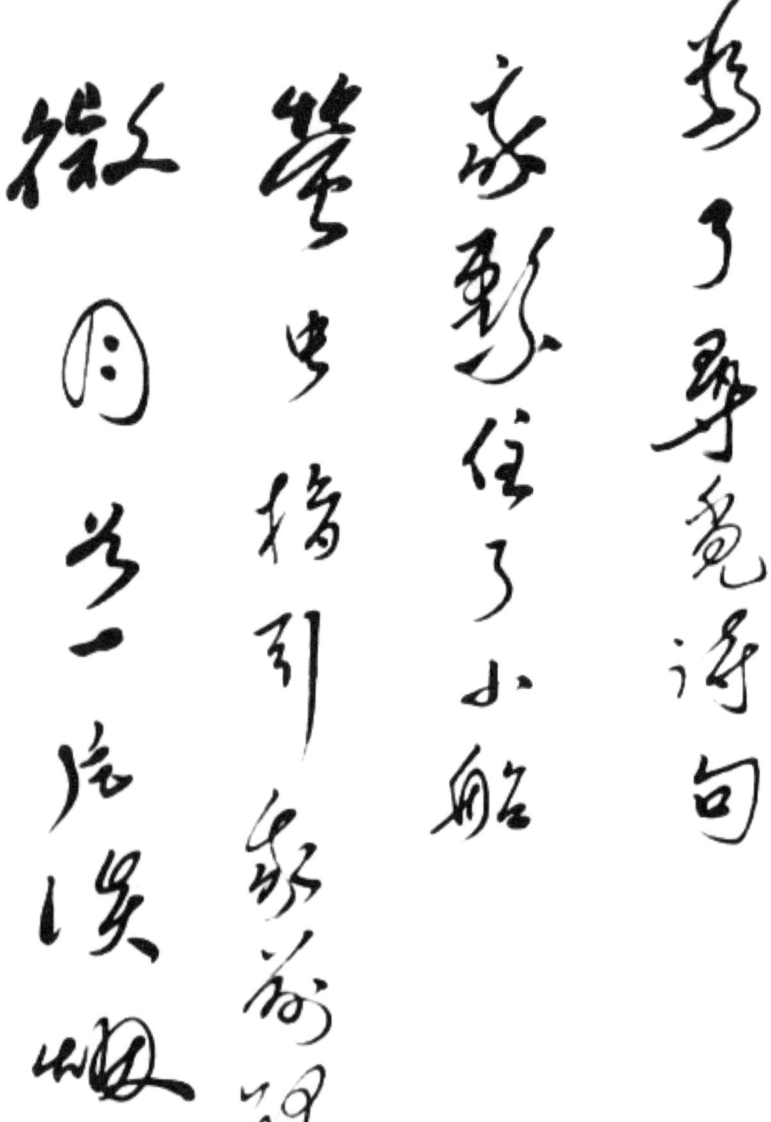

25　張秀亞女士手稿等

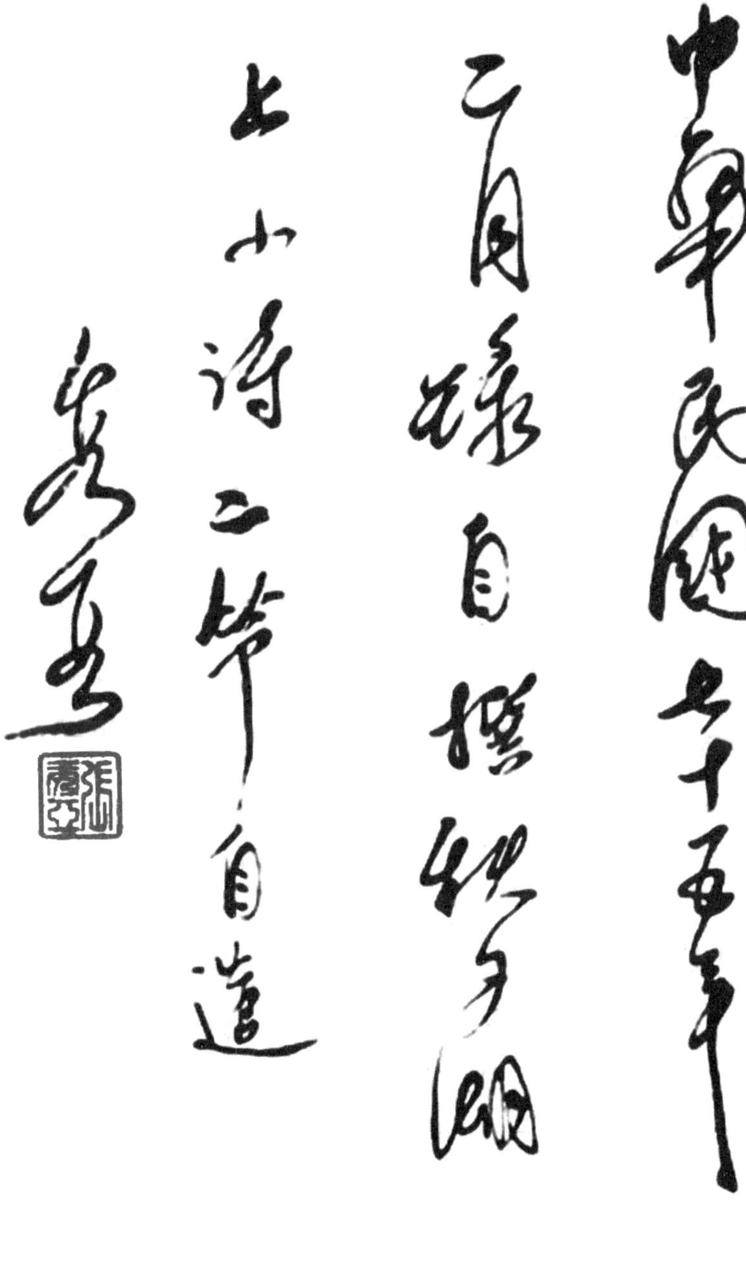

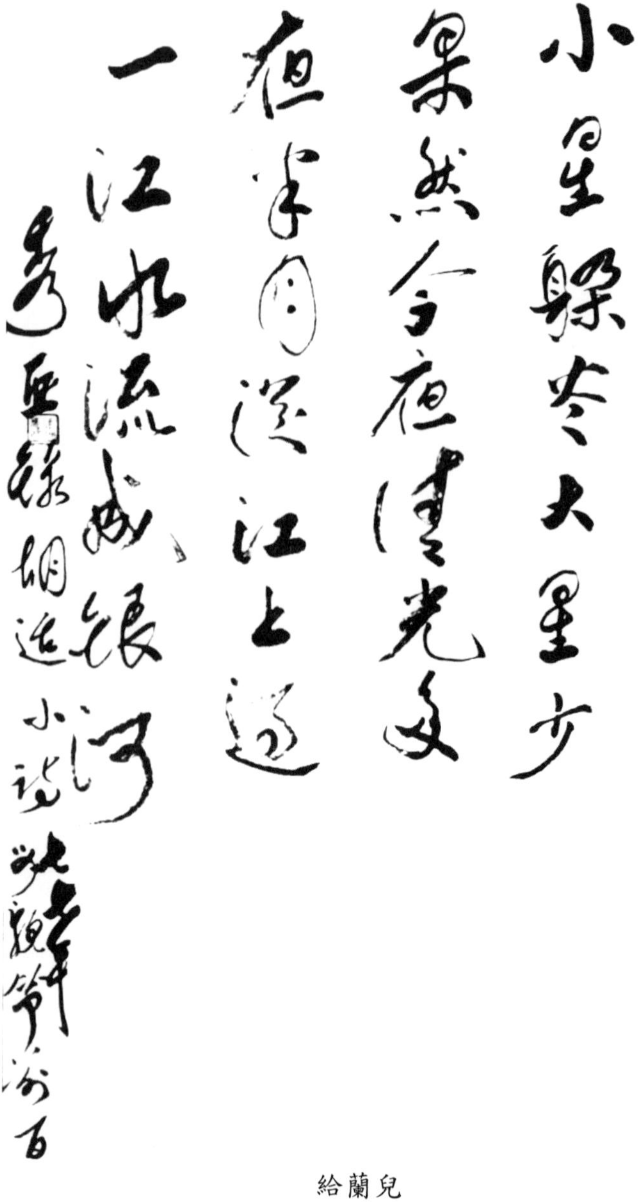

給蘭兒
錄胡適小詩七十七年母親節前一日

以寫方塊「心井」筆名為女兒畫題字

慈母篇

甜蜜的星光——寄給母親

——張秀亞女士的文學與生活

以清淡秀雅、雋永感人的筆調著稱的張秀亞女士，是國內重要的散文大家，著有《三色堇》、《北窗下》等八十多部令人咀嚼再三的作品。今年六月二十九日，她在家人陪伴下安詳辭世，享年八十三歲。本文為秀亞女士的小女兒之作，情真而意摯，聯副特以此文向畢生獻身文學的秀亞女士致敬，並與讀者一起再次端詳這位文如其人的作家，以表達深切的懷念。（編者）

親愛的媽媽，您離開我們及您熱愛的世界後二日，我們大夥兒傍晚時去散步、解悶，哥哥指著夜空說：「媽媽現在在天上了！」我往天一望，看到眾星環繞成圓圈，瞬時間，我感到我們對您的思念與愛都變成了小星星環繞著您，永遠做您周圍「甜蜜的星光」（您的句子）啊。

病發前仍惦念有二短篇及一長篇要寫

您一生獻身文學，今年五月四日文藝節，中國文藝協會頒您終身成就獎章，您因身體不適，不克返台，想不到竟在五四那天入院治療肺部積水。這個巧合，印證了您從在中學「小亞子」（您中學同學對您的暱稱）時代一直到了人生最後一程均是與文藝有關的。去醫院之前您還說，您仍有兩個短篇及一個長篇要寫，您一生念念不忘的就是文學，現在您書桌上仍有未完成的小詩作，看了多麼令人心傷！

您是位最慈愛體貼的母親，在您住院將近兩個月的時間裡，哥哥由紐約請長假來陪侍您，他擔心您的病情，竟緊張得心臟不適，兩次急診入院，我們當時不敢告訴您實情，而可能是母子連心吧，他第二次出院來看您，他還預備次日回紐約料理一些公事，向公司請長假再回來陪您，沒想到您不想他離開，在前一天的中午就在子、女、孫輩圍繞下平靜、安詳地走了，在睡眠中走了，像個天使般的容顏，但我們寧願累些也捨不得您走啊。

記得您住院期間，有一天晚上，夜深人靜，我一個人走在醫院的長廊，只聽到我自己的腳步聲，當時我真希望我只是爲了來走長廊的，而不是來醫院看我可愛可憐的母親在加護病房裡。但走到走廊盡頭我必須拐彎走到病房，面對現實。您睡著，我拉把椅子坐著陪您，護士們好心問我椅子舒服嗎？要不要回家睡？我搖搖頭說很舒服。我想起了在我高三的時候，上、下學要轉好幾趟公車，每天放學下車就看見媽媽坐在安東街巷口西點麵包店等我回家，您還想向店東租用小板凳，老闆說：「沒關係，您就坐吧。」媽媽為了答謝，就每天買許多吃不完的麵包回家。一直到我們長大了，我上了輔大您還是等。您常和我說：「我一輩子就是在等，幼小時等在外縣市做縣長的父親，後來等長我七歲的哥哥上學回家，結婚後等丈夫，再等兒等女，現在又開始等孫子了。」媽媽您以前每次等著護送我安全回家，這次我也等您健康起來和我一道回家，您怎麼就不應了呢？

您不是還有許多文章要寫嗎？要給我的畫題字嗎？答應寫字給小友們嗎？前一陣子，有學生送給您徐志摩、林徽音故事的錄影帶，您看了沒多久就說，現在可能見過林徽音的人不多了，您說會寫一篇當年隨沈從文、蕭乾見到林徽音的情景，我就央著您：快寫嘛！快寫嘛！您說等這陣子過去再說。您曾提到林徽音是上天用「工筆」畫出來的，有的人則是「寫意」，這幽默的說法令人莞爾，但誰又能替您接著寫下去呢？

我們幼小的時候，因為戰亂再加上環境因素，父親對您的不忠實，又有外力蓄意破壞這個幸福的家，使您長期慈母兼嚴父艱辛地教養我們長大成人。您天性純良加上宗教信仰的堅定，隱忍著一生，固守著殘破的婚姻，毫無怨言。您將內心的一股力量，化成文字的珠串，帶給萬千讀者無上的心靈享受。做您的孩子是有幸的，您有取之不盡、用之不完的母愛為我們遮風避雨，盡全力保護人間稚弱的兩個！但後來回想起來，一位才華兼備的年輕母親，原來是多麼需要受保護的，但您犧牲了青春歡樂，適當地抵擋了多少人與事？爲的就是一對兒女。母親，我們感激您並深深以您爲最大的榮耀。

五〇年代在台中川流不息的文友

前些天小民阿姨寄來一些文友追念您的文章。尤其在台中的那段日子文友往來甚多，可能也是您一生中寫作最豐富的一段時間。您的詩人老弟瘂弦先生今年春天給您的信上寫道：「秀亞姐，你應寫本文學生活回憶的書。光復後的台灣文壇，您同海音是拓荒者。」可惜林阿姨現在也病了。您常常津津樂道文友們的交往情形，也未來得及記錄下來呢。最近我收到一篇桑品載先生寫他當小兵因崇拜您，帶著大西瓜，千辛萬苦去看您的事，很感人，只是當時他看到的胖女娃，大約是七、八歲的光景，應該是我吧。五〇年代，您當時在台中任教靜宜英專，著作甚豐，當時台灣生活並不富裕，但人人都感到有希望，生活也算愉快。記得我們家是竹籬門扉，白天大門好像都沒關過，每天都有川流不息的訪客，作家阿姨們由台北來，幾乎個個都來過，後來都成了好朋友。有時是老師帶學生來台中旅行，重點訪問是：看張秀亞女士。媽媽曾講過當時詩人余光中帶著新婚妻子到台中度蜜月，怕旅館被子不乾淨來借被子，媽媽笑著說正好哥哥有一床新洗曬好的被子給他們用呢。陳之藩夫婦也來，陳之藩先生當年常寫信鼓勵媽媽，是寫作上之諍友。林懷民還是中學生時也來過幾次。楊牧是在東海大學「葉珊時代」來訪的，當時有位大專指導司鐸雷煥章神父很欣賞他，介紹來看媽媽的。詩人白萩等人也常來，至於公孫嬿、黃守誠舅舅及鍾鼎文伯伯到台中也都會來與母親談文說藝。當時在中興大學的學生社團領袖高希均曾來多次請媽媽去中興演講，他後來成為國內有名的經濟學家是令人非常高興的事。在台中本地的文友們有張漱菡、孟瑤、繁露等阿姨們，楊念慈、徐復觀、張研田夫婦、李霖燦等位也常相聚說文，琦君、沉思姨也來台中小屋住過。這次在紐約媽媽的追思會上趙淑俠、趙淑敏兩位及張菱舲也來了，淑俠女士談起在中學時代也來看過媽媽，她說那時我才三、四歲吧，菱舲姐還給您獻了詩。台中陳其茂、丁貞婉夫婦送小貓來的事，您似寫過。記得有一次文友郭良惠來訪正逢雨天，家門口搭了塊木板當橋，那天她穿了白色大圓裙上有綠的圓點，媽媽說是雨中的美景呢。韓國漢學家許世旭、趙婉真當時是年輕學子也常來看您請教。聶華苓、陳曉薔在東海任教，邀您去東海大學的夢谷，記得嗎？還有好多文藝界的編輯、朋友們均來往頗多。至於讀者們的信，回都回不完，還有些小讀者從外城坐夜車來，丟下自己手做的小禮物在院子裡，有的只望一望窗戶看看窗簾，回去後寫信來：「知道心目中崇拜的作家寫作的地方就心滿意足了。」那時，通信的文友也很多……媽媽常常懷念那段忙碌卻單純可愛的時光。

輔仁大學在新莊復校後，大伯父于斌樞機囑您一定要回母校教書，當時哥哥金山剛好高分考上台大經濟系，搬到台北，您常對我高三還要轉學感到歉疚。哥哥在紐約大學碩士班全

A畢業您高興，我在輔大寫篇小稿上了報您也樂，您真是全心全意疼愛欣賞您的兩個孩子，尤其最喜歡敘述我們小時候種種媽媽心目中「可愛」的事情，百談不厭的。

您一生是享受讀書，享受寫作，也可說是苦中有樂吧，您真是爲了趕四面八方的稿債，日以繼夜地寫，還和友人幽默地說：我趕稿子時是立體電扇（一面冷氣、旁邊大、小電扇），加上台灣天氣潮溼，住處靠水邊，也是後來您患關節炎的主因。

到了台北後，文友阿姨們常常聚會，除了慶生會外，在沉櫻阿姨的小屋，有林、劉、張、潘、王……等阿姨們常聚，現在想想似乎耳畔還聽到您們嘹亮的小女生似的笑聲呢。您還有幾位煲電話粥的朋友，一講幾個小時。我真的有時好希望時光能停留在那段時間，我們上大學，媽媽還不老，可以和我們逛街，門無俗客，家有藏書，多麼美好！

書桌上好多未寄出的卡片

您平日對人真誠無僞，對辛苦的人尤其體貼，如對工讀學生、給您買菜的女士、計程車司機、賣菜小販均慷慨大方，自己樸實無華，嚴己厚人，所以大家都愛爲您服務。記得一次回國爲參加大伯父升天十週年紀念會，事前去做個頭髮，給我洗頭的說：「你媽媽就是那種久不見面會讓人想念的那種人，她每次去美國，我們都好想她。」

關節炎十年的痛苦，您就忍著、受著，最大的損失可能是讀者們了，您仍是寫，但少得多了。一天，事情終於發生了，您跌在地上一天一夜未曾進食，給您買菜的鄰家女工說：「張老師講信用，和我約好絕不會出門的。」叫門不開數次後，她兩次去警局硬把警察給拖了來，破門而入，救了媽媽，當時也驚動了鄰近的孫如陵伯伯、呂阿姨、王主任幾位，樸月、漪曼姐姐、哥哥同學等人。媽媽平日對買菜的老太太體恤慷慨，使她救了您一命，謝謝天。哥哥當天、我隔天由美趕回，馬上送您去耕莘醫院檢查，王藍舅舅一家人來相勸，一定要動關節手術。消息也上了報，不得已，您只有答應去台大醫院接受治療，爲您主治的骨科權威名醫劉華昌醫生也是從小看您文章的讀者，使您更安心接受該做的關節手術。醫院中掃地的小女孩常來看您，還告訴您她的戀愛故事請您寫呢，您見到讀者可是開心的很。

您是位溫文爾雅而內心勇敢獨立的女性，愛我們卻不想依靠我們，但經過這一次「事件」，不得不跟我們來美國居住，和我們共度了七年時光。在這段日子中，您仍常常寫小詩、短文、寄卡片並和國內文友們通信甚勤。我外出時，您從不願我在外多逗留，但有時會央我買點漂亮卡片，好寄給朋友們。我不敢自誇是世界上最好的女兒，但每次我挑回漂亮的卡片來「獻寶時」，您就好高興地說：「我的女兒把世界上最漂亮的卡片都買回來了。」我永不會忘記媽媽那高興、不失赤子之心的表情。

您走後，我收拾您的書桌文稿，看到好多未寄出的卡片，媽媽不會再寫卡片給文友及阿姨們了，卡片再美又有什麼用呢？媽媽，我的眼淚滴在畫片上，一張張卡片，全都成爲「雨中即景」了，您知道嗎？

但每次想到您因身體多種功能衰竭，醫生們暗示我們好多次，但一次次奇蹟似地您又好了。兩個月，您給了我們兩個月的心理準備，雖然我們仍然準備不了，您走時，那麼平靜、安詳，是在睡眠中走的，像個天使，我們又怎能不感謝？

台北文藝界正籌畫追思會

您在病中常常說的三句話：「感謝天主。」「我已準備好了去見天主。」「我寬恕一切。」台北狄剛總主教特別來信提到這幾句令人感動的話。這代表了媽媽的謙遜、純潔、仁愛、大仁大義的基督徒精神，足堪我們的典範。

七月十四日追思禮由賀人龍神父主祭，滿而溢神父證道，楊神父共祭。您的代女喻麗清，淚流滿臉追述您對她一生兩件大事的影響——文學之門的開啓，以及爲您接受了宗教信仰，她一直想告訴您的一句話就是：「謝謝您。」加州大學長堤分校李三寶教授是從小看您書長大的，推崇您是文壇最亮眼的一顆星，雖殞落了，但美文仍長留人間。怡之阿姨講您「小亞子」中學時代受老師寵愛的情形，您當年是多麼頑皮可愛又無憂的小女孩啊。哥哥致詞感人至深，令人落淚，您的孫輩們個個又是多麼愛您哪。大伯父于斌樞機生前也誇您勞苦功高，是于家唯一的賢德弟媳。那天還有許多致詞都非常令人感動……。

七月二十八日在紐約的追思禮也是盛大感人，有五百多人參加，八位神父共祭做彌撒。紐約州長致信，市議員高登頒褒揚狀給您，感謝您的許多譯作，促進國際間的文化交流。宋神父以「永恆的花季」讚美您充滿藝術的一生，台北經文處處長夏立言當天也代表輔大校友以雙重身分來致詞。高登議員說：「在場參與的人，沒有一雙眼睛是乾的……。」足以想見溫馨感人的情景。

在天主教聖保祿瞻禮那天，您安逝主懷，這不又是個奇蹟嗎？我們雖萬般不捨，但我們仍感謝上主恩賜給我們一位偉大慈愛的母親。現在只好祈求能得到更多的智慧去接受我們所不能改變的事實，如總主教說的要學習您的榜樣勇敢前行！

您走後，國內國外許許多多文友大、小朋友都懷念您至深，惋惜流淚，不論識或不識都真情流露，道出您的文章給予他們在人生道路上的啓發。我相信許多人如有機會表達，每人的感受，都是一段段感人的篇章。台北文藝界朋友們正籌畫爲您辦追思會。您這一趟人間行沒有白來，您在世和走後一切的榮譽均是水到渠成，自然而然的，如同您純摯樸素的本性，而您得到那麼多知音的共鳴也值得欣慰了。您美好的文字永遠留在人們的心中，您和藹慈愛的面容我們永遠忘不了。媽媽，您太累了，您好好休息。

二〇〇一年八月二十一日刊於聯合報副刊
二〇〇一年八月二十九日世界日報副刊轉載

永不沉落的星辰

——秋夕湖上永恒之歌

紀念母親張秀亞女士升天週年

大龍河畔珍藏孤本

我在室內複印著母親早期的作品，她高中時代出版的第一本書「大龍河畔」。這已是孤本，雖然保存得很好，但因年代久遠，紙張都已泛黃，紙質脆薄。我小心翼翼地印著，同時望向窗外，剛剛還是晴空，忽然多了些雲層，好像快下雨了。

想到我們最親愛的母親，離開世界已經一年了，這一年沒有母親的日子真是與往年太不一樣了。想到母親曾寫過，她永遠張著母愛的傘爲子女遮風避雨，呵護我們……。

一生從事文學創作的母親著、譯、小說、散文、詩、評論文學共有八十餘種。她走以前仍念念不忘寫作。她的作品深富哲思，具有音韻之美，晚年更以意識流的筆法寫散文，時時創新，時時超越，給讀者帶來無限的心靈啓發。

母親的作品從四、五十年代以來已有多篇，如「小白鴿」、「溫情」……等選錄進國中課本中，林海音女士曾說，四、五十年代的中學生誰不是熟讀張秀亞作品長大的。

的確她的讀者到處都有。

記得有一年我返台北，爲母親去銀行辦事，當辦事員叫母親的名字時，旁邊有一對也是去辦事的年輕夫婦向我走來，問有位作家的名字也是張秀亞，並問我是不是同一個人。當我告訴他們，就是我的母親後，他倆興奮得很，說是媽媽的讀者，非常崇拜她，他們是在中學做老師。我答應回家後轉告母親，並應允會寄媽媽的簽名書送他們，連連稱謝後，他們才歡天喜地的離去了。

凡有井水皆歌柳永

媽媽去世時，美國南加州十五個社團自動組織治喪委員會，除了報上新聞刊載外，我們家人也刊登訃文，爲母親向親友及讀者們告別。報社辦事人在電話中說他從小就是母親的讀者。我們啓事上聲明婉謝花及任何其它一切的禮，雖然後來仍是許多朋友及團體送花，我們十分感謝。母親生前愛花，我們每個子、女、媳、婿及孫輩們均訂了最漂亮的花給母親，放在教堂。我們的花加上近親送的，當時分別由兩家熟識花店及一新花店做的。當我們甫進新花店時，中國老闆夫婦馬上問是不是給媽媽的，他們看到了新聞，並已將報紙留下，他們說：久仰母親大名，爲了表示敬意，他還加送了給家屬及工作人員的襟花三十個，爲保持花的美觀，老闆並親自護送那些花到教堂再至墓園。

我們依朋友們的意見，以媽媽的小詩做成書籤贈送給來參加追思會的來賓朋友們，印刷廠的人也熟識母親的名字。

這些平日不易接觸到的人都是讀者，足見媽媽的作品影響深遠，正如名評論家何欣先生在一篇文章中說：「凡有井水處，皆歌柳永詞」來形容母親的文章擁有廣大的讀者群。他並且提到「像秀亞女士那樣以文章而不以其他方式獲得那麼多讀者的作家，無論如何在今天並不多。」是十分中肯之言。

美國國會表揚著作

我們也以母親雖然智慧卻謙遜、真純的個性爲榮。

母親晚年因受關節炎之苦，出門不易。但她偶爾外出辦事時，別人認出她名字後，總會圍了一堆年輕讀者。母親的親切、幽默話語總引得大家樂不可支。有幾次小讀友女孩甚至要求她暫時不要走，她們跑到附近花店買來大把鮮花獻給她，謝謝她寫的清麗作品給予讀者的享受。媽媽每次見到讀者的真情反應都非常欣慰，她也十分珍惜這份作者及讀者之間的情誼。

母親去世後，去年八月美國國會為表彰母親的著作及翻譯文字對中西文化交流之貢獻，特將母親的生平列入美國會記錄，此乃我國作家的榮譽。

關於母親的作品，散文大家陳之藩先生說母親的散文「有振衣千仞崗的清新氣概……。每當煩憂欲死之時，……一讀之後就覺一切煩憂滌蕩無餘。」這也是許許多多讀者的感受。陳先生給母親的信上曾說：「很希望你在一池濁水裏撒下一把明礬，清澄一下泥沙……。」這是當年他對母親這位至友在文壇上寫作的期許。多年前余光中先生在中副上曾說陳先生為「張秀亞迷」。

甜蜜星光田園牧歌

去年母親棄世後，在洛杉磯、紐約、台北都有紀念會，當時情況及母親最後一程的回憶，我曾在二〇〇一年八月二十一日聯合報副刊上寫了一篇「甜蜜的星光」，並經北美世界副刊轉載，有些細節，我就不再多述了。

在台北的紀念會上，名編輯詩人瘂弦先生的一篇講詞，譽母親為當代美文大師，他給我的來信上提到他很高興他是第一個說的，而這個稱頌很多人有共鳴，同樣的來稱呼秀亞先生。他還說：「我的肯定令堂是負責的，百分之一百有歷史根據的，絕不是溢美之詞。」瘂弦先生的文章中談到：

「張秀亞的作品是反應一個時代的心靈，她爲農業時期交替的臺灣，畫了一幅幅美的畫像。」他又說：「張秀亞作品中的山，是沒有土石流的山，她寫的水，是不曾污染的水，她描述的原野，是翻飛著白鷺鷥的原野，她筆下的城市和農莊，是一個充滿了愛和溫馨的世界。……她的散文，是臺灣永遠的田園牧歌。」他寫的多美啊，令人感到身臨其境，進入母親的作品中了。

母親爲人仁厚，一生熱愛獻身文學，愛大自然，她愛孩子，愛人。

文字珠玉紅棗眼睛

綜觀母親的一生，同樣的生活，若換旁人可能成了唱不出曲調的悲歌。但她不但能由憂苦中站立起來，並轉而以環境的歷練使自己更堅強，以淚水化成文字的珠玉轉而成爲文字的力量，鼓勵，撫慰了無數人的心靈。

我哥哥及我的同學朋友來家裡，她都喜歡，同學們來住，來吃飯她都歡迎。上次回臺，路上遇舊友，談及去我們家，媽媽包餃子的事，因許多人來過，我們已不記得了。媽媽記性好，我們幼時同學講過的話，多少年後她都記得，她總是看到每個孩子的可愛，我們的好友都喜歡她。媽媽手很巧，我們小時，她還會用麵蒸成小白兔，小動物，用紅棗嵌上做眼睛，又漂亮又好吃。

母親是位慈愛偉大的母親。小時候我就感到她和其他的母親不一樣。她平日很忙，忙寫作、忙教書、忙收信、忙寫信。五十年代的臺灣炎夏，別人家媽媽都坐在門口乘涼聊閒天，我從未見媽媽坐在門口，她總是揮汗如雨地在她「北窗下」寫作。

香腸信箋板鴨稿紙

當時她常給中副寫稿，有次她寄稿子到台北，將稿紙捲成筒狀，貼好投郵。那時快過年了，中副主編孫如陵先生寫信給媽媽說：「謝謝您寄來的香腸。」過一陣媽媽下一篇文章就將稿紙鋪平放在信封中，並附一紙寫道：「今寄貴府一個板鴨。」可見文友們之間是十分幽默有趣的。

媽媽喜歡有文化城之稱的臺中，她曾說過，在臺中的一段日子是我們母子女三人最快樂的一段時光。

有次我們母子三人由教堂走回家，那時我們上小學，哥哥看到媽媽牽著我們一邊一個在地上的影子，說：「媽，我們三個人像『小』字。」微小的兩個孩子啊，就靠著母愛呵護著長大。

通常週日我們坐三輪車去教堂望彌撒，然後媽媽去中央日報臺中分社領稿費，再帶我們去書店買書，有時也買英文的兒童書。再去買唱片，上初中時我們選熱門音樂唱片，媽媽就買中、外藝術古典音樂唱片。最後去麵包店買些我們愛吃的西點回家。

母親寫的一些書如「北窗下」、「牧羊女」、「湖上」、「凡妮的手冊」、「曼陀羅」、「三色堇」……這些曾經暢銷一時的書都是在臺中那日式小屋中完成的。

信給山兒開啓人生

有一段時間媽媽常要北上開會，因此寫了一組信給哥哥，名爲「給山兒」，刊在報上。沒想到有一天當時的教育部長黃季陸先生，忽然光臨，他的黑頭車停在窄巷中，引來眾多小朋友圍觀。早年臺灣街上很少看到汽車，當大伯父于斌樞機主教由國外回來，到臺中時來看我們，汽車停在門口也引來小孩們觀看，很是有趣。就連當時光啓出版社的雷煥章神父（甲骨文專家）來談出版事情，嶄亮的摩托車在門口也引來好多小孩圍看，當年樸實的臺灣與今日之富庶，人人均爲有車階級差別很大，民風也差很多。

黃先生原是爲了母親寫給山兒的一組信而來，身爲教育部長爲了下一代學子們的教育，移樽就教問作家是否平日照信中的道理教導小孩，這份誠意，令人感動。後來他的令嬡好像在靜宜英專（靜宜大學前身）就讀，巧又做了母親的高足。

我高二那年，哥哥于金山考取臺大經濟系前三名（前兩名是退役軍人加分，因此實際上是系榜首。）媽媽又應聘到她母校（輔仁大學甫在台北新莊復校）教書。我們又舉家北遷了

（在小學之前我們住台北金華街，一幢母親翻譯厚書「聖女之歌」的譯費所典的小屋，也是我們臺灣第一個家。）

到了台北，我們住在安東街，有一天在台北火車站前，我那「經年在外」的父親送我上車。人聲車響鼎沸，真是車水馬龍，嘈雜至極，而我卻清晰地聽到他對我說：「妳媽媽的文章是寫得最好的。」那年媽媽得了首屆中山文藝散文獎。然後他談到母親存書多，要我告訴媽媽可以用磚頭和木板堆成克難書架放書，並囑咐：「要好好孝順媽媽。」

當時我心頭感受很多，看到父親英俊的臉上竟也有些許滄桑與無奈，又感慨又困惑，有很多問題想問，畢竟當時年紀輕，不知該如何啓口。一直到現在台北火車站前那一幕仍清晰可見。

貝殼譜曲秋夕為歌

我前面提過母親喜愛音樂，也鼓勵我們接受音樂薰陶。她自己是學文學的，卻常說音樂造化人心的力量是太大了。

很奇妙的是當時在美國南加州籌辦媽媽追思會的朋友們問我，有沒有媽媽喜歡的曲子或她自己塡的歌詞。她喜歡的曲子很多，巴哈「聖母頌」來送別母親比較合適。我記得曾有一首母親寫的小詩「貝殼」譜成了歌，另外就是媽媽文友鍾梅音女士喜歡的，後又由名作曲家黃友棣先生譜成的「秋夕湖上」。母親當時很高興她的小詩「秋夕」譜成了曲，她曾說過那首曲子唱得好不容易。二〇〇一年七月十四日在洛杉磯的追思會，匆忙中找不到適唱的人，即使有人願意唱也來不及練習，因此就將詞曲均印在紀念手冊中。同年同月二十八日在紐約的紀念會上，哥哥請了歌唱家毛为鑫女士獨唱這首「秋夕湖上」，美極了，臺下感動頻頻拭淚。同年十一月由台北輔仁大學主辦紀念會的主任又問我有沒有「秋夕湖上」的詞曲，他們也將之印進了紀念本子裡。

歌聲嘹亮天籟之音

這樣奔走了一圈回來，有天接到媽媽小友樸月的電話，說有位花腔女高音陳明律女士新錄了唱碟，唱的是黃友棣先生的藝術歌曲，是由黃先生數千首中選出了二十一首，內有媽媽作詞的「秋夕」。不久後收到陳女士及夫婿寄來的唱碟以及多片其他她錄製的CD。

我一邊聆聽陳女士優美嘹亮的歌聲，她的聲音聽來柔婉又非常年輕，一邊想著世上的事情是多麼的奇妙啊。媽媽這首詩只是她許許多多作品中的一首，而這首詞譜成的曲子，就如同媽媽的愛隨著這首優美旋律護送我們由加州到美東到台北再至加州，護衛著我們紀念母親的一路行程，保佑我們平安圓滿達成。

我望著壁上媽媽清麗脫俗的毛筆手跡，抄錄她寫的這首小詩：

今夜我泛舟湖上
水面是一片淒迷
只有零落幾點白露
悄悄的沾溼了人衣

為了尋覓詩句
我繫住了小船
螢蟲指引我前路
微月如一片淡煙

山徑是如此清冷
林木間蟲聲細碎
何處飄來了一絲淡香
可是夏日留下的一朵薔薇

餘音繞樑不沉之星

「可是夏日留下的一朵薔薇……」餘音繞樑，這詞、曲、唱的完美三重組合，整曲令人沉醉其中。

母親一生淡泊，她與世與人無爭，只是自我要求「明日的我比今日的我更好。」媽媽走前念念不忘的仍是寫作。

媽媽是個念舊的人，她很想念國內的文友及讀者們，她也十分想念她院落的黃蟬花和冬日的聖誕紅……。

余宗玲阿姨和我說，台北文訊雜誌及寫作協會主辦的紀念會辦得很好，但多是談母親的文學成就，可惜沒有談到母親平日爲人的寬厚及溫婉。也許她的文學造詣要談的篇幅太多，以致於無法提及其它，這點希望將來爲母親寫傳的作者可以補足。有人說母親「幾十年用墨水匯成一道長流，浩浩蕩蕩的流過中國文學史。」母親的確全心全意地從事寫作的。

母親的慈愛仁厚，對我們十二萬分的呵護愛心，她的真誠無僞，勇敢堅強，她文雅的氣質及十分可愛的童心，她忠於信仰的虔誠，她作事的認真……她一切的美德都是我們的榜樣，也是我們一生忘不了的。母親的一生像一首高貴優雅的曲子，她又像是在美麗清幽的夜空中的一顆巨星，一直照耀著我們，她是我們心中永不沉落的星辰。

二〇〇八年八月　中外雜誌

寫出內心的感受

今年復活節前夕，我夢見了母親，像往常一樣，我想為她按揉關節以減輕她的疼痛，夢中母親清晰地告訴我說：「我一點都不痛了，我現在十分舒服。」我們確知她已安息主懷，永不痛苦，令我們感恩……

去接受及面對失去母親的這個事實是極爲困難的事。她不但是我們最好的母親，又像好朋友，母親生前我們無話不談，真個爲母女情深。

不知有多少次，想和她說話，飛奔進她房中（母親張秀亞女士在美國加州的臥室、書房的屋內陳設、書籍文物，家人均保持原貌，以茲永久紀念。），才發現，媽媽已不在世間了……

環顧室內，想起母親具有天生的作家敏感度，她見到的人與事一句話就勾勒了出來。她心愛的物品都有名字，比如說，她要「大腳丫杯子」「小象筆筒」，她找紙鎮時，就說她的「玻璃鴿子」，我聽了，圖像就印在腦中，很快就給她找到了。

當她的年輕小朋友來以前，她告訴我「那大眼睛的女孩」，「五官放在一起就特別生動」，

「不俗的臉」，「黑臉膛的小孩兒」，等我一見到人就知道是誰了，她會說出人的特點及人家看不到的優點。

她給朋友寄畫片、卡片時，喜歡的卡片會同樣的買好幾張，卡片也有「名字」，如「吃冰淇淋的女孩」「包心菜娃娃」「大鈴鐺的」「小紫花」等等。

她收集的別針也有心愛的如「炒雞蛋的」「一串小麻繩」的別針，都是很特別，很可愛，卻不以價值論貴重。

媽媽口中「小白胖子照片」（我半歲時），「哥哥騎小車」的照片（均是當年我父親爲我們照的），是媽媽喜歡的照片，還有母親的慈愛父母照片，以及她生前心愛的幾冊書，我們都放在她的棺木中陪她走了。

母親以她純真像金子般孩童的心地及堅定無比的信仰，投向主懷，離開塵世。

母親走後，大家懷念她的真摯善良，她的純樸，她優雅的氣質及從容的微笑，她的仁厚、慈愛、幽默感……還有許許多多讀者懷念這位寫出千萬言美文的作家，她純詩人的真情及心性。

在這個世界上，每份友誼，每位從心底對母親付出的關懷、眼淚、文字、參與追念、心中默禱……我們都十分珍惜與感謝。每一份心意就如一點星光，甜蜜的星光，又如「溫柔的眼波」鋪成一道天橋，目送著母親，直登天上國度。

人間有情！友誼可貴！我似看見母親帶著慣有的斯文可愛的笑容頻頻點頭，表示欣悅。

母親的作品帶給人們愛與希望及心靈美的啓發。她的一生有寵愛她的父母兄長，師友的關愛，寫作路上一路走來有讀者的熱情迴響，有孩子們的依恃及孩子們的孩子的深愛，都曾帶給她許多快樂。

母親知道如何去愛，感恩及寬恕。她知道散出自己最大的光與熱給社會，她寫作的認真以「嘔心泣血」來形容並不爲過。她有高貴的純潔心靈。縱然在母親的生命中，曾受過許多她不該承受的痛苦，不應有的待遇，但世上一切傖俗不堪的人與事沾染不到她的心靈。母親曾說過：「上一代的教育形成了我之爲我……一切但憑己力，熱愛自然，敝屣物質，憧憬美的善的理想，心與天遊，了無沾滯！」看到她自己這段話語，許多事均不需多贅言了。

如今母親已得到上天的償報與安慰了。她留給我們大家寶貴的精神遺產——她的文學作品，足以使後世學子、學者研讀享用了。

媽媽走後，報上刊載了許多懷念她的文字，早想整理成冊，做爲一個紀念。而每每閱讀這些篇章時，內心的起伏，有時像小河流動，有時如澎湃大海，時而又呆坐癡念母親生前種種……在這樣又是感動、感傷、感激，又榮耀夾著思念種種的混合心情下，要編一本紀念文集，其困難可知。

而此紀念文集終於要在母親升天兩周年時，可結集出版了。這本書主要是傳達母親的愛以及大家對她的愛及懷念。在母親走後，感謝所有親友、團體、教會、大學的參與和幫忙，識與不識讀者朋友們付出的關懷，寫紀念文字的文友、小友們對母親的憶念，教會神長、朋友們的禱告，太多的情誼請原諒我們無法一一面謝。

書內的篇章大多是我手邊收集得到的，專訪文字我盡力徵求原作者同意，感謝作者們都十分樂意來對母親表示心意。而我也收了一部分寫母親作品的評論文字，以台北國家圖書館的目錄（約有一百五十篇之多），如再加上海外諸篇就超過兩百篇了，相當可觀，限於篇幅及著作權的問題，即使想用也無法篇篇都用，必須割愛。寫母親的文字，每人角度不同，每篇我都喜歡，我的取捨無它，僅就我手邊現有的，可以取得同意的，我就優先錄進來，也有少數，因年代久遠，一時無法連繫上的，就請作者諒解，希望以後能透過出版社與我們連絡，我們很願意補贈書。母親一生書信往來的朋友真是太多了，書中信函部分我也僅只選找到的數篇代表性的刊出。

關於紀念文集〈甜蜜的星光〉內的新聞報導，因母親走後，心情紛亂，我們見到的，朋友收集來的，也都不盡完全，這些只是留一個紀錄，呈現給關心的朋友一個概貌罷了。紀念集出版後，將來我也希望將所有評介母親作品的論述文字，集成一冊，如有任何大作，我們未見到的或朋友們有任何意見，我都樂意知道。

本書主要是贈送給親友們做個紀念。而爲了方便有些散居各地又不知如何連絡，也想擁有一冊的讀友們，因此我們與出版社商量儘量以低價推出，可以使更多媽媽的讀者朋友們讀到。

感謝上天賜給我們兄妹這樣一位偉大、慈愛的母親，在我們的內心裡，永遠留一塊最溫柔的地方給母親。大家對母親的敬重與愛，我們衷心感謝。

如今母親已達成上天交付她在人間重責，圓滿達成人生行旅，回歸天家。

在這兩年來艱難的日子裡，許多神師、朋友給予我們很多開導與指示，使我們能夠勇敢接受我們極不願去接受的事實，我們非常感激。

母親因作品得到許多心靈之交的朋友，我也願意和大家分享：當我們心愛的人離開我們時，尤其是自己最親愛的母親，形體雖然不在這個塵世上，但她的愛與心靈永遠和我們在一起，是永遠不會與我們分開的。

今年復活節前夕，我夢見了母親（是近幾個月來第一次），像往常一樣，我想為她按揉關節以減輕她的疼痛，夢中母親清晰地告訴我說：「我一點都不痛了，我現在十分舒服。」

母親走後曾多次帶著微笑來入夢，而這次在復活節前帶給我們訊息及啓示，我們確知她已安息主懷，永不痛苦，令我們感恩。

希望也相信母親美好的文字語言、溫和可愛的笑容，永遠留在每個思念她的人心中。

感謝朋友們的關愛，這份情誼，我們永遠不會忘記。

二〇〇三年十二月三十日　中央日報副刊

神秘的聖誕禮物

母親生前告訴我們，當接受別人的禮物很快樂，就要想到長大了，也要懂得慷慨給予別人快樂……

在五十〇年代的台灣，物質並不充裕。記得如能偶爾做一、兩條印有圖案的花裙子，站在巷中「秀」給鄰家同伴，就已得意非凡。過年時有件新棉襖或有漂亮顏色的太空衣就十分開心了。當時舶來品很少見，聖誕節開同學會，交換來的禮物也多是簡單素樸，不太吸引人的物品。唯有使心情激盪的就是街上賣的那些花花綠綠、金金亮亮的聖誕卡了。

有一年聖誕節前，意外地我們收到了聖誕禮物，那是一位母親（編按，作者母親為著名作家張秀亞）的讀者送的。艾菲爾鐵塔形式的玻璃罐，裡面裝滿了五彩的絲帶糖果，好漂亮啊！還有一個在黑夜中可以發出電光石火的紅色小汽車，是玩具小跑車，使哥哥與我過了一個非常快樂的節日。

那位讀者後來又託人送給我們兄、妹兩隻小兔子，附帶了著綠油漆的兔舍。小兔子的感人故事，母親曾寫過一篇「溫情」，多年來被選入國中教科書中，很多人都看過那篇文章。

後來那位讀者幾乎年年都寄聖誕禮物來，直到我們長大，出國留學，母親無以回報，就寄了些自己的著作給他。多年後，母親一九九四年來美與我們同住並做關節手術後的復健。這位讀者打聽到了地址，來了信，又給母親寄了一些他去大陸旅遊時購的小卷軸畫及刻字的石頭……等。不同的是，早年在台灣這位讀者是在美國機關任職寄洋貨，到了美國卻是寄中式紀念品了。奇妙的是，作者與這位讀者，數十年來從未曾謀面，只是因著作品的關係，讀者給予作者的兒女許多溫馨，並粧點了他們少時過節的歡樂！

記得另外又有個聖誕節，我們收到了郵差先生送來的一個包裹，是由德國寄出的。裡面有一盒巧克力糖以及兩個口琴，給哥哥的是銀色長長的，音節較多，我很羨慕，因爲他可以吹奏更多的歌曲。而我的則是十分精緻美麗，口琴面上是寶藍色及銀色鑲嵌的花，雖然短小些，但色澤花紋卻令人愛不釋手，是給小女孩的最佳禮物。那個聖誕，我們得到雙重的快樂，但我們不知又是誰送給我們這麼可愛的禮物？只有看到送禮者給媽媽信上後面是沒有具名地寫著：「一位遙遠陌生的讀者。」

我高三時隨大伯父于斌樞機到輔仁大學去觀賞外文系學生演英文劇。到那見到一位剛從國外得到博士學位的神父，與大伯父打招呼。這位神父看到我，曾問了句：「小妹妹，妳叫什麼名字？」我告訴了他，他聽了了然一笑，當時我並不知他的大名。

這位藹然長者後來成爲我們家的好友及神師，我也收過他許多信，很熟悉他的字跡。但幾十年來，像有默契似地，沒有人提過當年聖誕禮物的事情。

直到去年返台，我問過——這位現任天主教台北總主教，可不可以把他當年由德國寄送小朋友聖誕禮物的故事寫出來給大家分享？由於他本身也擅寫作，除了宗教經典外，也曾寫過文學評論《名作家與名作》一書。內有一篇評《凡妮的手冊》，他寫的時候完全不認識我母親，可說是十分公正客觀的書評。這位謙虛長者一直鼓勵我們寫作，但當問到聖誕禮物時，他僅僅一笑，不置可否，不承認也不否認。

母親生前告訴我們，當接受別人的禮物很快樂，就要想到長大了，也要懂得慷慨給予別人快樂。

以上我提到的兩位人物都是最瞭解聖誕節真義的人。耶穌誕生就是愛的給予，給他人愛的禮物而不求回報，使世界充滿了溫情。

二〇〇三年二月十八日　聯合報副刊

甜蜜的星光㈡

——由台中公園想起

我上小學時，台中市住有四位女作家，我母親張秀亞、孟瑤、張漱菡、繁露諸位女士……

真想不到，台中公園百歲慶了！

說起台中公園，許多回憶如同天上的繁星紛紛落下……。

當年在文化城——台中的文化人，都很喜歡去台中公園走走。

我上小學時，台中市住有四位女作家，我母親張秀亞、孟瑤、張漱菡、繁露諸位女士。當時母親在靜宜任教，孟瑤教台中師範，繁露和張漱菡均專業寫作。她們幾位有時會相約去公園坐坐。偶爾也會有台中其他的男作家加入行列，談藝說文一番。

在濃蔭的大樹下，她們環坐對湖喝茶，或嗑瓜子，聊天談文。當天熱入夏時，除了孟瑤常是一襲藍布單袍外，她們幾人多愛穿紗質旗袍，手中還搖著蒲扇。

那個年代，經過了家國之動亂，多感的母親心靈常是抹上一絲輕愁與深憂。在台中公園，母親與阿姨們自在地輕語淺笑，孩子們在母親放心的視線內玩耍。有時我眼光餘波望見母親的臉，當時看來是頗愉悅的。她在筆耕加上「粉墨登場」（母親自喻爲教書的粉筆灰和墨水）之餘，在那樣難得的輕鬆時刻，我想她當時的心情可能也像湖水般平靜無波吧。

有一天，母親和繁露兩人相約去爲張漱菡買新婚禮物。準新娘是美人兒，她倆在布店挑選衣料，輕聲商量著：哪塊花色較好看，較合適？後來她們選中了好漂亮的一塊透花的料子。我望著她們，小心靈中溢滿了快樂，原來爲朋友選禮物是多麼可喜的一份情意啊。

回家時，天色漸暗，滿天星斗，每個小星星像在微笑，不就是「甜蜜的星光」嗎？媽媽牽著我的小手，我穿雙紅色圓口鞋，急急地跟著媽媽趕路。我們經過了熟悉的台中公園、四菓冰店、唱片行、麵包店、書局……漸漸燈光少了，繞過香花的小河邊，快到家了！一路拉著媽媽的手，我感到安全無比。想當年年幼無知的我們完全無法爲母親分憂解勞。但我相信我們兄妹倆拉著母親的手時，那份被依賴的感覺也是母親的安慰，這小小的動力也使她更爲堅強……。她又寫出了那麼許多給予痛苦的人安慰及啓發心靈的作品。

與母親同輩的作家們，當時均爲三十多歲。正值寫作旺盛之年。許多人與母親一樣將人生中最美好的時光，五十年來均默默耕耘奉獻在這塊土地上了……。

我上了初中後，開始和同學出外活動。有次觀看完省運，六個女生跑到台中公園，硬擠在一條船上，差點把船弄翻，好險，大家又笑又嚇跑爬回岸邊。如今想起，仍然心驚。

初二時去同學家溫習功課後，和同學的兄、姐們以及他們好些已上了大學的同學，大隊人馬同去公園划船，人多分坐不同的船上。

划了幾圈下來，笑聲由船上傳出，故事也由湖心漾開……。當時風氣保守，許多事只可意會不可言傳。有些人後來是有圓滿結局，有的故事至今仍是不可說的問句……，年輕真好。

歐美名山大川，園林之盛之美之好也見過不少。怎麼台中公園卻是記憶中最深刻的？也許當時年紀小，也愛歡樂也愛笑，可能那裡有許多可愛的回憶吧。

二〇〇四年一月二十四日　聯合報副刊

母心・我心

上課時老師用他的鄉音叫我的名字「雨的南」要我站起來，然後告訴同學們，這篇文章的作者就是「雨的南」的媽媽……

我在上小學時，左鄰右舍，同巷隔巷都住有同學，因此同學常常來找我，我們就常出去玩。有一天，媽媽問我：「妳將來長大了要做什麼？」我當時糊糊塗塗的哪裡知道，媽媽就笑著對我說：「我看妳以後就做『交通警察』好了。」交通警察每天站在街上指揮交通，又神氣、又看人來人往的一點都不會寂寞。當時媽媽是希望我收收心多念書。

做交通警察的笑話，一直到七、八年前媽媽還在說。

當年媽媽除了上課外天天在家寫文章，看書，常看英文書，我們年紀小，她從不和我們說她自己的事。

我初中時上台中市立一中，男女合校，有時女孩子會來問我：妳媽媽是作家啊！？每天騎腳踏車上、下學碰到高班男生會對著我叫：張秀亞的女兒。我才恍然自己有個名媽。初二時發了新課本，其中有一篇〈小白鴿〉，小孩子不願與眾不同，快到上那篇前，心中很緊張，又不好請假。果然，上課時老師用他的鄉音叫我的名字「雨的南」要我站起來，然後告訴同學們，這篇文章的作者就是「雨的南」的媽媽。我當時感到無奈，但看到台大中文系畢業的老師那滿臉燦爛的笑容，當然知道他也是母親的崇拜者。

母親念的是教會大學，聰慧活潑又是師長心目中的乖寶寶，她當年北平的外文老師之一德籍安修女正巧是我台北輔大女生宿舍的總舍監。在一個陽光晴美的午後，母親帶著我去看安修女，記得那天媽媽穿了一件淺藍色繡花的旗袍，手拿了把白色空花的扇子，在白花花的陽光下，好優雅。進了女生宿舍那嵌滿了五彩玻璃的大廳，安修女一見到她就緊緊的握著她的手，像見到親人一樣的竊竊私語。安修女也對我很好，但她看我的樣子與看到媽媽稍有不同，也許她每天見到我都是匆匆跑過，也許她看到我時想到我是我爸爸的女兒卻忘了我也是媽媽的女兒吧。媽媽說：「因爲妳淘氣。」語氣中充滿了欣賞與喜愛。

母親在大學時代就幫神父、修女們譯書，她自幼又讀了許多翻譯的文學作品。她小時候與我舅舅合用一書房，舅舅在中間劃了一條線，楚河分界，不讓這小他七歲的妹妹去撈他的書看。舅舅愛買書，但後來到外縣市去上學，他重感情的小妹妹臉上掛了兩行清淚送行。做哥哥的心軟了，對她說：以後我的書都是妳的，妳可以隨便看了。她馬上破涕爲笑，往後就盡情的享愛書中世界的樂趣了。

母親自幼受父母兄姊及老師的愛護，在非常單純的環境中長大，從不知人間險惡。天可憐見直到婚後遇到外人用盡手腕破壞她的家庭，才真被嚇著了。她由初中時開始寫作，北平念書，到後方，做編輯以至後來她的婚姻生活以及到台灣五十年的美文耕耘，終其一生是見過大風大浪的。但她婚後一直到晚年，她始終竭力保持生活的簡化與單純，內心燃著寫作的熱火不滅及對人的真情不滅，而又有瘂弦先生說的：「一種見山見水，卻又不露聲色的大家風範。」

母親寫作多由小處著手，大處著眼，眼光是極寬闊的。我們母、子、女情深，母親對事對人是十二分的謙遜，在現今社會上是難見的美德，但要划向她心靈深處的人才會真懂。她寫作文字如行雲流水，自然飄逸，又帶哲理。她認爲：優美的散文，應具備「簡淨」「純真」「韻致」及「想像」四種特質。母親的文壇老弟瘂弦說她：「參加《重慶副刊》編輯工作時已文學視野遼闊。」「英文系出身，具有國際文學視野的張秀亞，忠於歷史傳承，掌握本土的成長條件，堅守自己的文化立場。她深信，唯有真實的反映出我們的民族性、倫理性，以及這一代中華婦女的心靈側影，才能感動讀者。」誠哉斯言！

母親一向以寫作認真出名，每個字一定三讀通過才寄發出去，直到現在仍經常有國中、大學選用她的作品爲讀本，也不是沒有原因的。

早期母親寫的小說均是淡淡的，純純的勾勒筆法，點到爲止，留給讀者想像的空間。

現實粗糙，文學要給予人們更高的心靈啓發。至於有些讀者及我問道：是否要寫切身經驗的事才能寫好小說呢？母親說寫戰爭，並不一定每人均有親臨沙場的經驗，她就舉托爾斯泰《戰爭與和平》的鉅著爲例。她認爲人的知識要廣博，涉獵要廣，掌握到人類間感情，親情之真就可寫出好的作品，並要有想像力，以此可延伸至其他的體裁上。

母親離開我們將近四年了，她的慈、她的愛、她的溫婉、微笑及幽默感令我們懷念不已。母親的全集出版了，發表會上溫馨又熱鬧，文友們均敬重她的文章及人品，媽媽有知，定感安慰。媽媽作品中的真意啓思及愛，永遠陪伴著我們前行。

二〇〇五年六月四日　聯合報副刊

愛的叮嚀

——思念母親張秀亞女士

那天我由公司出來，時間尚早。想去買些花朵獻給母親。當時天色有些黯沉，我到了花店，挑了幾枝長莖紅玫瑰和白玫瑰，再配上些小紫花和綠葉，成一美美的花束。

等待找零時，我手持花束，看層層花瓣，心中讚嘆著花的美麗與芳香。忽然間外面閃電雷鳴，傾盆大雨……。這雨及這般場景，在幾乎天天陽光普照的南加州，是極罕見的。由店門走到車上的路雖不長，也是需要雨具的。我忽然想起外子兩天前還將我的車送洗，而且清出車內的雨傘外衣等物，尚不及放回。

但這場雨極大，自天上就沖刷了下來，等會兒也免了用花瓶接水了，雨水可直接注入瓶中。我正預備開跑直奔車上，聽到了背後傳來的聲音：「小心開車啊。」

母親在世時，每次我出門前，她都會這樣叮嚀，有時也用字正腔圓的英語說。我返頭一看，原來是那位賣花的洋太太在囑告我，我謝過了她說我會小心。

我把身上的外套蓋在頭上擋雨，將花束當傘，讓花迎接天賜的雨水吧！「別急啊。」我告訴自己，穿有跟的鞋子容易滑倒呢。

由花店到我親愛的媽媽長眠的地方不算遠，我慢慢地開，心中想著那句溫暖又充滿愛意的叮囑，「小心開車啊！」

我臉上熱的、冷的水珠交織流下……

下車前，雨忽然變小了，可以讓我從容放花、默禱，停留一會兒了。

當我離開母親的墓園時，雨竟又傾盆而瀉，經過一小段山區時，雷電交加，好似上天在奏一曲悲愴交響樂！

回到家，看到我車子被大雨又刷洗了一次，現出了可愛的珍珠白光澤，雨也停了，我百感交集，好像參加了一場溫馨感人又悲壯的音樂會回來。

我靜靜立在那裡沉思，想到一句簡單的叮嚀，其中蘊藏了多少愛及關心。如今再也聽不到母親的叮嚀了，只有在心中溫習著她溫柔的話語。

二〇〇七年五月十二日　世界日報副刊

母親的身影

——憶母親張秀亞女士

擁有自己的寫作風格，生命與寫作時間幾乎同長，質與量同重，辛勤筆耕的母親，她那認真誠摯的寫作身影，她待人寬厚的愛心，多多少少影響著我們。

在我念小學的時候，常有同學到我們家來玩，一進門，我們就會向他們「介紹」：「我家什麼都沒有，只有書和紙。」是啊，雜誌、期刊、報紙、成堆的讀者來函，不都是紙嗎？那時候，坐在堆滿文稿書桌後面的母親，側身扶卷，怡然地聽我們的「童言童語」。

我哥哥金山的回憶中，最深刻的是爲照顧小孩忙碌一天後的母親，在孩子們都入睡，深夜伏案在稿紙上沙沙的寫字聲，聲聲入耳……。直到現在，我常想到的是母親因擔心燈光會擾我們睡眠，她總是將台燈壓得很低，只有一小圈燈光照在稿紙上，半夜醒來，見到母親低頭認真寫作的身影，使我們小心靈深受感動。

母親一生與文學寫作密不可分，除了孩子們常會分散她的注意，沒有什麼重大外力能使她抽離喜愛的文學世界，不帶任何理由，她是一位真正的文學人。

在一九四九年後，經歷了國家大局勢的動亂，再加上我的父親（母親曾以兩位大詩人的形象所形容「面目像雪萊，後來舉止像拜倫」）帶給她許多錐心的痛苦，又落得身負生活重擔。善良的母親卻毫無怨言，總是想到父親一生中，曾經難得少有的幾次溫存體貼，善解人意，而一再地寬恕他直到生命的最後。

細心的讀者在早期母親的作品中，約可聽得出微弱輕愁的顫音，而終究母親如浴火的鳳凰，突破了個人的內心苦楚，將感情昇華至最高點。她用一隻筆幻化成優美的文字琴弦，數十年來不知撫慰、提升了多少萬千讀者的心靈。

爲她疼愛的兩個孩子，母親築起了外界風雨滲不進的愛之城堡，使我們有個無憂快樂的童年。也因爲滿溢的母愛，使得我們十分健康完整的成長與發展。

五〇年代開始，母親在台灣這塊土地上，用心熱切的灌溉著文藝園林，終生無悔。她一直覺得在自己的家國中，不斷的寫、寫、寫，寫給愛她的讀者們，是非常快樂的事。

媽媽有位女詩人朋友，當年常由台北坐火車到台中來看她。母親過世後，這位沈阿姨多次對我們說，在她心目中「秀亞姊是最好的一個人，一點都不世故，她的爲人是獨一無二，無可取代的。」她說母親「和藹，謙虛，常讚美人又有涵養。」

她住我家時，有機會近距離觀察母親與來訪的作家、朋友、年輕讀者的互動情形。

她說母親對訪客：「若是可以談深一些的問題就會談得深，如果年輕小訪客求她改稿，程度在初步的，就耐心解釋，說淺一些，她希望年輕人能更上層樓。」「她對人總是微笑，態度溫和，從不與人談是非，即使別人來講，她會容忍，僅止微笑，但自己絕不講，也從不加任何評論褒貶。」她說母親「不喜歡突出自己，對名利看得很開，她的文采、涵養及待人接物都令人景仰。」

對沈阿姨講的一番話，我有深初體會，母親一生無論對大人或小孩都充滿了誠意及善意，對人總有一份適當的尊重。想想母親當年也不過三十多歲，卻已有文學家的氣度與風範，又有智慧將事情處理得宜，真也不容易。常有讀者當面對母親說，看到她就是自己心目中想像作家應有的樣子，我們一旁聽了與有榮焉。

母親因爲熱愛文學，寫作雖苦猶甘。她寫每個字都是發自內心，她說：「寫自己所熟稔的，所深知的，所深深感動的。」靈感來了就文思泉湧。以前往往爲了回應各方稿約，即使很累了，也絕不要我們代爲謄寫，她事必躬親。她寫每篇文章都十分謹慎，絕對不草率行事，寫好後，一定是三讀通過才發出，這樣，她才覺得對得起讀者。

擁有自己的寫作風格，生命與寫作時間幾乎同長，質與量同重，辛勤筆耕的母親，她那認真誠摯的寫作身影，她待人寬厚的愛心，多多少少影響著我們。即使兒女選擇其他行業，她總是希望我們不要放下寫作的筆，為人生多開一扇美好的窗子。

記得我哥哥中學時期寫了篇偉人傳記的讀後感，題目是「最有意義的一生」，母親閱後在稿紙上寫著：「山兒，你寫的太好了，我兩次都被感動得熱淚盈眶……。」

對女兒我，她更是要我多寫多畫，甚至生前還常常說喜歡看我的小文章呢，這是何等的鼓勵！

母親啊，母親，我們要如何表達我們的感恩之情？將母親的相片用珍珠、用鑽石相框鑲嵌起來都不足以彰顯母親的慈愛與偉大於萬一，我們要將母親的容顏永永遠遠鑲在心中。

二〇〇八年十一月　文訊雜誌

美文一生

——張秀亞教授全集出版

喜氣洋洋全集面市

今年（二〇〇五年）三月二十四日那天，天氣一轉前幾日的陰雨綿綿而變爲晴朗，陸續進場的人潮臉上都笑咪咪的。

由文建會、國家文學館、財團法人台灣文學基金會邀約主辦的〈張秀亞全集〉發表會開始了。在台北市長官邸的文藝沙龍活動中心，院中擺著張女士生前手稿，照片文物供各界來賓參觀，會場內有巨幅的大看版——張教授生前最喜愛的照片之一，具有文人氣質的照片，背景是她喜愛的秋香色底子，上有她漂亮的毛筆手跡，右邊還有巨大的龍飛鳳舞她自己的簽名式張秀亞三個大字，設計得美極了，令人看了又看，望了又望。

主辦單位準備了百多個位子，不但坐得滿滿的，後面還有許多聞訊而來的讀者一直站著直到會後，有些作家說：好幾年來沒見這麼熱鬧溫馨的文壇盛會了，每個人都高高興興的。

一生心血匯集成冊

此套全集包括張秀亞女士的新詩一冊、散文八冊、小說二冊、翻譯二冊、藝術史一冊、資料卷一冊，共十五鉅冊，收錄其在不同階段的作品，也包括未結集及未發表過的作品，資料卷一冊中（含有照片、手稿、年表、評論目錄等），現場來賓均可獲贈一冊資料卷。此套書由名作家瘂弦寫總論，詩人蕭蕭寫詩卷，高天恩教授寫翻譯卷，范銘如教授寫小說卷，賴瑞鎣副教授寫藝術史卷，張瑞芬副教授寫散文卷，應鳳凰副教授寫資料卷等名專家學者擔任導論。

此套全集由陳信元，封德屏策畫主編，李瑞騰教授及我家兄、妹任編輯顧問，編輯委員有王吉隆、丘秀芷等作家及前面寫導論的各位。

主編爲封德屏，執行編輯爲江侑蓮。

文建會主導文學館發行

張秀亞女士全集在先後兩位我國文建會主任委員任內完成，由陳郁秀主委開始，在陳其南主委任內完成作業，由台灣文學館林瑞明館長主事，前副館長陳昌明亦多方協助，賴香吟小姐負責連絡，及館內簡弘毅先生等位，前籌備主任楊宣勤亦曾費心連繫。

二〇〇四年五月由財團法人台灣文學基金會之文訊雜誌接手負責編輯工作，歷時一年完成此套全集巨著的工作。

大師風範清新婉約

美文家張秀亞畢業於北平（北京）輔仁大學英文系，史學組研究。她出道甚早，初中時即開始寫作，當年得到名家沈從文、蕭乾、凌淑華等人之鼓勵。譽者謂：「張秀亞天才英特，深具東、西兩種文化根底，作品有真情、有功力，極具想像的羽翼，感觸敏銳，有哲思，其作品有極高的藝術性，值得深入探討研究。」「她一生又以寫作認真出名，她每篇文章必三讀通過才寄發出去。」她用字典雅，字字對讀者負責，引用英文亦十分注意，如有印刷誤植均會提出，務請報刊更正，並以妥確的文字呈現給讀者。甚至連書信若有不適合的地方，也不厭其煩重寫一遍，晚年身體不適若有時字跡較草，她一定十分禮貌地請朋友原諒。評者云：「張秀亞深具文學大家的風範及高尚之人品。張秀亞視野寬廣，雍容寬厚，但儘量保持自我生活之單純及簡化、寫作時以小處著手，大處著眼。」「她亦為當代作家中持續寫作年代最久，創作最多，寫作文類最廣的作家，被譽為全才之筆的美文大師。」

發揚美文子女盡心

基於孝心及對發揚美文之使命感，做子、女的在母親二〇〇一年六月二十九日去世後，即將母親手稿，作品文物捐贈台灣文學館典藏，供愛好文學者參觀研究享用，也是給海內外華人最珍貴之文化無價資產。張女士一生著作甚多，子女在各方奔走版權問題並一一解決，各出版社同意後，交給國家文學館發行出版。在這段時間內張秀亞女士的子、女金山、德蘭得到前聯合報副刊主任瘂弦先生的鼓勵，他爲張教授生前好友，她也是當年瘂弦主編聯副之作者，平日書信往來均以姐弟相稱，在瘂弦年輕時曾走過許多條馬路爲了去買張秀亞的「牧羊女」，並做札記，令張女士感動。張女士的兒、女均以瘂弦舅舅稱之，瘂弦亦爲此套全集幕後的大力推手之一。

美國會圖書館及南加大，加州大學洛杉磯分校，南加大長堤分校及美東各所名校大學均表示將購買張秀亞全集典藏。

美文火把引領藝風

張秀亞以半世紀之黃金歲月耕耘在台灣，此段時期爲張氏創作之高峰期。

目前大陸方面也出版了張秀亞多本著作，給予極高的評價，據說已將其文學成就定位爲國家級作家，其文學館亦多方廣求其作品及手稿。這次張女士全集由台灣文學館出版，兼具文學價值及時代意義。

名詩人瘂弦說，「張秀亞繼周作人、朱自清、冰心、徐志摩、何其芳等人之後，以不到三十歲的年紀將美文這枝火把帶到台灣，四、五十年代創造了文學史上空前未有的女作家活躍時代，張秀亞在那個時代有引領的作用並爲燃燈者。沒有張秀亞，美文不會出現，也不會有年輕一代的美文作家。她是承先啓後的推手，經營了數十年的文學生命，已蔚然成林，繁花滿樹。」因此瘂弦稱喻張秀亞爲「真正的美文大師」。評論家何欣曾以「凡有井水處，皆歌柳永詞」來形容張秀亞文名之家喻戶曉及擁有廣大的讀者群。

提昇文學最高敬意

台灣文學館館長林瑞明說：「自小就看了許多張秀亞的作品，在她一生的創作中，先後出版小說、散文、評論、翻譯等多達八十餘種，其影響不僅止於五十年代，也絕非只對女性後輩產生影響。」「她文字清新飄雅，將台灣的散文帶領到一個很高的境地，也影響了許許多多的散文創造者。」「二〇〇一年後張秀亞女士之子、女將其生前作品、文物等珍貴文化遺產捐贈國家台灣文學館，我們除細心整理典藏外，更覺有責任編輯成冊，以重新喚起文學界對張秀亞文學的重視，更藉此向張秀亞女士致最高的敬意。」

名家如林參與盛會

此次發表會，瘂弦先生特由加拿大趕回蒞會致詞，于金山、德蘭兄妹由美東、美西趕到，現任紐約中華總商會董事長也是僑務委員的于金山致詞感人至深，德蘭我則致詞答謝各界。當場名作家如林，著名作家司馬中原夫婦還特別表示喜讀張秀亞作品，令人感動，還有段彩華、孫如陵、鍾鼎文、韓濤、綠蒂、丘秀芷、劉靜娟、蓉子、歸人也趕到，涂靜怡、愛亞、永芸法師、王令嫻、張默、黃玉燕、沉思、康芸薇、金劍、朱介凡、林錫嘉、符立中、樸月、吳涵碧、林芝……等多人，編輯林黛嫚、楊錦郁……還有出版人蔡文甫、光啓文化吳經理、三民書局代表……等。

國人之光母校之榮

另外天主教單國璽樞機亦以輔仁大學董事長身份來參加，他說：「張秀亞教授不但是輔仁大學的首屆傑出校友，又是教授，並且是于斌樞機的弟媳婦與輔大淵源深遠，她的作品影響很大，含有宗教情操並爲一虔誠信徒，其子、女金山、德蘭亦承繼文采。」在教會耶穌受難的聖週內，單樞機說他：「排除萬難也要北上來參加。」會後他又匆匆趕回高雄主持聖事，心意可感令我們十分感謝。

諾貝爾獎作翻譯貼切佳著

靜宜大學俞明德校長派團前來參加，前駐梵諦岡大使戴瑞明亦與會，耀漢兄弟會長蘇達義及天主教主教團秘書長陳琨鎮神父、歐晉德夫人黃美基、鋼琴家吳漪曼、雷煥章神父（為甲骨文專家），他以雷文炳為筆名與張秀亞合作藝術史十一冊，他極想念與張作家合作時期，曾將當年的光啓出版社推向全盛時期，他說當時許多作家都希望與張秀亞一起在光啓出書。他感慨很深，因為後來他調為大專學生指導司鐸，光啓出版社的主事者以偏重宗教為主，影響就不能同日而語，他認為張秀亞教授當時幫助教會出版社很大。據以前的社長說好多年社務均靠張秀亞的暢銷書維持。另外，雷神父還說法國聖女小德蘭傳的原文是法文，張秀亞由英文版翻成中文，還有一本諾貝爾獎得主 Maurie 的原書也是法文，但英譯本與法文原文有許多出入，雷神父請張教授翻譯時和她討論，告訴她法文裡的原意，因此張秀亞翻譯成中文時雖是由英文本譯過來但不失去法文原意，是翻譯諾貝爾獎最好的譯本，他以 Number One 來比喻。前本譯作為「回憶錄」，後一本名為「恨與愛」兩本都是暢銷書。

全集發表當天尚有許多台大、清大、輔大、靜宜教授及讀者、學生們，有些由高雄、台南、台中、花蓮等地趕來，他們只是想說一聲感謝，包括影評家李幼新，感謝張秀亞作品給予他們生長時期的啓發，真情可感……。

作家王璞作全程的錄影，他為文學義工的精神實在可佩，另外野聲中心的詹藝靜小姐也同時做全程錄影。當場呈現全集時，鎂光閃閃，貴賓、家人、讀友都是焦距下主角！當晚由編輯團隊文訊雜誌邀請晚宴兩桌慶功，有瘂弦、李瑞騰、封德屏、高天恩、應鳳凰等各導言人及各大報主編陳義芝、林黛嫚、楊錦郁、羊憶玫、李宜涯等各方友好，大家相談甚歡。

美衆議員頒褒揚狀

由於張秀亞教授的作品曾譯為英、法、韓等文字，又曾譯過多部英、美、法著作，對中西文化交流有特殊貢獻。美國眾議會提送決議案記錄張秀亞之文學成就，美眾議員（ANTHONY D. WEINER）頒榮譽狀以及紐約市政府均致贈褒揚狀由張教授之子于金山帶回台灣分別頒贈給文建會、台灣文學館林館長及財團法人台灣文學基金會董事長王榮文接受。

光榮的頂點完成其時代

張秀亞教授寫作自成風格，為人淡泊，一生與世無爭，四、五十年來創作不斷，影響深遠，這套「張秀亞全集」的出版為今後開啓研究美文的一扇窗，張女士的作品如陣陣和風，那無言的影響及溫暖可帶給社會及世界更美好的未來。

今年十月份將舉辦張秀亞作品研討會，由台灣文學館主持，文訊編輯團隊策劃，在此預祝研討會成功，期待專家學者多提出論文心得，造福後世學子。身爲張秀亞女士之子、女，我們感謝各界對她作品的尊崇及對她人品的推崇，我們一生均以母親文學成就爲榮。

瘂弦先生的總論中說：「六十年來張作與台灣土地、廣大讀眾之間的互動關係上，認識張秀亞怎樣面對並完成了她的時代，怎樣到達了——梵樂希稱讚波特萊爾所說的——『光榮的頂點』！」

一切榮譽，獻給母親——張秀亞教授。

二〇〇五年中外雜誌

張秀亞全集發表會，左起戴瑞明大使、全集策劃陳信元、台灣文學發展基金會董事長王榮文、全集顧問李瑞騰、顧問于德蘭、單國璽樞機、顧問于金山、文學館館長林瑞明、全集編輯委員瘂弦、應鳳凰、丘秀芝、全集策劃、主編封德屏。

如夢中的星光
——母親的作品

當我看到商務印書館寄來的母親新書，《張秀亞散文精選》之校稿大樣，內心感到十分高興。

自母親二〇〇一年離世後，在台北及美國的文藝文友集會中，與綠蒂先生有好幾次機會見面，他每次總不忘提到想為我母親做些事。綠蒂詩人非常欽崇及尊敬文壇上有成就的作家，當時他身為台北中國文藝協會的理事長，也有心要推動些有意義的文化活動。大約一年前吧，他打長途電話來，告訴我商務有意要出版《張秀亞散文精選》集，並由他主編，我聽了自是欣喜。我覺得作家最珍貴的寶藏就是作品，能將精彩的美文結集，展現在讀者眼前，是最好不過了。

此集「深情篇」中，「父與女」、「給小若瑟」、「風雨中」、「秋燈」、「慈母」、「溫情」等篇，分別選自《牧羊女》，《凡妮的手冊》及《曼陀羅》等書，這些文章曾多次被各種選集及教科書轉載，可見「英雄所見略同」，好文章是值得一讀再讀的。

二〇〇七年八月號的文訊雜誌刊載，五十年代由「十萬青年票選」出來，青年最喜閱讀的十部散文集中，母親的書就囊恬了三部，除了《三色董》外，上面提到的《牧羊女》及《凡妮的手冊》也包含在內。名詩人、編輯痖弦在青少年時，走了許多條街，就是爲了買一本《牧羊女》，在二〇〇〇年，他將他數十年前作的「牧羊女札記」影本寄給《牧羊女》作者，帶給我母親極大的快樂。

散文大家陳之藩當年仔細看了「父與女」一文後，曾寫信給我母親，提到她的文句，「父親的墓上已長過幾次青草，飛過幾次雪花。」陳先生說：「你的文章已超出了人道的範圍，您自已是椎心泣血，讀者則每爲之廢食雪涕，古人云：『有筆如刀』出處原來在此。」信尾他又說：「祝你鄙夷人間，欣賞自已！」直到最近，陳先生給我的信上也常提我母親的文章及譯作，作家在寫作路上有知音如此，人生當可無憾。

「父與女」，「秋燈」，「慈母」這些描述有點兒倔強的年輕女兒，與深愛女兒的老父母之間的互動及對話，令人會心低迴，許多讀者都表示喜歡，不但是文學中的精典之作，讀者們在文中也或多或少看見自已的影子。

每次讀「風雨中」，淚珠總在眼眶中滾動。那個颱風天，狂風暴雨下，母親帶著我們的小狗來接我們小兄妹放學，那景象，已深印在腦海中不會忘記。有母親的愛與呵護，我們一生都感到幸福。

「給小若瑟」一文感動了不少人，母親寫著：「小若瑟，在夢中你輕輕的呼喚我一聲好不好？就在今夜的夢裡！」「來吧，孩子，每天在夢中，媽媽以思念為你織造了一條絨毯，走過來吧，自天邊悄悄的走入我夢的邊緣。」看了這些溫暖又令人鼻酸的句子，已體會出何謂「母子連心」了。小若瑟是我的大哥哥，如今母親與他在天國相聚擁抱，母親對小若瑟不再有任何遺憾了吧！？按照排行，最近當選紐約中華公所主席的于金山是我第二個哥哥。

「生命的長流中迴瀾與浪花」，母親自述其幼年時代之事，也可視為她自傳的一部分。「月依依」篇中有母親寫的「請一丸白月，為我指點興亡。」這樣的句子。為此，陳之藩先生也曾問過她：「哪來的這銀泉般的靈感呢？」

「窗外的蟬」及「楚辭及水薑花的聯想」均選自《人生小景》一書。「大龍河畔的尋夢者」是寫母親的第一本書出版經過，特別有意義。文中的老師當是指早年對她鼓勵甚多的《大公報》《益世報》的主編吧。

那篇「溫熱的小手」可看出作家多麼珍視小讀者所付出的一份情誼，因文字牽引出的感情，十分溫馨可愛。

寄文友沉櫻的「淺藍的郵簡」，這封信本身就是篇絕佳散文！由信中可看出女作家文友間談文說藝，互動的情形。由於她們三位年青時，接觸三十年代的作家作品較多，母親和林海音及沉櫻經常聊三十年代的文學作品，一聊幾個小時。沉櫻和母親又常談些好的散文及翻譯作品，文友的書信中似可讀出縷縷友情的淡香，多麼可貴啊。

有「絕世聰明，絕世癡」之稱的郁達夫，正如書中所言，郁氏作品「許多篇章中確實有著灰頹的傾向及感傷的情調，而這篇「遲桂花」在基調上則是不同。」正如作者說的「『遲桂花』是一篇充滿了感情的文字，表現的是『發乎情，止乎禮』的一段愛情故事。」

「牧羊女・牧笛・我」，母親平日文中常以「牧羊女」自喻，她一生愛好大自然，「嚮往心靈無塵，單純，潔淨，如同牧羊女一般。」

「小花與茶」是母親晚期作品，刊出後，有細心的讀者察覺這是作者以「意識流的筆法」爲自我創新之作，母親同意這樣的說法。此文值得喜愛張秀亞作品的讀者研究細讀，同時可體會出「有詩，有音樂，自那瓣瓣心心的文字流溢出來。」

「自古城到山城」與「迴旋曲」兩篇文章均可看出他（她）們那個時代的青年，如何自創前程，表現出的氣魄與勇氣，由文中也讀出大時代的歷史痕跡。

「靜夜回想」，回歸到一個天真的中學小讀者，因著喜愛文學，如何由天津坐火車去看心目中心儀的作家的情景。母親晚年身體較弱，從本書內的「小花與茶」至「靜夜回想」，這些後期的作品均未在國內整理結輯成單行本，殊爲可惜，（所幸多篇未結集作品目前已收在二〇〇五年出版的「張秀亞全集」十五大卷中了）。這次選出一些未結集的篇章，對讀者應有些新鮮感吧。

讀完這本精選集後，感到文中許多字字句句都像是「夢中的星光」，在心中閃亮繚繞著……，很高興新選集呈現給讀者。今天寫下我所熟知與母親作品有關的文、人、事，也算是我的讀後感吧。

二〇〇八年七月二十三日　青年日報副刊

甜蜜的負荷

——紀念母親

二〇〇一年六月二十九日母親離開了這個世界。

當時強忍著難過，我勉強打起精神與許多敬愛她的親友、讀者、學生，恭送她最後一程。

接著哥哥在紐約也辦了一次隆重的追思彌撒。典禮中，當著五百多位賓客，一想起母親，我的淚就像沒關緊的水龍頭，滴滴嗒嗒的流著……。哥、嫂安排了豐盛茶點招待參加的賓客們，會後，我的老同學爲了轉移我的心情吧，非把紅著鼻，眼的我拉上他們的休旅車，一路直奔新澤西州她家。在彎彎曲曲的路上，我隱約聽到車上的朋友說，親人走後一年，睹物思人，還會想哭呢。

一年後，快九十高齡的宋神父從紐約到南加州來，與一位友人和我約在母親的墓園見面，他要爲母親祈禱。後來，在一棵大榕樹下，他談到我母親的文章，人品，信仰——，也給我許多安慰與鼓勵，我一邊聽，淚水又不聽話的像斷了線的珍珠滾落——，紙巾都用光了，我只好不停地用兩隻手背輪流拭淚。

忍不住紅眼落淚的場景，這些年來也不知出現了多少次。

有一天，我問一位幼時鄰居好友，在中、大學時她父母就相繼離去了。「親愛的人離開後多久，心中的苦楚才能輕減呢？」她回答：「至少要三年。」三年？

母親離開我們已經七年了，內心蹤然不願，但也得漸漸地慢慢的接受這個事實，而母親和悅的笑容仍常常出現在我的夢中，心裡及腦海中。

憶起一九九四年，母親受了十年關節炎之苦，不得不去台大醫院作徹底的治療。動了膝關節手術後不久，她由台大新樓轉住到舊樓，繼續做復健。台大舊樓是日據時代遺留下來的古老建築，熱鬧景況也不能和新樓相比。當醫生、護士沒來，小護工在午睡，母親在休息時，四周靜極了，連一絲風聲都聽不到，真是悶悶的午後啊。我飛回台北陪母親，看書看累了，就將我帶回去的一個小收錄音機打開，放上在台大地下室商場買的錄音帶。

有一卷是劉德華唱的「忘情水」，當時很流行也很好聽，我常重覆的放，但又怕吵到母親，聲音放得極低。

有一次，媽媽在病床上轉過身來說：「我現在不睡，妳可以放大點兒聲，沒關係。」我知母親好靜，尤其在養病時候，我只稍稍將音量調高了一點兒。

有天，我們推著母親去做復健，回房路上，她居然哼出這首歌來，令我們驚異不已，拍手大笑。當她唱到：「給我一杯忘情水，讓我一生不流淚，……。」母親告訴我們說，「世上若真有忘情水倒也不錯，人生就會簡單多了！」

母親是位善良，細心，易感的文學人，身經數十年大時代的動亂，與父母、親人、丈夫之間均曾經歷了生離死別之苦，她善感的心靈如何載負得了這許多愁？

女兒解悶聽的一首流行歌，竟也使這位文學家陷入了沉思。

時間不斷的向前推移，每當想起母親，我就慶幸我們曾經擁有這位偉大的慈母。如今，她雖然已不在世間，但我們並不孤單，母親的溫美笑容常在我們眼前閃動，每當想起她幽默可愛的笑語也常溫暖我們的心。我不要一杯忘情水，因爲我要永久記得媽媽的愛，即使這是愛的負荷，卻也是甜蜜的負荷，我們樂意永遠揹負前行……。

——寫於母親去世七周年

刊於二〇〇八年七月十一日中華副刊

我讀宋神父著《張秀亞的神修歷程》

前些日子，當我接到宋稚青神父由菲律賓寄來的一包稿子，是有關我母親張秀亞女士的神修歷程的文章，十分感動。

這部稿子由聞道出版社印行成書，宋神父要我寫篇序，我十分不敢當，但我願意寫幾句話表示我的感謝與高興。

二〇〇一年六月廿九日，母親張秀亞教授在南加州橙縣蒙主恩召，繼當地的追思會後，在紐約家兄金山也和紐約所有的神父們，籌備了一台隆重的追思彌撒，當天由宋稚青神父證道，內容在此書後面，題爲「永恆的花季」。記得當天在彌撒中，我聽到宋神父說：「…聖女小德蘭招呼張教授站在她身旁，她們兩人比影片「臥虎藏龍」的輕功更飄逸，以大把大把的玫瑰花瓣撒向諸位頭上、胸懷、全身、心上…。」如此生動的話語，令所有在場人士聽了爲之動容，當時我的淚更是不聽使喚地落著…。

以前我雖久仰宋神父大名，但那次彌撒是我第一次見到宋神父，我返回加州後，寫謝函給他，不久，他到洛杉磯來，由資深教友林如豪陪同與我約在我母親墓園見面，他在母親墓前祈禱誦經良久，並表示有機會願在那裡再爲母親做彌撒。

當天宋神父在羅蘭崗的天堂母后墓園，與我談了許多母親的心靈境界及她的許多作品，使我思念母親的愁緒寬解了不少，另外，宋神父非常鼓勵我多寫文章，爲教會的福傳盡力，使我內心得到極大的鼓舞。

使我詫異的是，宋神父除了是位神修高超的神長，還對文學有極高的鑑賞力，而且他本身是位學者，也是位作家。宋神父能透過文章，很深地體會出我母親的品德文章，乃至於她侍主的心路歷程及對主堅定無比的信念。由於神父能將家母一生的信仰生活，提綱挈領並完整有系統的貫穿起來，對一般想瞭解、想知道這位天主教文學家的讀者亦是一樁喜訊，同時更可鼓勵信友，在神修信仰上邁進。

母親一生的作品，確實給無數讀者帶來無上的心靈享受。在教內，我曾聽說有人看了她的翻譯作品而萌修道之願，後來成了神職人員。也有作家因迷她的作品而受天主教洗禮的。在她離世前，她感謝天主賜她的恩惠，當然主要也包括了給予她寫作的才華。她一生爲人謙遜從不自誇，她並極樂意且自認是天主的工具，她用一枝筆做了許多文字福傳工作、打動了許多讀者的心，影響深遠廣大⋯⋯。

母親是純正善良有著孩子般真純心性的人，這點對曾接觸並瞭解她的人均極輕易感受到。而令人可感的是，宋神父能細心體會出我母親文字中散播出來那世間至高、至善、至美的最高品質而將之呈現給讀者，這是萬般可貴的。如同母親在書中所言「在多少噸土瀝青中取那一閃鐳光，在人的內心深處，顯示照明的作用。」

在今日多元化的世界，坊間充斥了多少「土瀝青」似的書籍，不但無助於提升心靈，只給人心帶來煩亂。而我們今天能看到「提取的那一閃鐳光」的精華是多麼幸運！感謝宋神父為讀者大眾的指引，藉著閱讀母親的神修歷程，使我們的心更接近天主。感謝聞道出版社，願意出版這樣的好書。

二〇〇七年六月十七日　教友生活周刊

一位天主的好女兒

——我的母親張秀亞教授

最近，美國南加州大學東亞圖書館的負責人，想要收集我母親張秀亞的作品及手跡，供給學子們參觀借閱。

在我整理母親的作品時，找到了她生前翻譯的許多宗教典籍，如回憶錄、聖女之歌、心曲笛韻、露德朝聖地、教宗若望二十三世……等書。

母親一生除了寫過無數文學作品外，也翻譯了這麼多教會的好書，她一生單純淡泊，沒有什麼娛樂，最大的快樂就是看書、寫書了。

母親生於一九一九年九月十六日，於二〇〇一年六月二十九日蒙主恩召，中國算法是八十三歲去世的，我父親長母親一歲，在一九九四年十二月十四日去世的。

一生著作甚豐的母親，有八十二種著作。她信仰堅定如石，孝愛聖母。母親自幼早慧於文學，直到考入輔仁大學由德籍修女院長盧德思姆姆細心帶領下，研習教義有三年之久，母親確信自己信仰堅定無疑後才決定領受聖洗，聖名爲音樂主保的則濟利亞。母親溫和善良、文靜守份是修女眼中的「乖寶寶」。母親一生從不說不該說的話，從不做不該做的事，甚至從未有不得體的言辭和想法，她的心如同金子般的純真，像她這樣的人，在現今社會上是十分稀有的了！

去年十月八日，天主教文化協進會、中國文藝協會、光啓出版社、天主教女青年會、在野聲文化中心合辦了一次「永遠的張秀亞」文學座談會中，她的文友，中國時報創辦人余紀忠的胞妹余宗玲女士發表談話說：「自古至今有寫好文章之人，但文品與人品兼高尚之人就是秀亞。」

我常想，怎樣用一句話來形容母親呢？記得二〇〇一年彌撒中單國璽樞機曾說過：「秀亞教授是天主的好女兒。」一生行事符合天主的旨意，「天主的好女兒」這句話來形容母親是最貼切不過了。

母親大學畢業，研究所之後，在民國三十二年三月五日（一九四三年）才到重慶的。她在輔仁大學時主編校刊輔仁文苑，並常寫稿。大伯父于主教，想爲教會培植人才，看了多篇她寫的文章，如皈依、心曲……等等，曾多次派三個秘書分頭去找這位青年作家未著。直到母親大學畢業後至重慶才見到了當時任北平輔大董事又是益世報社長的于斌主教，在這之前她是不認識這位名滿天下的于主教。

當時一臉稚氣的年輕小孩一進門，見到一位高大的秘書還以爲是于主教，就趕忙鞠了一個大躬，後來才知是認錯了人。等到她見到這位愛護青年聞名的于主教後，主教囑她去見一位神父，給她一篇教宗庇約十二世的通諭，英譯拉丁文的教宗通諭，要她翻譯。主教滿意她的譯筆後，任用她爲益世報副刊編輯。

在益世報，母親遇到了一位同事就是我的父親于斐（犂伯），不久他就展開追求，他見到了秀慧的母親後，也收拾起流浪的心。他們相識的這段往事，母親曾寫過一篇文章，題目爲「千里姻緣」收在東大圖書公司出版的「寫作是藝術」一書中。當時父親傾心於母親的純真與文筆，母親傾心父親的坦率直爽個性。父親好動，母親恬靜，而他們相戀了。我父親後來寫了封信給當時在歐美爲國宣勞的兄長于主教，內容是：「大哥，你記得最近在報社編副刊的那個來自古城的小姑娘吧！想不到這小姑娘一枝筆，打動了我的心，希望您能爲我們做個決定……。」

大伯父于主教本想培植我母親更上層樓，爲教會甚至爲國家多做些事情，沒想到其弟與這小女孩彼此相愛要結婚了。不過做兄長的于主教十分高興的祝福他們，很快地回了一個電報給一位秘書呂永泰（這位秘書目前高齡九十，住在美國南加州）。內容是：「Tell Philip engage with Chang Hsiu-ya gladly blessed.」（philip 是我父的英文名字）。

後來我父母在重慶真原天主堂結婚了，由莫德惠主婚，爲了力行抗戰時期節約，行完婚禮，他們步行回到他們的小屋。那時日子過得不寬裕，但精神上卻是富足的。

事實上，母親婚後也沒閒著，她編益世報副刊，爲主教整理信件，我父親管些事務，父母親的長子小若瑟（我的大哥哥）在一九四四年出生後被醫生的鑷鉗夾住而去世，在悲傷的心情下，母親仍是忙碌的工作，從未閒歇下來。前駐梵蒂岡吳祖禹大使夫人梁宜玲女士有一篇文章「念秀亞」中有詳敘。于、吳兩家是世交。（參見《甜蜜的星光》一書，光啓出版。）我的小哥哥也就是金山，於一九四五年出生於重慶。後來母親翻譯「聖女之歌」巨著，一九四九年到台灣，生活艱苦下，陸續接著翻譯完成的。《改造世界》一書是于主教交給我母親囑她翻譯的。

父親婚後又任黑龍江省政府委員，他個性外向，長相英俊，有良好的小家庭，引起了外人非份之想，有第三者闖入了這個幸福的小家庭。這第三者還經常在這小家庭內遊走，結果極嚴重的做出了破壞人家庭的事！而善良單純的母親竟是最後一個知道的人，可嘆哪！而其中之曲折痛苦不是個性純良的母親所可忍受的，非一言可以道盡。母親在輔大的英文系主任，名學者英千里先生非常痛心他班上最好的學生，所託非人，爲母親之際遇而長嘆！而母親的婚姻名義仍在，而實質上一人揹起嚴父慈母雙重責任，撫育子女，在艱苦的環境下毫無怨言。她一心等待父親，原諒父親，直到母親離世前，念茲在茲的仍是一再要求我們爲父親獻彌撒祈禱，救他的靈魂。大伯于樞機當見到刊載的那篇「千里姻緣」後，不但誇讚我母親將往事記得那麼詳實清楚，還曾將我父親叫了去說：「秀亞實在對你太好了，每句話都記得。她又從來不在人背後說三道四的，你太對不起她了，還不反省。」

大伯父也曾告訴余宗玲女士（曾任嘉義女中校長），說他會將弟妹當成親妹妹一般給予她精神上最大支持。大伯父年長我父母親約二十歲，是兄長，又是于家大家長，父母親對他老人家畢恭畢敬，十分尊敬，尤其是我母親不但十二分地敬重且感謝他老人家賞識她才華之知遇。她也感謝當年的盧德思修女及出版她《皈依》一書之顧若愚神父師長。她常說：盧姆姆就像她「第二個母親」一樣愛護她。

母親的慈父曾任河北縣長，一生正直清廉，出身北方地主家庭，張家得過「千頃牌」，母親之慈母陳家為浙江山陰縣人，陳家書香門第，歷代功名，出過許多狀元。母親一生受其父母影響甚深，自幼謙遜、懂禮文靜、守規矩，中學時代在天津亦受師友喜愛，有「小小詩人」之稱號。

到了北平上輔仁大學受修女薰陶、神父看重，為一恪遵教義、尊敬師長，又為教會翻譯聖書的好教友。她一生甘心為天主的工具，為天主工作。她走前的三句話：

感謝天主賜她一生的恩惠。

我已準備好去見天主。

寬恕一生使我痛苦的人。

單國璽樞機說：「沒有高深活潑，信、望、愛三德的人，不會做出如此高貴的遺囑和信德的宣告。可貴的是她用文學的天才將天主真善美聖的光輝反映出來，同時將基督教救世之福音精神散播在讀者心田」。

狄剛總主教說：「這三句話已足夠讓我們體驗到她生命的美好與價值，讓她有資格成爲大家的典型。」他並確信，我們在天父前多了一位更會關心我們，更有力量的代言人！

我們相信母親卸下了人間的十字架，在天享榮福了。母親是有寬恕愛德的人，我相信她在天主面前一定會爲世上許多人祈禱，甚至包括有些「不知道自己在做些什麼事的人」。

在母親離世前，她已很虛弱了，但有一次醒來，抓床欄抓得很緊，要起身下床，我問她：「媽媽妳要去哪裡？」母親說：「我要去見天主！」這句話震撼了在床邊的我們許久許久……，她的確準備好了，要去見天主，連在夢中都要去見天主，令人感動……。

希望我們每位有信仰的人都有一顆純潔美善的心，就像母親生前的心境一樣。我們感謝天主賜我們一位偉大的好母親，現在天主召叫她回去了，我們雖萬般難捨但也要接受天主的安排，我們永遠以母親爲榮。

二〇〇八年一月十八日善導周刊　聖則濟利亞瞻禮日初稿

聖母無原罪瞻禮日定稿

上天對我的獨厚

窗外的狂風暴雨仍舊不停，敲打著門窗咯咯作響。使這黑夜更增加了幾分恐怖。壁上掛鐘已經敲了兩下，我剛把明天要考的幾何演算題收進了書包，就疲乏地倒在床上。正在朦朧欲睡的當兒，突然有一道光射入我的眼中，真是討厭！揉一揉眼睛一看，原來是媽媽房裏門縫中透出的一絲光線。咦？奇怪！夜這麼深了，她怎麼還沒睡呢？我偷偷地走下床在細縫中窺看……。

媽媽伏在桌上，一直在寫著，偶爾抬起頭來喝口濃茶，就又繼續寫。在玻璃板上放著一封限時信，使我想起今天下午我放學回家時，媽媽正接得一個編輯先生來催稿的信，那現在她就是替那刊物寫稿的嘍。我突然打了個寒顫，夜更深了，雨更大了，媽媽的眼睛睏得快睜不開了，但她那拿筆的手卻沒有停止。寫稿子也真不容易啊！記得前些日子，大伯伯問我將來要不要作文學家時，我說：「才不要呢！像媽媽那樣寫，多辛苦啊！」母親一向是極有信用，並且有一顆最善良的心，她這樣不分晝夜地趕工，是唯恐一些書刊可能因爲等一篇她的作品而拖延了排印，她之所以這麼絞腦汁用心的寫是為了不願拿出不用思考的文字來欺騙讀者，但誰能體會她的苦心呢？每天我們家的信箱總有那麼幾封信，在這些信件中大部份都是母親讀者來的。當她收信時臉上總是流露出不可言喻的興奮，從這些信中知道她的努力並沒有白費，這也就是寫作最大的收穫。有一天，在許多信件中，我抽出一張淺紫色的信箋，」上面這樣寫著：

「最敬佩的XX女士：

從此我不再寂寞，因為有您的書陪伴我，您的文章之好，非我筆墨所能形容，看過後，猶如嘗到一杯清茶般的清香，耐人尋味。

我願是一朵小小的丁香，隨著天上的雲朵飄入您紫色的園中，那怕它太渺小，不能引起您的注意也甘願。

帶去我永遠的祝福

一個不再孤獨的女孩」

看過這封信，我覺得人世間一些事真是奇妙，記得媽媽曾說，她小時候最喜歡作文，心中更極崇慕一些大作家，現在卻被人家崇拜了。我聽一些客人說過媽媽在學校時就是同學之間的佼佼者，校刊上也常發現她的名字。如今，事過二十年，已成為兩個頑童的慈母，但她的寫作生涯卻一直沒有中斷過。

平日媽媽很注意我們的言行及學業，父親常年在北，我們大部份時間都是和媽媽在一起，媽媽揹起嚴父慈母雙重的責任來教養我們。

從小我們就知道要誠實，記得有一次我們家附近蓋房子，一些鄰居小友們就把工人丟在地上的破鐵片拾到我家來和哥哥一起玩，媽媽看見了就叫哥哥送回去，但他們卻說「是人家丟掉不要的嘛！」她就好言勸說哥哥：「孩子，沒有得到別人許可的而拿到的任何東西，都不該是屬於我們的，即使拿的是一粒沙子也和拿人家幾百萬元的罪過一樣大，不要以爲破鐵片就不要緊，要養成好習慣！乖孩子，告訴小朋友們送回去，把家裏的玩具拿出玩吧。」因此小時候我們就知道拿人家的東西是最壞的行爲，一直到現在媽媽都很滿意我們從不亂碰人家東西的好習慣。

像我們這麼半大不小的孩子最喜歡對人評頭論足的，我有一次對媽媽說：「媽！你看那女的樣子好討厭唷！」但我一抬眼觸到的目光真令我抬不起頭來，媽說：「蘭兒，以後不許亂批評別人，由每個人的外表不能判斷她的內心，你要處處去發現別人內在的美好才是，外表好看而內心醜惡才是最無用，像一隻繡花枕頭，裏頭全是稻草。你看媽媽幾時批評過別人？記住！以後再這樣就不是媽的好女兒。」我慚愧至極，低聲說：「媽！我錯了。」她摸著我的頭說：書上有云「人非聖賢，孰能無過，過而能改，善莫大焉」，你懂嗎？做錯了，不要緊，以後不再犯就行了。

對我們學業她更是關心，總是在百忙中抽空教導我們，但我有一段時間很不用功，那次月考拿回成績單就很難過地撲在母親懷裏說：媽，我後悔沒有努力，下次一定要用功了，原諒我這一次好嗎？」母親一點也沒罵我並輕聲地講：「我知道你會做到，且看下一次吧！」她每晚督導我們作功課，唸英文時隨時校正我們的發音，另外還買了四套英語唱片，訓練我們的聽力，現在哥哥的功課漸漸忙了，她就請了一位家庭教師教導他，真是用心良苦。每逢我們得到好分數時，媽就給我們準備好禮物，並囑咐我們不要驕傲再繼續努力，爲了媽媽的期望，我們都不敢再懈怠。

記得在一本書中有一句話：「我愛花朵，我也愛孩子。」這是媽媽寫的。是的，她簡直太愛我們了，十六七年以來，爲了我們兩個孩子寧可犧牲一切，在四、五年以前哥哥同我在一所離家不算太遠的省立小學唸書，一天下午，正落著傾盆大雨，放學後，雨似乎仍沒有停止的跡象，哥哥和我站在屋簷底下，想等雨小了點再走，一直等到天色微暗了，雨還是排山倒海地直瀉下來，失望之餘，我們想冒雨跑回家，忽然，看見遠處一個黑影漸漸走近我們，哥哥眼睛一亮喊了一聲：「媽！」她就直奔過來擁我們在她懷中，也不顧自己滿身是雨水，劈頭就問：「你倆受驚了沒有？」當時我臉上都是水珠，不知是雨水抑或是淚水？回到家母親卻因淋雨過多而感冒了，躺在床上好幾天才恢復過來。

平日凡是我們所要求得到的東西，只要合理，她從不曾拒絕過，總是想盡辦法爲我們買來，因此我們什麼都不缺，自然也從不會貪羨別人的財物。自從女傭阿珠走後，我家就沒人幫忙了，媽媽每天早晨五點半就起來爲我們做早飯，她自己卻連吃早點的時間都沒有，有時只喝杯清茶就算了事，總之，媽媽每日所做的每一件事都是爲我們，而一切都是以愛爲出發點。

我上了初中以後，有一回校長請媽媽到校來演講，同學們都對我說：「你真是太幸福了，有一位偉大的母親。」我聽了這話眼睛被淚水浸濕了，母親的身影在我眼前慢慢擴大……是的，我太幸運了。上天真是對我獨厚，使我有這樣一位媽媽。

媽！我爲了有你這樣一位好母親而欣幸，但願以後我能努力效法您，做一個好人。

一九六三年　中央日報副刊

此文為作者初中時之作

難忘春暉

記得小學的時候，母親節那天放學回家，看到路邊有賣康乃馨的，那鮮麗的顏色，在晴美的陽光下形成悅目的圖案。我摸摸上衣的口袋，其中還有些零錢，就買了幾朵鮮紅的，跳著回家，獻給媽媽，那天，她笑得多麼開心，笑容像陽光一般，使那花顯得更鮮豔了。這幾朵小小的花，多年來一直夾在她書頁中保存著。

第二天，作文課時，老師出的題目是「母親」，他說：「寫下你母親為你們做的你最難忘的事。」我想到母親在教書、寫作忙碌之餘，仍常常為我們下廚，就毫不思索地搖筆：

「我喜歡我的媽媽，她以『愛』來調味為我們烹製食物。」

當時在我生活的小天地裏，被豐富的兒童圖書、各種多色的水彩、蠟筆以及家中畜養的各種小動物塡得滿滿的，且渲染得多彩多姿。我常是沉浸在自己「富麗」的童話般世界裏，渾然忘我，卻從未想到我們童年的歡笑，需要一個母親在背後付出多少的辛酸及辛勞，並犧牲多少她個人的享受。

多年前一個冬天，當我第一次回國省親，班機離抵達時間延誤了四小時。當我正在機上與同伴笑談之時，母親已在候機室心焦如焚了。當我披著大衣下機後，來接我的朋友馬上跟我說：

「于伯母急得不得了，汗流得像雨點呢。」一邊說者更一邊手比劃著給我看。

好幾年過去了，在母親心目中，我們仍是她長不大的孩子。

母親每次寄包裹來，都不用現成的厚紙盒，牛皮紙袋，卻以淺粉色的細布一針針的縫成可愛的包裹，母親喜愛文學，且是有成就的作家，但她縫起包裹毫不含糊，四角四稜，有如一件藝術品。一針針密密的縫小包裹時，她把母愛都縫進去了，真是慈母手中線啊！每次收到時，一邊拆包裹一邊想，她自奉甚儉，爲我們寄東西時，不論大小，則一律空運。她在信上說：「早幾天收到，可使你們早點高興。」她認爲只要使孩子高興就最值得了。

她寄來的毛衣最多，母親最擔心的是怕我們「招掠」。結果衣服太多了，日積月累，已「氾濫成災」，一箱箱地擺在屋櫥間。「我如今已由『毛衣公主』躍爲『毛衣皇后』了。」我常常如此和媽媽在信上開個小玩笑。

我有的朋友稱她爲「好媽媽」，跟我在一起的人都感到她的愛心。

母親是個「純感情」的人。記得名作家徐鍾珮阿姨曾有一句絕妙的話形容她自己是個「抽去了感情就成了真空」的人，這句話同樣用在母親身上也很恰當。她對孩子更是付出了她大量的愛。她儘管愛我們，但爲了我們的學業前途，卻並不要我們一直偪促在她的身邊。

母親在她自己寫的書上曾引用一句名言：「母親是弓，孩子是射出的箭矢……」又說：「孩子自父母而來，卻不隸屬父母，他們屬於明天。」說出此等的話，要何等的胸襟？我是多麼愛我的母親，且在愛外，更附加上恆久的敬意。

有一句諺語：「上帝不能照顧每一個人，所以祂爲人類創造了母親。」

母親對我們付出的真是數不完，道不盡。她的恩情真是比山更高，比海更深。每個人都敬愛自己的媽媽，我謹以這篇小文獻給我的母親，誠摯地祝母親永遠健康、快樂，也祝福全世界每一位慈母。

一九九三年五月二十五日　世界日報副刊

母親的心靈之家

前些天收拾母親的文稿，爲給編輯母親全集的朋友，我發現一篇稿子，是母親生前寫聖家堂的，她先是說到她在大學時接受聖洗的情形，她說：

「當我讀大三上學期時，我接受了聖洗，而當時的教務長——世界有名的人類學家德籍的雷冕神父，曾那麼可感的給我寫了一張賀卡，上面的句子，使我終生難忘：「則濟利亞，歡迎你做了我們天主教的大家庭中一個小女兒！」

「天主聖教會，的確是一個充滿了溫暖、和煦的大家庭，這個大家庭中當年那個小女兒，雖已跋涉了世途多年，自己也締建了個點綴著兒女笑語的家，而她心靈的家之所在——永恆的家，依然是聖堂。」

我們於民國五十年後由台中遷回台北，成爲聖家堂的一員，在母親心目中，聖家堂是「巍峨、雄偉、瑰麗而莊嚴」的。

我們那時在和平東路租賃家屋，媽媽說：

「院中是一片廣大的草坪，有時晨夕在和風吹送中，常會聽到聖家堂中悠然的鐘聲，因爲相距之近，望彌撒往往就循著新生南路那一條兩岸開遍杜鵑的水圳走回家。由於我的一個形體暫居的家屋同心靈的家如此的相近，那段生活真是恬適而安謐，在那段時光中，平日有時出遠門回來，遠遠望到聖家堂熟悉的院牆，就有陶淵明的文章中所說的，戴欣戴奔，歸去來兮的喜悅之感。」

媽媽說改建後的聖家堂擴建了，幾分像哥特式的，高大的十字架影翳，在教徒心中形成了庇佑的象徵，而在身心方面感到家的溫暖寧適。她對聖家堂的描述是：

「新建後的聖家堂，不僅在外型上美輪美奐，在內部也極富藝術氣氛，置身其中，使人心神似與上主的音容相接，聖堂祭壇的背景，以極其澹雅的顏色鑲畫出聖家三口，一付其樂融融的景象。聖母瑪利亞守著一盞油燈，似在拈針穿線，爲她的世界上最可愛的愛子縫製衣衫；另一側藹然可親的大聖若瑟，中間站著少年的耶穌，雖還在孩童時期，但已是豐神那般的爽俊，那塑畫中的耶穌，簡單的面目輪廓像中，已畫出面目流露出一股超軼人間聖智與聖靈。在舉頭仰望之際，這壁上的聖家影像，給了我無限啓示，我在跪凳上似乎聞到了院中聖若瑟與少年耶穌做木工後，堆積的木屑，發出的沁人心脾的芳香，也似聽到那兒依然盤旋著少年耶穌的斧擘的木材之聲，呵！我常常發奇想：但願我的靈魂有幸做祂手中的一小小枝片，在祂神聖的手剔造成小小的木笛，傳出祂神聖的吹息，發出天主的清音。聖家團圓側旁，是一片白雲，呵！多奇妙的雲，如篆烟、如蔓藤、如湖波、如奇峰、片片舒捲，引我的心靈像雪萊詩中的雪花，只想到超飛，只想達到更高更遠的那一片澄明的蔚藍。」

更可感的是媽媽感到堂內神長、修女均是神聖家庭的精神指導，極樂於協助教友，令媽媽感動又感念。

對於教內姊妹們，她說她們：

「有一張張純樸的臉，一顆顆純摯的心，多少感人的早餐會，有幾位成了我的好友，颱風欲來時，我們互相慰問，一聲「關好了門窗沒有？」含著多少關愛。每逢有小文章發表，一定會接到親初的電話、鼓勵、謬獎，使我感到無限的欣奮。有事情，她們陪我，我生而沒有親姊妹，在聖家堂內我找到了。我無力的手臂被攙扶，我變得有力了。」

後來，我家搬開了大安區，媽媽時時路過聖家堂，她感到：

「匆匆而行，急馳而過的車子內，隔著窗玻璃看到聖家堂那典麗的五彩玻璃窗，那高高的十字架，我就有一種回到舊家的感覺，而低頭默禱：

「主啊！我向你祢敬禮。」

在她的感覺裡：

「每塊磚、每塊石，都代表著一個虔敬的禱語，那動人的聲音，使我心神隨著，直達天庭主的左右。

而聖家堂，一如世界上每一座聖堂，都不是用磚石建造的，是用教友對上主的虔誠，對主的敬愛，每一吋階石，都洋溢著讚美的歌聲！置身其中時，遠離開那裡時，那聲音在我心上縈繞，有如當年一陣和風吹過來的聖家堂悠悠的鐘播出的清音。」

媽媽對聖家堂的感情令人神往，我想到二〇〇一年她蒙主恩召後，我們回到台北，她的追思彌撒是在聖家堂舉行的。由輔仁大學主辦，恭請單樞機主祭，及全國所有的主教及二十位神父共祭，相信母親天上有知，一定感到無限親切及欣慰，像回家一樣，她一定會帶著慣有的微笑頻頻說：「不敢當」的。她更會同我們一樣感動回到聖家堂，也感謝每位神長、教友及朋友們爲她的祈禱及付出的友愛……。

我也願與堂裡教友們共勉，我下次返國一定會再回到聖家堂和您們同望彌撒，在這麼肅穆美麗的教堂中，也希望以每位弟兄姐妹的信德見證，影響更多的人來堂裡聆聽天主的福音！

二〇〇四年秋　聖家季刊

詩之禮讚

二〇〇七年九月十六日這天，洛杉磯的天空很詩意。

甫由多位讀者組成的「張秀亞教授文苑」在洛城成立了，並在我母親八十九歲冥誕那天，主辦了一場難得一見，別開生面，純文化的活動——「張秀亞教授抒情詩文朗誦大會」。籌備期間消息傳出，得到各方極爲熱烈的迴響，中華民國駐洛杉磯經濟文化辦事處文化組爲協辦單位。我們家人當然義不容辭，與「文苑」的朋友們合作共同推動這有意義的活動。

今年初，居住在高雄的音樂家——九十六高齡的黃友棣教授，可感地爲我母親張秀亞女士的四首小詩（愛的又一日、一個字、秋天的詩、叮嚀。）譜成了兩首新曲，「自那葉叢中」及「晶亮的秋雲」。還有一首「秋夕」，黃教授並找到在台灣得過全省二十年合唱冠軍的屏東教師合唱團演唱，由林美惠老師指揮，錄製成唱碟寄來。

朗誦大會先由三首樂曲子拉開了序幕……。當天參與朗誦的有：天主教鳴遠及聖心中文學校、及南加州有名的聖瑪利諾及爾灣中文學校的小朋友，年紀最小的才七歲！教內、教外的讀者們也參加朗讀，作家喻麗清特別由北加州趕來，洛城十八台新聞主播可愛的黃明怡、舞蹈家羅楚瑩、鋼琴家汪俊一，均有一番感性的致詞與精湛的演出。大會的工作人員們均無私無我高興地付出。朗誦演出者經過多次辛苦排練，在九月十六日均以最佳面貌呈現在觀眾眼前，大家都稱讚節目太好了，詩文太感人了，台上參與演出者動員了約六十人之多。

「張秀亞文苑」有六位發起人，秀玉任舞台總監，十五日半夜特由舊金山參加友人婚禮後飛趕回來，付出極大心力。詩人李宗倫費心默默地做出詩文圖片及作家生平影片，得到無數讚賞，廣平訓練嗚遠的小朋友外，還專程到業錄音室錄音介紹她的代母張老師的生平，音色、內容均牽動人們心弦。我教會的吳而謙修女，當年看了張秀亞教授譯的聖女小德蘭的《回憶錄》而萌修道之願，她這次任財務總管外，還找到了許多傑出朗誦者上台。教內作家林如豪患巴金森症身體較差，但他仍時時關注，勉力而爲的精神令人佩服。安娜極爲盡責，默默辛勤做後台工作，還有能幹的李芳宇及橙縣教會許多好朋友們幫忙打燈光、配樂及負責前台的招待等事，由美麗的小宣主持。這次真是動員頗眾，難得的是大家均開心愉快並表示感到榮幸參與演出及付出。

洛城地廣人稀，平日辦活動聚集不易，而這次洛城僑教中心提供我們的是三百多人的場地舉辦這大型的活動，各報章電視台媒體朋友們也頗爲興奮，均感是十分有意義並盡力做了詳實的報導。

我們也特別精心安排了天主教鳴遠中文學校小朋友朗讀我母親寫的《獻主頌》，穿插在抒情詩文中，內容是：

「祢是創造宇宙的主，卻寧願隱寓我這一粒微塵；
祢是永恆的海洋，卻寧願凝聚於我這一顆露珠。
呵，無限的美與愛啊！祢給予我的是如此的豐富，
而我只願消失於祢，才感到最大的滿足。」

聽後，觀眾心中興起了敬愛主的虔敬之情。

作家喻麗清誦讀《生命的頌歌》之前，感性地向觀眾們講述了當年為了做秀亞代母的代女而受洗，及在文學上受到代母的啓迪的經過，十分感人。

我的小姪女于之淇，現任紐約市長彭博的特別助理，她特別帶來了紐約州長給奶奶張秀亞教授作品的褒揚狀，呈現給大會。

由這次活動中，大家更深一層地瞭解這位天主教作家如何由其文字，寫出對花、草、樹木、對兒童、對人之愛，並由其中認識造物主的偉大！

母親生前自喻為「上主的工具」，並以之為榮。母親在天上見到這麼多大、小讀者因感念她，讀她的作品又帶來無上心靈的感受，是多麼欣慰啊！母親一生無論在多麼險惡的環境中，永不忘求主賜她力量去承受、去肩負，最後總是以一顆無比寬容的心，使事情化險為夷。

她臨走前，感謝天主給予的一切，當然包括她寫作的才華。她在人生中所受的苦難，認爲是天主愛她，給予考驗的機會。她一生樸實無華，但心靈、精神上富足無比，值得後世學習。

人的生命有限，優質的文學作品卻是可以世世代代，綿延傳遞下去……。藉由母親婉約溫柔、有哲思的詩文，提升大眾的精神生活境界，而去體會天主的愛是多麼美的一件事啊！

這只是一個好的開始，將來有更多朋友加入，貢獻心力。「文苑」將舉辦大大、小小，教內、教外許多有意義的活動，使更多人認識上主，使福音精神遍佈各地。

一切光榮歸於上主！

二〇〇七年冬　聖家季刊

生活隨筆

難忘青青歲月

五十年代是我們上小學，用瓦片「跳房子」的年代。

記得每天上學，走出了巷子，轉個彎走過了充滿了花香的小河邊，必經一幢荒涼破落的大舊宅。過了不久，看見那大宅重新修葺得頗爲美觀。大宅三面臨河，不臨河的那面同時也蓋了一幢民宅，裡面住的清一色男士，還有幾隻大狼狗，亂按門鈴的小孩，常被嚇著。那大宅前面有兩個大綠鐵門，挺氣派的。有時我們上、下學會看到一位面容清瞿，穿著睡袍的溫文男士，站在像個「護城河」的小橋上，或在花園內，旁邊總有些人跟著。頑皮的小男生對著大宅喊他的名字：孫立人，真不知昔日英雄聽了內心有何感想？在那護城河大宅不遠處又蓋了間小店，一天放學後，走進去買蜜餞，進得門去只見幾個大男人在懶懶閒閒的清談。我看了半響，店裡只放了幾個玻璃罐子，裝著幾樣梅子。我還問「店主」：「你的梅子只有幾種，沒什麼好選的嘛！」店主無法回答我，只愣愣地望著我。長大以後，一向言語謹慎的母親還常笑我：小孩子，膽子好大，竟還去指問人家如何做買賣？後來我才瞭解，那小店也是看守大宅的一個據點，不盡慨然⋯！人是創造歷史也是走進歷史的⋯⋯。千古風流人物，怎麼解釋命運的悲喜呢？

前年返國，隨小學同學琴去台中「尋少之旅」，回到老家，經過那大宅，又在中師附小前照張相，一切景物經過幾十年變遷與記憶中的已經不一樣了。「少小離家（赴北），老大回」的感慨油然生起，令人無語，一切只有在夢中去尋覓了。

六十年代中學時，也是一段難忘歲月，幾個好友上課、下課都在一起，天真浪漫，無憂無愁。當時很怕生病，因病請假，就少了一天和好友相聚了。

記得有一次隨母親坐火車去台北辦事。火車出站後經過一片農田及房舍，好幾個同學家住在那些民宅中。雖然我赴北僅一週，而火車匆匆走過，好像將我的思念都引出來了，忽然間好想念好友們。

中學時代喜歡聽流行歌曲，「Oh, Carol」、「Diana」、「Only you」⋯等，下課在走廊上，大家拿著克難小紙條練唱。有時聽說一個樂隊到某校園表演，一大堆中學生趕去，夾在人群中，興奮得很，哪像如今家家有卡拉OK，人手一隻麥克風，儼然歌星狀。

我們那時又好愛看好萊塢電影，都是迷濛好美的景色及情節。記得高中時有一位國文老師兼導師是一肚子古典詩書，但對學生十分嚴厲，他禁止我們課後去電影院。有次，我們五個在電影散場時，趴在電影院鐵門內（當時進場後有鐵欄杆圍住），向外張望，遠遠的看到老師在豔陽高照下，撐了把大黑傘，緩步走過，我們就溜向相反方向，他的大黑傘幾次卻成了大家的保護傘，免被抓也。

有次同學「糊塗妹」寫的作文發回來，只有她的沒有分數，題目上老師畫了個大圈。她覺得奇怪，大家就慫恿她去問老師，然後就躲在辦公室外面聽，只聞老師以高亮的聲音說：大圈圈就是零分，零分就是沒分！她怯怯地問：老師，作文還有零分的啊？（是啊，又不是數學題）。老師又提高了嗓門，當著其他老師面說：前言不達後語，根本不是話，狗屁不通，不給妳零分給幾分？嚇得她小臉失色，節節後退，把大家給笑翻了。

前些日子，有一大學好友送我一些五、六十年代的歌曲 CD，驚喜之餘，感動不已。聽著聽著，時間又倒流回青春少年時了。

年華似水嗎？幾十年過去，少年時光仍常常在記憶中出現，不但鮮明，還可以溫習好多遍……。

二〇〇三年七月十七日　世界副刊

二〇〇五年五月一日　「文學人」轉載

萍　聚

在暑假未來臨的一個週末，「企鵝」、「金嗓子，珍」和「阿頴」三大位突然來臨，帶給了我無限的驚喜！

好久我們沒再在一起玩了，這回，人數雖不「全」，不過有四個能同時聚在一起，已極難得。

記得升高二時，隨家北遷，每日能接到許多好友們洋洋灑灑的長信，報告她們的近況，以及生活中的花邊新聞。偶爾，信中還夾有一些口香糖，兩片牛肉乾以及報上剪下來的一段段幽默小故事。後來爲了畢業升學忙著，來往的信件變得像秋天的樹葉，愈來愈少了，在這些寥寥的來鴻中，偶爾也透出了一聲兩聲的長嘆。

「企鵝」是當年我們女生班中唯一的「男孩子」，現在仍是著長褲、襯衫、套頭三角領的粗線毛衣，唯一的改變就是頭髮稍微捲曲，口唇變的更紅了一點。「金嗓子」穿一襲洋裝，拿個漆皮包，儼然大小姐。。阿頴，我的同座好友，仍是老樣子，大眼睛仍然黑亮如昔，一口貝齒有如白玉。

四人相見，驚喜如夢，寒暄笑語之後，笑容仍閃爍在每個人臉上。輔仁校園的夜色真美，人很少，點點燈光，有如歷歷眾星，我們在園中小徑來回漫步，兩年的話，似乎要在一瞬間傾吐淨盡，好笑的事多，辛酸的亦復不少，誰說少年不識愁滋味？年輕人的苦悶在對一切事物均感到茫然與無所適從，突然來臨的歡樂往往是短暫的；而「今天，也許是多時以來我最快樂的一日。」珍的話似乎是代表四個人說的。她們對輔仁有太多的讚美，又異口同聲地說：「幸運兒，多美的環境，你們晚上可以找幾個同學在這走走啊。」實際上，有此雅興的人並不多，同學們課後還要埋首書城呢，因此，雲淡風輕的日子都找不出幾個，何況是寒風刺骨的晚上？優美的校景，朝朝暮暮已使我們的心靈受了無限美麗的薰陶，否則，真要被時代的浪潮沖擊得一點詩意也沒有了。

離開學校，我們搭車往台北，西門町，人如潮湧，逛，逛，逛，「大西部」雖然好看，時間是最寶貴的，抬眼瞧見巨大的廣告牌馬龍白蘭度那副「性格」的臉就夠了。想起以前放學後揹著書包騎車往電影院跑的情景，皮鞋店的玻璃櫥窗上，反映出八隻眼睛集中在一雙靴子上——阿顯最愛的：白顏色，七百五！太貴了，看樣子等金嗓子組成合唱團時主唱的人才有份穿它，別人呢？在腳上掛串鈴噹跳山地舞算了。我們聚在一起，真像又回到了中學時代，一些舉動都覺得有趣，到「白光」去吃紫雪糕，看那邊有「一對」，在一片西瓜上刮地皮——

再不走的話，瓜皮都要穿洞了。強忍住要爆出來的笑，「當事者」拿著叉子按著西瓜皮，門齒一露，自己先笑了。

走到新公園前的小吃處，一路上我們絮絮地談著往事，在臺中公園划船，阿胖掉進水裏，省運會爲企鵝做拉拉隊，空著肚子趕做壁報，每週緊張的背書，四月一日愚人節的「騙局」，還有籃球場上激烈緊張的籃球賽，同樂會中「梅子」的惡作劇，老樹下講故事，及放學後五輛車子並轡疾馳，五個車把夾在一起，一齊跌倒……哦，太多了，正如"bird"上次所說：「點點滴滴，說不完，笑不盡。」

十點半時，我踏上了回家的巴士，記得曾對母親說，星期六先不回家，也不看電影，要在學校唸書，整理筆記，主日望完彌撒再回去的。可是這一週，計劃完全改變了，車子往前馳去，我又想到了阿顥，還有珍的那首老歌"Look For A Star"也似乎聽到「企鵝」爽朗的聲音：

「別忘了，多替我注意注意，必要時，我可以不唸書，去給你們漂亮的學校看大門算了。」

噢，快到底站了，我想媽媽一定很高興，我仍舊是星期六回家了。快，快，快，那淺黃色的燈光在閃爍，我似聽見小狗萊底向我歡叫！

一九六八年　中央日報副刊

由雨想起的

近午時刻，室外光影暗了，幾聲雷鳴，接著就稀哩嘩啦下起雨來了。孩子們忙著把小狗拉進車庫後，老大陪著我坐在起居室望向窗外，看雨，聽雨。院中的紫藤在雨點的灑落中搖曳生姿，成爲一片動的花海。小兒指沿著花架落下的雨柱說：「看，好漂亮！」我突然感到在這個「男生眾多」的家中，竟是不「寂寞」的。

在南加州，繼地震的餘悸、乾旱的酷熱之後，這場雨可算是一個可愛的驚奇。雨，在陽光普照的南加州是稀有的，相信以欣喜之情迎接它的人一定很多吧！

雨，尤其是濛濛細雨，帶給人的感覺常是美的、祥和的。雨天，豐富了人的心靈；我們可以靜靜地思索，體會一些平日忽略了的事情。

適量的雨，帶給大地、萬物的滋潤，使之更欣欣向榮。

在雨中散過步的親人、朋友更容易增進彼此間的瞭解與感情。

有一支名曲「漫步在雨中」，被金凱利唱得那樣膾炙人口，引人入勝。另一首歌「一隻小雨傘」」也唱遍了台北的大街小巷。除了好聽之外，大約「雨」是佔了不小的份量的。

暑假赴美東度假。由友人家開車赴尼加拉大瀑布途中，天下著濛濛雨，涼涼的。人坐在車裡看著紐約州的樹影、房舍往後推移。冷冷的雨，帶給車內的人的感覺，是內心的喜悅與溫暖。學生時代，在美東與朋友們在雨中開車的情趣與回憶又重新溫習了一次，如今見到好友們個個事業成功，家庭和樂，熱誠如昔，感到十分欣喜。

記得念小學時，最喜歡的也就是下雨天了；穿著雨衣、雨鞋上學，走路時，水壺、便當盒叮噹做響，別有一番樂趣。颱風天，大雨後，放學回家，水位漲到近膝的高度，望之一片汪洋，水陸不分了。「涉水而行」是驚險刺激的，伴著小同伴們咯咯不停的笑聲。我們往往在母親打傘來接愛兒時，那焦慮的眼神中才知道了那並不是「好玩兒」的事。當時小孩子們內心自不會想到颱風豪雨帶給人類不便及對自然生態的損害等等⋯⋯

想起幼年時，校中放假赴台北，常住在最愛護晚輩及最具學養和風度的前師大教務長宗亮東、皇甫姨夫婦家中，我們稱他們爲宗伯伯、宗姨。他們那富有書卷氣的家，座落在金山街的小巷中。那條小巷在雨中顯得格外地清新可愛。台北是多雨的，我常常坐在他們的台階上望雨絲、聽雨聲。小院花樹在雨中格外青蔥。矮小的門柱，拙樸可愛的盆花迎著雨。有時，我陪宗姨打著傘上街購物。記得一個暑假，宗伯伯仍每天去師大，有一天下雨，他帶我先買了蠟筆及畫冊。他辦公，我就在一邊畫畫。他們兩位一直鼓勵我，謬賞我的兒童畫，希望我繼續發展。當時我一回家，舖開畫紙，畫面上呈現的往往是他們金山街的小巷與院落。幾年後，他們遷了新居，我家又重遷回了台北。每次經過那小巷，常常會回頭望了又望。如今金山街的小巷已不復存在，但充滿了詩意的雨中小巷是不會自記憶中消失的。而今，可堪告慰他們兩位的是，經過了多少年後的今天，由於興趣，暇時我又「重」拾畫筆了。

南加州的雨也許不會下得很久，很長，但偶爾來次點綴一下不也是很可喜的嗎？

學理工的先生站在一旁說：「這場雨，下得真好。」我聽了一驚，還以爲他那甚少發作的文藝細胞出現了呢。他接著又說：「幾天內，可以不必澆花啦。」不是嗎？這場雨下得真好。

一九八八年三月一日　世界日報副刊

名畫帶來的啓示

母親的屋中有一幅畫，是米勒的〈拾穗的女人〉，好多年前在台北的光啓書屋買來的複製畫，淺棕色的圓框，圈住了典麗的田園風光，令人神往。那是母親生前最愛的世界名畫之一。

去年暑假與親友坐郵輪遊地中海，接著又自助旅行至巴黎，參觀了名畫如林、美不勝收的奧塞美術館。在〈拾穗〉及〈晚禱〉兩幅畫前，擠滿了遊客，畫中傳遞出一種對生命之虔敬氣氛，使人心中升起無限的感動，久久人潮不散。

〈拾穗〉這幅驚世傑作，源於《聖經．舊約》的〈肋未記〉，是記述當時以色列人之禮記聖訓。經文上說：「當你們收割田地的莊稼時，你們不可割到地邊；收穫後剩下的穗子，不可再拾。葡萄掉下的不應拾取，應留給窮人和外方人……」此畫表現出的即是富人濟貧救弱，田中收割餘下的麥穗，留在田地裡，由苦難的人去束束撿拾，以求生活的溫飽，這樣對生命的愛與誠摯的精神。畫中三位彎身撿拾麥穗的婦人，在遠處的穀堆及農忙人物的襯托下，落日餘暉中呈現出的虔敬，在米勒大師設色柔和的黃昏輝光裡筆觸簡明，勾畫出那濃濃的田園美感，充滿了祥和，觸動心弦。

〈晚禱〉描繪出大畫家米勒的童年印象，田地中一對耕作的老夫婦，因聽聞遠地教堂的鐘響，傳入耳際之時，他們馬上停下了手中的工作。在傍晚時份，遠處有些淡淡的雲朵，昏黃的夕陽中，他倆低頭虔誠的祈禱，那肅穆的景象，令人觀之爲之震懾，再浮動的情緒也立刻會寧靜下來，心靈自然地融入了畫中的田園世界。

這兩幅世界的瑰寶，無價的藝術作品，並非宗教畫作，但畫中表現出的是對天地萬物的一份直誠情懷，也包含了對生命的感恩。在浩瀚宇宙中，個人是十分微小的，畫中傳出對天、地、人的敬謹及謙遜的精神，引領現代人深思。這樣的大畫不但給予人視覺的滿足，更提高我們心靈的層次，真不愧爲傑作中的傑作。

今聞《聯合報》促成〈拾穗〉、〈晚禱〉兩件稀世珍作的真跡將赴台展出，國內的人真是有福了！

二○○八年三月一日　聯合報副刊

愛的旅程

今年九月，教宗若望保祿二世訪美，受到民眾熱烈的歡迎，轟動情況，超過一般國家元首。除了天主教子民之外，許多非教徒亦視他爲世上精神領袖。

教宗訪問洛杉磯時，有幾件事讓人印象深刻。

在環球影城劇場與青年人的歡聚談話，是極溫馨、感人的。年輕學生送給教宗的禮物，不是物質上的東西，卻是服務、助人……。有一位失去雙臂的青年人東尼．米德蘭茲用足趾彈琴，獻唱。教宗特別上前去親吻他，希望繼續給所有的人們帶來希望……。

我在看錄影帶時，幾次與同看的朋友們感動落淚，是不是許久以來，沒有太多令人感動的事了？

由他的眼神、微笑中看出他真愛兒童。

與雷根夫人南茜同訪小學生時，有一位小學生摟著教宗久久不放，捨不得讓他離去……。

教宗給人的感覺是沉穩而具「親和力」。

有一支歌「愛的路上千萬里」，也許指一般的愛情。而宗教家奉獻一己為人類的和平，到處旅行，傳播的是一種「大愛」。這段愛的旅程是在散播愛的種子，對傳教的功效有多大，尚不知曉，但無疑的對美國的世道人心是有影響力的。尤其在混亂的世界裡，帶來一些正面的希望，是令人耳目一新，有種澄明的感受。

一九八七年十一月九日　世界日報副刊

童年記趣

去年秋季回國參加十月慶典，在那高樓櫛比，車如流水的繁華台北街頭，遇到了多年不見的晴——我小時候的同學、友伴及鄰居。

她現在是一位辛勤培育幼苗的國中老師。我真替她高興，她在知識的領域中仍不斷的向前追尋，且收穫甚豐，而使人欽佩的是她的外貌及心地，依然保持當年那份可喜的清純、質樸與真摯。

兩人在人潮洶湧的街口，都爲了無意中的喜相逢而興奮不已，那天很自然地曾談到許多童年的往事。

時光的帷幕自我們記憶中拉開了，那一條靜靜的小巷，終日巷口小溪的流水同水邊小白花的清香。我們兩家住斜對面，常有棲息她家屋簷的小鳥向我家飛來。我們廚房窗子可望見她家的窗口，因此，偶爾我家傭人回家時，我幫忙母親做家事，洗碗時，一抬頭，往往看到晴清秀的臉，我們便對街談起來，有時她乾脆跑過來幫我，在嘩嘩的自來水管流水中，伴奏著我們的笑語，使單調的家事工作成爲一種有趣的遊戲。每當母親因公赴台北時，晴也會搬了自己的被蓋來陪我，次日再一同在微熹的晨光中一起揹了書包，走過那片清葱的農場去附近的小學。

另有一個鄰巷小友「大眼睛」，因年齡差不多，我們三人時常在一起玩。有一次吃過晚餐，我們幾人在農場看星星談天，「大眼睛」無意中說話得罪了晴，晴一氣之下跑回家，她們從此好長一段日子不說話，我在中間爲她倆「拉合」聯絡感情，許久也不見好轉，慢慢的我也淡忘了這件事。

直到一年後，晴那疼愛她，常把她舉抱在肩頭上的年邁父親突然病逝了。「大眼睛」得到消息後來找我，並說明要我陪她同去看望晴。晴很感動，那次之後她們友誼比以前似加深了。

說起農場是我們幼時的樂園，雖然長在都市卻慶幸隔街對面那一片大農場供我們遊玩。幼年時織夢，聽溪水淙淙，風在低語、蛙在鼓噪，看漸黃的麥浪如金波般翻滾，騎自行車馳在好像無盡頭的小徑上，都是童年時代的無上享受，那時覺得世界好遼闊，好美麗。

出國後有次在紐約中國城，無意中遇到小學時從未講過話的一位男同學，一見面，他第一句話竟問我：「記不記得以前的農場？」後有不少人談起同樣的話題，原來每位小時鄰友均極思念農場呢。

我上小學時母親忙於在中部一所女子英專教書、寫作。記憶中她常常伏案寫作或改學生課卷。而且，那時家中每日來訪客人絡繹不絕，我就常抽空跑出來在巷中與鄰友玩。

由於許多那一帶的人都喰附小，加上當時有一家多年的長工，專爲送附近那所小學中孩子們的便當。因此每當午後到校門去取熱熱的便當時，每個人也藉機認識不少「便當俱樂部」的「會員」，有時放學一大堆熟面孔碰上了，一同結伴回家，煞是熱鬧。

小學的男女孩子是固執拘泥的，有些授受不親，尤其升上高年級後，這種情形更是厲害。一不小心擦肩碰到都要「吹」、「哈」個半天。每當全級會考，若排到男生鄰坐，那桌子碰桌子，完全是一付「勢不兩立」的味道。

當時校中有幾個比較有名的女生及男生，竟被少數淘氣的「早熟份子」將名字「配對」，一見到其中之一就亂喊「對方」的名字，其實大多數「當事人」根本沒與「對方」說過話，真是大爲尷尬。

因升班編班的關係，常會認識新朋友，有一友人綺也住得不遠，她是我的「吃伴」，一天到晚約我去吃零食，如肉圓、烤玉米，還屢次叫人層層地在玉米上刷醬油，吃得小嘴周遭一圈醬油色。放學後，黃昏時，尤其是冬天晚上，我們去橋頭吃駝背老胡的餛飩，使他孤零的攤子，增加不少熱鬧的氣氛。

由於我們常在一起，以前校中有一、兩位每見到我最喜歡捏我的「小胖臉」的老師，後發現綺的臉蛋「胖鼓鼓」的「更爲可愛」，從此轉移目標而使我「脫離苦海」也。

與綺在三年級時還有一段趣事，當學期結束發成績單後，她指著老師評語中一句「沉默寡言」問我是什麼意思？我說就是不愛說話，她問那寡言又是什麼意思呢？看「寡」字筆劃頗多，就胡亂解釋：「就是愛講人家壞話嘛」，她很奇怪爲什麼又不愛說話又愛講壞話呢，而老師又怎麼會知道？我就想了半天說也許老師的意思是不說話則已，一開口就講人壞話吧，而且老師辦公室與教室僅一板之隔，也許不小心被聽了去。她聽完大爲驚慌，不敢回家怕受父母責罵，當時我還陪她發了半天愁，覺得老師怎麼給她這樣的評語呢？後來到我們都瞭解整句意思後，覺得實在是可笑。

到五年級時，我們全是女生班，班上有許多頑皮的女孩。記得有一回老師很生氣。因爲那次數學考試居然全班每人至少都錯了一題，實不可饒恕，每人均挨了老師雞毛撣子打手心，打完後有同學一副委曲的樣子，一步步走到操場上，捧了些泥土和水做成小泥爐，上面寫道「XX年七月七日附小五丙全班挨打，以此做爲永久紀念」，小爐子曝晒在日光下，一副可憐小樣子和那同學一般。

有次上課最崇拜明星的同學芳，傳來一張紙條，紙上已描好兩顆心，並寫著「情場如戰場」（大約是電影上學來的），要求我幫她畫一對公主及王子就好了，我正欲推托，紙條被老師看到在我桌上，課後老師以不相信的眼光問我，當我告知不是我寫的，但也不願說明是芬所寫，後來老師也看出不是我的字跡而作罷。自那次以後，上課再也不敢幫人畫圖了。

我們學校在中部是享有盛名的，加上前幾屆學長以往升學成績均不錯，因此我們爲了校譽升學率的維持，心中壓力很大。有一陣子從早到晚考試無數，同學們不勝其煩。有個同學每次在老師監考走過時，由後灑了老師一褲子藍墨水。當別班的老師問起，只聽級任老師說：「這條長褲是不用換了，再換他們還會點上的。」有一天上課，老師很沉痛地說：「也許你們現在會恨我把你們逼得太緊，等你們考上好學校後，就會體會做老師的苦心了。」聽了令人感動。

到六年級時是當時畢業班，班上我們大約有八、九位同學經常在一起。每次課後在校園中讀書，爲了集中精神，大家約法三章，唸書時大家分開坐互不打擾（討論問題除外），並相約考完聯考再大玩。而大夥兒只有在每天中午吃飯時間及飯後吃校門口的四菓冰時聚集，一年四季，無分晴雨均會報到。那家小店，我們已經熟到把衛生局給店中貼的標語都背得滾瓜爛熟，有的內容讀出來，真令人發噱。冰店老闆對我們這些「吵主顧」真是哭笑不得。那一陣子，我們大家真成了四菓冰盟友了。

升上中學後，彼此仍你來我往的聯絡很長一段時間，後來漸漸的因爲環境變遷各分東西。但幾個小時候特別要好的，無論走到哪裏，仍盡可能的不斷連絡，聖誕節還會收到許多精心選購、晶晶亮亮的聖誕卡，使人不禁睹卡片思朋友。即使一旦失去了連絡，再碰見時，仍會保有當年的熱誠。那種超越時、空的友誼真是如同手足般，已不分彼此，沒有客套，那份真摯、自然，使人感到溫暖。

童年若也算夢的一部分，這部分是我認為非常可愛的一段夢呢。

刊於世界日報副刊

記憶中的「大蘋果」

搬離紐約多少年了，想到卻總是她好的一面。

紐約，這世界聞名的大城，的確是每天均以不同的風貌展現人前。而她的精神架構，除了擁有許許多多蘊藏豐富的博物館、藝術館以及金融中心、股票市場外，我認爲最吸引人的是她的夜景，以及其特有的情調和那份濃郁的文化藝術氣氛。

我初到紐約時，由機場進城，車行自荒漫而漸繁華的那一段路程，當見到那些摩天大樓中愈聚愈密如繁星般的萬家燈火時，首次感到在人工的建築下，人竟也會有渺小、壓力之感。那一片燈海中、每一家應有每家的溫暖吧！但每個燈火之間又是息息相關的嗎？那盞盞燈火中又可有與我來自同一土地的人嗎？也許有不少負笈海外苦讀的學子吧！夜紐約是美的，帝國大廈以及後來居上的雙座世界貿易中心，在夜裡如水晶般的晶瑩剔透。沿著河邊大道隔著哈德遜河可直望對岸的新澤西州夜景，每次徜徉在河邊公園裡，心中似被河流透明的水洗滌了近憂遠慮。

第五大道是一條世界名街，盡人皆知的中央公園就在路的盡頭。洛克斐勒中心位在第五街的精華地段，樓前有隨著四季變換不同的花朵園圃。前時我在那座樓內上班，休息時，有時候下樓看見法國書店中冒出兩、三個熟悉的身影，朋友來了，一同逛逛看看露天溜冰場中那些穿花蝴蝶似的舞姿。偶爾去喝杯熱咖啡，用一份簡單的三明治，有輕柔的音樂傳來，也是一種享受，尤其是在一個慵懶的快樂下午。每逢換季大減價時，有許多座落在第五街的高級百貨公司儘著你逛，一家家趕場似的，那時的生活步調是那麼緊湊但也充滿了生趣。洛克斐勒中心斜對面街上就是外觀宏偉的聖派屈克大教堂，堂內主的聖容，聖母慈愛悲憫的目光，以及冰涼如水的大理石柱，那種纖塵不染的潔淨，令身心爲之澄明。在無數進香人們那虔敬誠摯的臉上，看到的就是信仰帶來的光芒與滿足。

林肯中心、百老匯有聽看不完的高水準表演與舞台劇。如果你喜歡的話，布魯克林公園內還常有露天免費音樂會，絲絨般藏藍的天空爲你展開序幕，小星星向你眨眼睛，聽眾坐著、躺著的都有。樂聲、蛙鳴遠近搭配著，那份感受就似大自然給你如此豐美的贈禮，「此曲只應天上有，人間能有幾回聞」這句話使人有了真實的體會。

街頭藝術家是紐約特色之一。那一派悠遊自得，與世無爭的淡泊神態，令人心嚮往之，路人對他們有的是尊重與欣賞。沒有人去打擾他們的思緒與靈感，藝術家在此得到充份生活的自由與權利。格林威治村更是富有浪漫色彩，深具地方特色的村子，各種各類店面之多一如人種般的繁複。在那裡閒逛，沒有人在意你穿著的好、壞、多、少，夏日穿大衣，或冬天一襲露背裝也不會引來驚奇的眼光。而那份擁擠與熱鬧倒是令人感到有一種在台北西門町電影散場後人潮中的熟悉。傍晚時分，有時一大伙人擁向格林威治村中的大學酒店，聽熱門音樂，喝啤酒，就花生，別有一番風味。每當我在毗鄰的紐約大學下課後，經過校園路邊，總有些學生在自彈自唱。格林威治村、紐約大學附近真是處處聞樂聲，處處有情調，時時引共鳴。我聽說許多詩人、作家常常去那走一趟以尋求靈感，應該是不假的。

友人赴約帶來一件印有「I♥NY」字樣的T恤衫，簡單新穎的設計令人喜愛。當人們穿上時似乎可以表達對這有「大蘋果」美稱城市的一份欣賞。當然，紐約有世界大城共有的恐怖暴力及髒亂的一面，否則也不會有那麼多警探片以紐約爲背景拍攝。也許是一種刻意的忽略吧，這些均不在此文範圍內。離開一個地方，其可愛的、好的一面總是印象較爲深刻也不是完全沒有什麼道理吧。

一九八四年四月二十三日　世界日報副刊

孩子與小狗

週末一過了中午，兩個兒子就不時地來溫柔要求早些去傅家赴宴。他們早早的已經把帶給心愛小狗 Floppy 的點心，狗玩具都準備好了，他們要快點看到牠！

說到養狗，「肇因者」還是我大學時代好友「白」。她人熱心，年年盛情邀我們去東部玩。兩年前她設了一個「誘餌」，長途電話中告訴我家孩子說她家名種狗生了幾隻小狗，有一隻預備送給我們兩個孩子，條件是我們全家必須自己去東部領來，兒子聽了高興極了。平日在公園、在街上看到人家拉著狗散步好生羨慕，如今夢快成真，怎能不開心。後來那一年我們因事沒有去成東部，狗自然也來不了，孩子們悶了好久，從此養狗之念頭就沒打消過。

安娜知道了我家孩子的心事，告訴我們她有一同事家有小狗待售，也是名種，是 Cocker Spaniel，全身微捲的毛，耳朵長長垂下，臉很漂亮帶些憂愁的氣質，看了很有趣。先生愛乾淨，不喜養狗，又怕有「後遺症」，不贊成。我替孩子們說情：童年養狗可以培養孩子的愛心、耐心及細心，對成長的過程是很好的訓練，可以培養比較健全的人格。並舉出我幼時家中養小動物的情形，（雖然當時大多是由我哥哥在管，我小時膽小，常常只敢在旁觀看，並不敢去觸摸那些小動物的。）二孩也非常急切地答應爸爸，以後小狗的大、小號均由他們負責清理。如此，我們就以低於市面不少的價格買來一隻，由於牠的外型，孩子們覺得牠兩邊耳朵自然垂下，很好玩就給牠取名叫 **Floppy**。

「垂耳朵」剛來時，天天我家後院擠滿了左鄰右舍孩子的圍觀，非常熱鬧，有些下了課也不回家，帶著書包就逕來我家看小狗。還有人自動要求我們度假時無條件照顧。

小狗慢慢長大，「全盛時期」過了，孩子們漸漸分心在其他的事物上，老二每天放學回家隔著「家庭間」玻璃喊一聲就算了。小狗弄髒亂的院子得爸爸清洗，於是做爸爸的有時生了氣還偷偷的踢小狗兩腳。「垂耳朵」又特別外向活潑，小鳥飛上枝頭牠叫，人來車往牠叫，鄰家狗叫，牠當然更呼應一番。往往人被牠吵得心煩意亂，做不成事情。請牠小聲點也沒有用。有個朋友說：「對狗就要把牠當狗看待。」他的意思是用不著太客氣了，於是我們改用吼來對牠，他依然我行我素，我們研究想送牠去狗學校受訓。後來先生接到幾次隱名鄰居抱怨狗叫的電話後就更煩。晚上只好請牠進車庫睡，以免擾人安寧。

暑假期間我們計畫去台灣、香港度假。狗的安排又是個問題。先生的能度是「最好送人或賣掉。」兒子當然不肯。我也猶疑了，試著和兒子談：

「每個人都有媽媽，如果有的人不能常常看到自己的媽媽，一定會想媽媽對不對？」

這也沒問題。

「小狗狗也有狗媽媽，牠住我們家這麼久，狗媽媽一定好想好想牠對不對？」我想送回狗主人也是一好辦法。

大兒眼眶紅紅的說：「那狗媽媽可以常常來看牠嘛。」說完眼淚就掉了下來。說不通了。

過了一陣子，我們考慮把小狗寄放在老友傅家，他家院子特別大，小狗可以任意馳騁。他們家的小姐姐小哥哥心很細，年齡又大些懂得怎麼照顧小狗，孩子們一聽也同意了。他們家中剛丟失了一條狗，小姐弟心情陷於低潮，唯有的顧慮是若與「垂耳朵」剛剛建立了感情以後又要分開，孩子們可能會難過，所以他們父母考慮到以後會再買一條狗。我想到多日來「垂耳朵」與鄰家狗相互的叫鬧，孩子們還小，有時還不夠成熟到完全盡責照顧。先生有時爲了狗的問題與孩子們之間小小的僵持……，我就脫口而出：「送給你們好了。」

孩子們似懂非懂，好不容易遊說好了。送狗的那天，我們幫小狗洗乾淨了，先生把狗屋狗用具均清理好抬到旅行車上，心情特別好。

度假回來後，孩子們沒有忘記要去看狗，還帶了照相機。他們漸漸明白了小狗有了更好的家，知道可以常常來探望，也曉得現在是屬於傅姐姐、哥哥的了，也就不堅持要「垂耳朵」回來。雖然小心靈中仍有小小的盼望，盼望有機會再養一隻比較「不麻煩」的小狗。我說等到「適當時機」再說，他們不知是什麼時候，但還抱著一個希望就是了。

那天到了傳家，我們果然是最先到的客人。在院子裡，「垂耳朵」見到以前的小主人來到，撲到他們身上舐他們表示歡迎。我想起小學時候，曾看過好幾部美國影片都是描述孩童與小狗之間種種感人的事情。我坐在魚池旁看到小兄弟摸著小狗，專注地對牠講話問牠乖不乖，好似許久不見的老友見面，他們的神態好真，好純。在白花花的陽光下，我的眼睛溼了，我希望孩子們永遠保持這份誠摯真純的心靈，一步步踏出成長的路。

一九八九年一月八日　世界日報家園版

雨中行

週末，我們上山來到山坳的湖邊，爲的是去享受半日姜太公釣魚之樂。

湖面平靜無波，似乎只有我們一隻船在湖面飄蕩，六個人擁有那一大片新鮮的湖水與絢爛的陽光。

下午，由湖邊回來，忽然飄來一些雨絲。

他在前面喊：「快點跑，下雨了。」

我緩緩地走著，仰起臉來欣然迎接著雨。洛城的天氣是出名的好，幾乎每日都是晴天，連雨點都不輕易洒落，因此，等待一個有雨的日子，也成了奢望；而今到了海拔七千呎的山上，卻落雨了，「山雨」落得如此容易，好像是順理成章的事，怎能不令人雀躍呢！

我們進了一家木屋小吃店，我心不在焉地點了三明治和茶，卻一心一意地望向窗外，欣賞著那又高又直的大樹，那些錯落林木間的精緻的樹榦原色的小木造房舍，都被雨水濡溼了。望去，與我幼時最喜愛收集的風景圖片一樣的美，我不禁又瞇起了眼睛，使景物再加一層朦朧……。我似乎回到兒時台中的家，那可愛的家。每逢雨天，一放學。脫下刷刷的滴著水珠的小雨衣，丟下書包，就坐在媽媽的身邊，在她的書房裡躭個半天，俯身在窗檻，凝望著那由綠色組成的小園，屋內唱機迴旋的「田園交響曲」配上屋外清脆的雨打芭蕉之聲……。

雨是愈下愈大了，夾著冰雹，拍在窗上。

「該走了。」是誰在說：「瞧，我們車頂結冰了！」

哦，這哪裏是兒時的家呢？

車子順山路蜿蜒而下，在車內的小世界裡，每個人都靜默著，外面的雨，使我們想到幾萬里以外的家，又加了一份沉甸甸的鄉愁，更添增了一份思念，淚的小雨，由車窗滾落而下……。

回到八十哩外的洛城，這裡照例又是個大晴天，只是不知道，那山莊上，那小城鎮的雨何時才會停呢。

一九七四年七月十二日　中華日報副刊

我愛那一片綠蔭

在城市裏住久了，難得見到太多的綠色，這每使我想起幼年時臺中的家。由居住的巷口望去，就可見到「臺中改良示範農場」那一望無際、如一塊鮮活碧玉的綠色，襯映著微風中的起伏波動的黃金色麥浪。在我的記憶中，那是我所踏過的土地中最可愛的地方，洋溢著無限的溫馨與歡樂。如翠的綠色，是綰住我的記憶的一枚臺灣玉的指環。

母親是大自然的愛好者，當年她總帶著我同哥哥，找那富於自然之美的地方居住。記得我幼年時，她給我們穿的衣服，以及爲我們買的用品，都是顏色淡雅而富於韻致的，以粉綠色的爲最多。在我讀小學時，有時在外面逗留久了，就覺得好想媽媽，立刻飛奔回家。老遠望見前院的大片綠油油的蕉葉，展開衣袖在微笑著歡迎我們，書房的格子窗簾，我們養小兔的籠子，都在陽光中閃爍可愛的綠色。呵，還有呢，書桌上正放著兩杯熱騰騰的綠茶，正在等待我們的小嘴巴來「牛飲」呢。後院種的龍眼與番石榴，大部分枝葉都伸展到鄰居院中去了，在地上舖展出一片清蔭，我們有時在就那一片綠影裏，練習騎腳踏車。靠後院的長廊，夜晚時被樹影襯映得「綠黝黝」的，清風除來，躺在廊前看月亮，真是心靈一大享受。

後來舉家北遷，臨行前我們對那「老家」都有份說不出的依戀，母親安慰我們說：「等你們唸好了書，我們再回來。」但事與願違，離開多年，我們不但沒搬回去，反而越走越遠了。

前幾年我回去過一次，由於自己的成長，在感覺上那巷子顯得窄了，牆變矮了，房子也似乎變小了。但映入眼簾的，仍是那一片可愛的綠，永遠不變的嶄新的綠，撲人眉宇，我想，有一天我仍會再回去的，即使是片刻，只要由那一片綠蔭能拾回一些童年的歡笑。

綠呵，
可愛的綠，
你裝飾了我的童年，
以及我家老屋的小窗口，
如今你更裝飾了我的記憶。
在遙遠的異國天空之下，
舊家小院中的那片綠色
像一盞陳年的綠醅
遊子的心靈
一日日的斟著、飲著……。

一九七八年五月十八日　中央日報副刊

心忙

在一些場合中，有時會見到老朋友們相遇時，常會互相半喜半怒地責怪對方何以許久沒有消息了。不寫信不說，連電話也懶得打了。

對方答案總是「太忙，忙得沒時間哪。」

口直心快的人就會講：「再忙，幾分鐘總有吧！」

現代人幾乎人人都忙，忙得像一具具轉動的機器。忙事業、忙賺錢、忙家庭、忙娛樂、忙雜事、忙應酬……。到了有空閒時，就什麼也不想，只想好好的休息，鬆馳一下綳緊的心弦。

形體上忙，主要的卻是「心忙」。時間不是沒有，而是缺乏那份心情。寫信、打電話似也需要心情，久而久之就顯得不週到了。

上個暑假由台北回來後，好些日子不能「適應」——晝思夜想的是台北的一切。好一陣子沒動畫筆或寫些什麼了，人家問起來，總是說：

「沒有那份心情啊。」

畫畫需要心情，寫作需要心情，玩也需要玩的心情，什麼事都需要心情，可見許多人像忙得抽不出時間來，其實是心緒忙亂所致，無形中就忽略了許多不該忽略的事。

平日，我們似乎應該找出一點時間來，聆聽大自然花開花落的聲音，風聲、雨聲。給自己獨自思想的時間，做些自己喜歡做的事情。分給家人朋友一些溫暖，如打個電話，或寫封信，甚至寫張小卡片也會給人帶來欣喜。如此，生活再忙，心裡再忙，也不致於茫茫然，「盲」得看不見許多我們該做的事情。這樣，也可使人生調整到適度和諧的理想境界。

一九八六年五月二十五日　世界日報家園版

兒童畫

我一直很喜歡兒童畫。兒童的小心靈世界是單純的，也是充滿了幻想的。他們的畫表現出的筆法往往是拙樸、誠稚，而著色極其鮮麗生動，畫面的表達常常是插滿了想像之翅，沒有任何成人世界的各種限制，一如他們無憂的童年。

洛杉磯國際機場的長廊經常貼著一些兒童畫。每次送往迎來，總是忍不住佇足半晌在那些畫前。有時去百貨公司選卡片，也常常選中一些拙樸可愛的兒童畫卡。

四歲多的兒子放學回來，興高采烈地拿了一大張「傑作」。他那龍飛鳳舞的幾大筆現出寶藍、淺粉、可可色抹在白色的紙上，全襯出來了，是「印象派」的，我很喜歡。要不是由於紙質過薄，顏料上在紙上顯得有點不平，還真想鑲框和幾張複製名畫掛在一起。後因忙其他事情，順手就放在畫桌上了。

先生下班回家後不久，我在字紙簍裏找到了那張畫。以前他要丟兒子做的成品總是白問，我總會留下來的，倒不如一丟了之，落個輕鬆。他的理由是：「太多了，堆了一大堆，太佔空間。」他是純理工型人物，喜歡萬事萬物整整齊齊，「要按牌理出牌」。據說他幼時還是個畫汽車的「專家」呢。我呢，是唯美主義者的傾向者，喜歡任何美而有韻致的。或是有特別意義的物事。

順便和他講了些不能丟孩子畫的道理，尤其是新作更不能丟。講著講著我忽然想起自己尚在小學讀書的時候，放學後由教室沿著荷花池走，常常遠遠見到等待著我們的母親出神地站在校中畫欄前欣賞我們被選出的畫作。去年，她來美時還曾提起一位我們小學同學的姓名，她說那「小畫家」真有繪畫潛能，尤其是一幅「海底奇觀」真好……。「不知那孩子長大後，有沒有人指點，否則真是可惜了！」我驚嘆母親的記憶力以及那份愛才的細膩。

一會兒，兒子下樓來，果如所料，一路喊著：「媽咪，我在學校畫的畫呢？我要拿給爸爸看。」我對先生使了個眼色——要他記住我剛剛說過的一番話。

當兒子氣喘吁吁地拿到他面前，只見他抱起兒子，一本正經地說：「哇，你畫得好好喔，可以讓媽媽給你貼起來。」兒子的小臉因為受到讚美，興奮得漲紅了，那副高興的神態真是令人心動。

一九八一年十月二十六日　世界日報家園版

中國紅包

油畫班新近來了位滿頭銀絲的美國老太太，大約有七十多歲了。長圓型的臉上嵌著一雙清秀的眉眼，好慈眉善目的樣子。每次見到她，總使我想起，並特別懷念，在我嬰兒期，那最寵愛我、照顧我的外婆。慈愛的神態應是不分中外的吧。

安納是洋老太太的名字。她畫得不能說好，看得出沒有什麼素描底子，只是依樣塗加顏料在畫布上罷了。

下課時，我在教室內的水龍頭下洗筆。安納來了，在嘩啦啦的流水聲中，隨意和她聊聊。問她近日完成的畫掛在家中嗎？還是送給朋友呢？

「全都堆在屋腳牆邊，畫得不好嘛。」她說著，臉色訕訕的，眼睛望向遠處說：

「我來這裡完全是爲了排遣寂寞，否則也不會夾在年輕人堆裡了。」接著她述說她與先生結婚五十年，相依相親；直到半年前，他先她而去，使她感到人生無趣，日子難奈。子女又遠在他州，只有孤零零地過日子。因此有人勸她來學畫，說是「畫可解憂」。

「是真的嗎？」她像是問我，又像是自問。

「我覺得，畫畫的確可以令人愉悅的。」我洗好了筆，拍拍她的肩「好好的過啊！」正欲走開，她卻叫住了我，說：

「妳知道，明天是我的生日啊！七十五歲的生日，唉！」我祝她生日快樂，她點點頭，眼神落寞地，大約又在想她的老伴了。

我找到了皮包中專門放文件的那透明塑膠夾層，記得裡面還有兩個紅包封套。是去年暑假回台灣時，陪媽媽逛街，母女倆在台北衡陽路一家文具公司買的。媽媽常有些朋友晚輩添丁弄喜的，需要買些。而我回台灣後遇見叫我阿姨的同學的小孩時，這些小紅包，也蠻能派上用場的。臨來美時，我只取了兩個放在夾層中，一個是福字，另一個有兩個壽桃印著「福壽」。我覺得後者較爲適合。我又找到了存著的一張嶄新的五元票子，存放了好些時日，因爲是新票子留著好玩的，把它放進紅封套中。

當我交給安納，並告訴她福壽紅包的意思：小錢禮很輕，也許只能買隻畫筆，或兩管顏料，但代表的意義卻很重。我希望她明天生日快樂，往後的日子也一直快快樂樂的。她應保重，珍惜自己，不要憂愁才好。

她聽完了把我緊緊地抱住，說「謝謝妳，妳真甜！」一抬頭兩串晶瑩的淚珠掛在她的眼角，閃閃發光：「妳的好心，使我的生日會過得很好，以後我要快快樂樂的。謝謝妳，泰瑞莎！」

我望著她的背影，深深的祝福她。也希望天下老人都能有健朗樂觀的生活。

一九八六年五月二十二日　世界日報副刊

聖母像的啓思

去年有位朋友由美東遷來，我想送件禮物給他表示賀忱，找了許久找不到合適的。我忽然想起他是位很虔誠的教友，我家正好有尊聖母像，是位神長剛送的，並且祝聖過，就割愛送給她吧。而她也確實喜歡那白瓷的聖母像，當時我很高興送對了禮物。

回來之後，不知爲什麼心中感到悵然若失，好像失落了什麼。我家聖像很多，我們最尊敬天上的母親。我媽媽在世時，她除了有耶穌像外，還有聖母升天聖母像跟隨她六十餘年，還有名畫聖母抱聖嬰。她喜歡的聖像，我們仍保留在她臥房及書房不變的位置，看到這些聖像就好像她仍在我們身邊一樣溫暖。母親生前譯寫了許多如《聖女之歌》（大地出版社）、《心曲笛韻》、《露德聖母朝聖記》（光啓出版）等，均是以聖母爲主題的。

母親中、英文根底深厚、對主對聖母的孺慕之情令人動容，再加上文學的素養，她行雲流水之譯筆，如今已不可多得。受到母親的影響，我們對天上母后更有無限的尊崇及親密之感，是否這就是我有點悵然若失之原因？我早知應保留那聖母像，去買個其他的擺飾給朋友就好了，我這麼想著。

二〇〇四年聖誕節到了，我爲一位朋友辦了買新屋的手續，她是頭次購屋，許多事務不明瞭，我理當費了許多時間精力去幫她的忙。她是位中國大陸來美的教友，她說爲了感激我送了我一袋聖誕禮物，我推拒不收，但她說裡面是一個聖母像。那是她在醫院做事時，有位朋友特別送她的，是祖傳好幾代的，是顯過奇蹟的瓜達路佩聖母的像。我一聽是聖母像就收下來了，也沒注意聽她「快行板」地講她家中沒地方掛，東西太多……等等解釋。

我抱著聖母像返家後，打開紙袋，見一框在木框中的、立體的、看出原應是十分華麗用金線及彩線織成的聖像，很美麗，但裡面的黑絨底，背面的紅絨布均佈滿了灰塵。我一生中從未接受過這樣「特異」的禮物，但卻是——聖母像。我沒有再去問這位送者任何問題，只小心的用濕布完整地擦過了，心中仍感到不踏實。有些教會朋友來玩，我給她們看，大家都說喜歡就擦擦乾淨就可以了。

我的行動跟隨著我的心，我抽空帶聖母像去一裱畫店，請他們換個新的塑膠玻璃，順便將裡面的灰塵擦一擦。待我去取像時，店東告訴我木框內已被蟲蛀壞了，我就再花百元美金選了一新的框請他們重新裝裱起來。一週後我再去取時，這手工織的一絲一縷十分精緻的聖母像，市面上難得一見的，再重新裝過簡直是煥然一新，人見人愛，我真是開心極了，雖經過了這麼多過程，但呈現給我的是個嶄新美輪美奐的聖母像，並找位神父再祝聖一次。

我家的佈置色澤多以淡雅爲主。而這聖母像卻是金碧輝煌的，我高置之壁上，在書房寫字讀書時時抬頭望之，聖像閃閃發光，像受到特別的保佑。

在新的年度中，我內心充滿了感激之情，謝謝天上聖母媽媽愛我，再次進到我家來！也求天上母后轉求天主賜給世界平靜、免除災難，更多啓發世人瞭解上主之真理，追求更高超的永恆生命。

二〇〇五年四—五月　聖家季刊

「千斤結」的思考

去年十月，畫友們（中華文化協會國畫班）預備舉行一次對外展覽。我雖忝爲會員之一，習西畫也已有一段時日，但當時的國畫畫齡甚淺。平日畫畫完全是興趣與自娛，純屬玩票。本不欲參展而不「被允」，只好抱著觀摩學習的心情，挑幾張成品充數一番。

預展時，教授我們國畫的林老師也帶來了兩幅他自己的作品。其中一幅題爲「千斤結」的，引起我們佇足觀賞許久——有興趣的，好奇的，還有人看了百思不得其解。這幅畫的整個畫面上只有一塊大石頭。佈局很新、偏重寫意。雖看來只是一塊石頭，由於墨色的濃淡層次的效果是分幾次染上的，因此有立體的墨趣。有人問老師本人，如何會產生這樣一幅作品？他談到作畫之前，正値其心情的低潮，情緒異常鬱悶，心中好似有塊千斤重的石頭壓著一般，排遣不開。後來即攤紙作畫，每染上一層黑色，心中煩悶似消除了一些，就如此一層層地，當這塊心中的大石頭搬到紙上，竟發生了轉移作用，鬱悶就完全不藥而癒，消除淨盡了。而這塊紙上的石頭也成爲「有生命」的了。

一直知道，畫畫、寫作、彈琴，甚至有人玩電腦均會沉潛入迷，能得到快樂，暫拋煩惱。但還不知這樣的作畫過程及結果可使既有的煩悶除去。

一般人生活中總難免有情緒的高、低潮。處於低潮時，若不知如何排遣，因著自己心情不佳，對人臉色不好、怨天尤人或遷怒至他人，甚而因個人心中不順暢做出違害社會的行爲，都不是正確的。「千斤結」給予一個啓示：若人人都能由高雅的興趣中，如繪畫，得到愉悅的心情，不但自身內心經常處於平靜和婉中，也可培養良好的氣質，進而對整個社會都有益啊。

一九八五年四月四日　世界日報家園版

欣賞

九月初，南加州中華文化協會舉辦了第二次的師生會員國畫、金石聯展。來賓賀客約兩百人，是以畫會友非常成功的一次展出。

我們參展的會員，連同教授水墨畫的老師，共有近二十人。有人說每人的作品均具有獨特的風格與特色。環場一周，有人擅畫工筆，有人偏重寫生。有花卉、有人物、寫景及鳥獸，看來真是生動自然，美不勝收。這次我們還有一些畫作被愛畫人收購，增加了許多信心與興趣。

偶爾有對畫有興趣的朋友談天聊起來，問到在各大名家中誰畫得好或差，缺點何在，一般的畫家又如何。我一直在學習中不敢妄作論斷。而每位畫家均具有自己的特點。若一個人的大多數的畫作或某一幅作品中的風格獨具，氣韻、部局、墨色濃淡乾溼處理得大體很好，有特別的韻味，受人欣賞，就應當說是好的。名家在亮處，「樹大招風」易受人評論。但批評容易，做時難，我們愛畫者仍應儘量找尋，學習他人的優點去欣賞。這就如同文章一般，不同智慧、不同風格的文章，各擁有不同程度及興趣的讀者和愛好。很難用一、兩句話就可否定了他人的作品。記得林語堂先生在談文學藝術時說過：「一個人必須從古今中外作家中找尋出和自己性情相近者，也惟有這樣，一個人才能由閱讀中獲益。」反之，我們若先入爲主的有了成見，無論是看畫、讀書必會故步自封，有排斥心就很難吸取他人的長處，也就無法由藝術、文學中得到許多珍貴的訊息。

所以，我們應先使自己有寬厚容人的胸襟與欣賞的態度，吸取眾家之美，選擇喜歡作品中的菁華，一定會得到心靈上的滿足。在做人方面，能培養出一種客觀的欣賞風度與一份成熟感，也是另一種收穫吧。

一九八六年十一月六日　世界日報家園

快樂的歌者

最近開車時，聽到收音機裡播放了好幾支熟悉的老歌，使我想起了我們那些唱歌的朋友。

早在十年前，我們有些好朋友，幾乎每週一聚。大家在一起最大的餘興節目就是唱歌。當時每個星期五下班回家後，接了電話帶著睡袋就走了，一玩就是一個週末。吳家兄妹是兩家，關家兄、弟、妹算三家。我們兩個以及單身漢「海鷗」（他在露營時以唱此「招牌歌」而得名）算是他們中的「少數民族」，但受到的愛護更勝手足。這些人加上臨時加入的朋友、鄰居，大隊人馬，熱鬧非凡，什麼人才也不缺。其中有擅主持節目的，如「大哥」級的會唱地方小調，女生們都唱比較抒情的流行曲，還有會說「笑話」的聲帶，第三代人數不多，個個會唱，「幼聲」不遜「老聲」。我們中更有不乏職業水準的「歌手」。

後來兩大「家族」中有幾家搬至外州另創天下，我家也添了新生代，忙碌了起來。散居在南加州的只有幾家人了，由於生活的變動及地理因素，大家很難再像以前那樣的相聚了。

去年聖誕節前，吳家突然光臨南加州，大家驚喜之餘又連續相聚了好幾天，幾乎近全部人馬再度相聚。多年不見，毫不生疏，熱烈開心如昔。只可惜再唱歌時，因大家久未一同練習，水準已不復當年，荒腔走板亦有之。我家男主人專心負責錄音，已不敢開口。想當年，他一曲「Moon River」唱出來，有把人由沙發上笑得掉下來的紀錄，如今年齒增長，勇氣不再。我自己能彈出曲調的歌卻連詞也記不得了。大家往往唱了前半支歌，後半段都馬馬虎虎用哼的，真是不勝唏嘘。

臨走前，他們送給每家一樣最珍貴的禮物，一卷錄音帶，錄的竟是某年某月某一日大家在闔家聚集時，每個人的歌聲及談笑聲。每次播放時，真是悲喜交集，感觸很深。十年，在人生旅程中不算一段很短的時光，這段日子裡，我們這些朋友變遷很大，有的孩子長成了，大多數人一切都還順利，有人在爲創業奮鬥，也有的在婚姻道上遇到挫折，更有的對人生有了更深的徹悟及看法，過著非常淡泊的平靜生活。

雖然散居很遠，見面不易。我們願每位好朋友無論在順境、在逆境都不要忘了常常唱歌，即使唱得不成曲調，只要能重拾當年愉快的唱歌心境，想到遠方友人的記掛，會更堅強地面對生活，也爲日子增添一份情趣，永遠做個快樂的歌者。

一九八九年一月十日　世界日報副刊

玩心

前幾天，我突然感到喉嚨發疼，有些感冒跡象，約好了看醫生的時間，趕去一家醫院。

我一直覺得這家醫院漂亮了點，沙發很舒服，壁上有巨幅的花、美景攝影，每個房間均有不同花色的壁紙，櫃台小姐都很打眼親切，沒病的時候坐在那倒是一種享受呢。那天，我一踏進去，裡面護士及工作人員好像都不見了，看到的有戴著帽子的女巫，米老鼠，穿學士服的，海盜，灰姑娘……各式各樣的人物，我才想起萬聖節已經快到了，幾天前給孩子們買了許多糖果，到時還得分發呢。因爲頭有點昏沉，心裡想，來醫院的人大多是病人，誰有心思去欣賞他們的扮相呢？正坐在那等待的時候，有一個穿著紙糊乒乓桌的人，手上拿著球拍，球呢，就是他頭上套的圓帽子，一邊做拍球狀，一邊開心地說：「祝妳萬聖節快樂！」我醒了一半。過了一會兒，有一個穿紳士服的人喊我進去：「妳好，我是李查張伯倫。」後又忍不住問我：「像不像？」我說：「很像，和他一樣瀟灑。」原來是位護士扮的，聽到我說像，笑得更樂。在醫生還沒來以前，由於這些人的逗樂，我一分心，似乎已感到舒服多了。

原先我一直認爲萬聖節應該是小孩的節日。記得第一次過萬聖節是我們唸初中的時候，在大度山東海大學，我們英文老師馬丁太太是美國人，告訴我們節日的由來，並約大家上山過節，她先生以及好幾個同學的父親均在當地大學教書。自然地，我們挨家敲門「Trick or Treat」時就得到許多糖果。那時候的台灣沒什麼人過這個節日，更沒有這裡市面上這麼多花俏的道具及服飾。記得有一個同學用桌布套在身上，只有眼睛地方開兩個小洞，黑夜裡由樹叢中跳出來，著實嚇了我們一跳。晚上，大家在黑漆漆的山上吃糖，有些人講些嚇人的故事，山風吹來，膽小的同學擠成一團，很是新鮮好玩。

美國有許多假期，其中萬聖節可能是比較有趣的一個，小孩子們的興奮之情就不用說了。除了學校，有些公司行號或商店也都佈置起來，工作人員也扮起不同的樣子。像那家醫院的「大人」也童心未泯的打扮起來玩一玩，把醫院的氣氛帶動得很活潑。在規律生活中增添一些歡笑，偶爾玩之，何妨。

一九八九年三月二十六日　世界日報家園

逗趣

有一對美國老朋友但肯夫婦，我說他們「老」是的確的，因為他們已經結婚四十三年了。而他們過的日子卻十分的美好。

那天的結婚週年紀念日，在宴會上，但肯太太提到他們自結婚以至於今，感覺上仍像初戀一樣……說著說著手拉起老先生要跳一支舞。但肯先生「刷」地一下，臉紅透了，真像個第一次約會的小男生。惹得他們老、中、青三代朋友笑成一團。

由於他倆應朋友們要求，敘述一些有趣的日常小事，加上他們彼此間頑皮的眼波流轉，可為他們的婚姻祕訣歸納成兩個字——逗趣。

婚姻的鄭重，我們應予以嚴肅的肯定。而夫婦之間甚至子女之間，偶爾適當地無傷大雅的幽默一下，逗趣是有益身心健康及有助於家庭氣氛的。

人之可貴，也是在於具有智慧、判斷力、同情心及高度的幽默感……。低等重物是不會笑也不知幽默為何物的。根據各種研究報告也發現智慧的高低與幽默的程度是成正比的。常見報上刊載訪問未婚女性，問到未來對象的條件，許多聰明女孩均答以：「高度的幽默感。」如果夫妻、子女之間整日責任、義務掛嘴邊，不加些輕鬆的氣氛，那這個家一定是毫無樂趣可言，日子也會過得沒有彈性，毫無生氣的。

逗趣必需有幽默的心情，適度的逗趣，可使生活生出趣味來，增加人與人之間的溫馨感，對家庭是不可或缺的提昇劑。

一九八六年九月二日 世界日報家園

老胡的餛飩麵

數十年前，當我還在上小學時，每當冬天放學時，天色已黑了。走路回家時，街邊總有些賣吃食的小攤販，例如烤玉蜀黍，炸地瓜等。

我和好友琦放學後，最常光顧的就是橋頭上、駝背老胡擔子上的餛飩麵。老胡以前在琦的鄰居家做過工，因爲手藝好、又愛自由，於是自己出來開業賣麵。老胡那時約六十多歲，駝個背、冷著臉，一副很「酷」的樣子。

每次看到我倆一來，他立刻就準備兩個中碗，用小木勺子在碗裡放點兒蔥花、麻油，灑些味精、鹽、醬油，聽到他起勁地嗒嗒嗒敲出來的聲響，就知道他對這兩個小常客是十分歡迎的。

老胡的餛飩都是現包的，他用小勺拿點肉餡，往餛飩皮上薄薄的一抹，皮四周沾水、對合一捏，就出來好漂亮的餛飩了，入沸水推滾一下撈出，再下些細麵，分放在碗中，淋上湯再灑下蔥花，滴幾滴麻油，就是一碗滾燙漂亮的餛飩麵了。

我家離老胡麵攤子不遠，琦家與我家隔兩條巷子。我們一邊吃一邊還可以控制回家的時間，如果那天下課晚了，怕媽媽著急，我們就匆匆下肚，趕緊跑回家。平時就閒閒悠悠地坐在橋頭木椿子上吃，一邊欣賞碗裡像小魚遊水般的餛飩，好暖和呢！同學們經過看到，還會對我們大呼小叫表示羨慕呢！

日子飛快，這麼些年來，我好像再也沒吃過那麼好吃的餛飩麵了。

駝背老胡的背影是冬日寒夜中的一景，他那冒著熱氣的爐鍋、熱騰騰的麵，給許多趕路人不少溫暖，尤其他嗒嗒敲打鍋碗的俐落手藝，確令當年小小年紀的我們無限驚嘆呢！

上個月，小學同學琦輾轉找到我的電話號，越洋打了電話來，驚喜之餘，使我想起並記下這段值得回味的往事。

二〇〇八年四月二十五日　世界日報家園

與天爲友

平日我有好幾位可以在電話上或見面談天的朋友。我很慶幸，有的聊畫聊寫作，也有談旅遊，講養生養顏或談信仰甚至政治，還有的並無特定題目，只天南地北純聊天的友人。

通常我對自身的事情看得較淡，不會當成重大事務處理。但，如遇到一些我覺得重要的必要參與或決定的事，我不常將這些問題與友人討論，以免增加人家的心理負擔。

我很愛熱鬧也喜安靜，我住處的社區有很美的步行道，想思索事情時，我就會推門走出戶外。清晨，空氣鮮潔，小草上的露珠晶瑩剔透，陣陣迷迭花樹香味，我仰望初晨的曉空，身心感到無限快活。傍晚時遠眺夕陽絢美的天邊雲彩，令人沉醉。晚間，望向滿佈星辰的夜空，更會帶給我無限的啓示與靈感。

台灣國家文學館決定在二〇〇五年發行我母親張秀亞的全集，優秀的文學團隊以一年的時間負責編輯工作。但母親一生八十餘種著作的版權問題需要子女先一一去解決，徵得原先出版社的同意。又如何如期地幫忙收集些不易搜尋的早期作品或未結集之稿件？既是作家全集，不只讀者熟悉的文學作品，母親寫的藝術史似也應考慮收集納入以求更完整……。有些事是需家人參與決定的。

這些攸關後世學子研究的重要文學資產，當然是大事。而個人能力有限，這時我不在地面上尋求答案，常常會步出室外，仰望長天與天爲友，到廣闊無際的天上尋求解答。我竟從未失望過，往往我都由天空或天上最愛我的親人那裡得到合理的啓示。許多事情做起來也能不慌不忙、平順圓融。當我們見到文學界合作無間推出的近千萬言、十五鉅冊的《張秀亞全集》見諸於世時，這是文學家一生的心血結晶啊！內心真是充滿了喜悅感激之情。

舉頭望天，教會了我避開不必要的世間紛擾，使內心趨於平靜，也可以有更寬容開展的心胸處世待人。與天爲友讓我了解人的渺小，有更謙遜的心，並珍惜目前所擁有的一切，也學習了萬事順其自然，豁達地去欣賞人生，增長智慧。常常看天，自由自在，心無罣礙。

我們畢竟是凡人，如有做不周全或仍有小小的煩憂的時候，我就會再提醒自己：「步出室外，再看看天吧！」

二〇〇八年十月十二日　世界日報副刊

極短篇

倒流的時光

那天下午，抽得半日閒。換條牛仔褲，T恤衫，輕輕鬆鬆的在街上走走，逛逛，心情似又恢復到以前的時代。

熟悉的台北、可愛的台北！我終於又回來了。

時間正值放學、下班，坐在一家小吃店，看著眼前熙來攘往的學生擠公車，好像看到了自己當年學生時代的影子，同學們一起在車內又擠又搖的談話，自有一番樂趣。

一家書店又一家。啊，內容更是豐富異常，這也想買，那也想看，好「貪得無饜」哪！想想由台北家中「搜括」來的四大箱待寄的書，算了吧，等那些書看完了再買吧。

踏在夕陽絢爛的台北街頭的紅磚上，由沙沙的腳步聲響中，我好像走回昔日。

一九八二年七月十日　世界日報副刊

郵件

她接到一份郵件，信封上寫著她的名字南西，卻沒有寫姓。打開裡面是一大張，像是雜誌上剪下來的「減肥二十五條」剪報。剪報上端幾個手寫的龍飛鳳舞的英文字跡十分流利，看來是出自英文還不錯的人之手，但又沒有署名。是誰寄來的呢！

南西進入中年以後（其實已進入好多年了，只是不願去面對罷了），體重開始直線增加，也不像年輕時那麼容易想瘦就瘦了。她一向最愛置裝，後來衣服多了，開始「侵占」先生的衣櫥，先生曾問她為什麼買那麼多衣服？她答得理直氣壯：「試穿每件都好看當然就買回來了！」

但最近兩年開始不對勁了，到了百貨公司試衣間，她試和以前同樣尺碼的長褲或洋裝，即使勉強拉上了拉鍊，卻像裹粽子一樣，緊得難受，要不就是裙鈎子鈎不上，到底是怎麼回事啊？

真的到了「引人注目」的地步嗎？她又想起那封郵件，上面寫著「妳必須照著這二十五條去做，妳可以做到的，南西！！！」還加上三個驚嘆號，好像非做不可似地，唉！

是誰呢？想了一個多星期，她先排除了純中國人社團的朋友們，想到幾個深入主流社會由早期留學生組成的團體。噢，對了，前幾星期曾參加過一次。是蘇珊楊嗎？她爲人熱心，曾任許多團體之長，肯做事，見到人總是熟絡的，但國人再熟絡也不至於這麼管閒事至不署名來函吧？她爲此困擾多日，更甭提打起精神去按章減肥了。後來她乾脆把郵件放在車庫內小桌上，眼不見爲淨，暫時不去想它。

有天下班回來，老遠看見隔壁的美國太太，很困難地挪動著肥胖的身軀向她招手，突然間，她好像明白了。她對著胖太太高興地喊著：「南西，妳好嗎？好久不見了。」下了車，趕緊去車庫找那封郵件。地址上是一號之差啊，怎麼開始時沒注意呢？她快步走去找與她同名的鄰居，看樣子是追得上的。

她抬頭望望亮藍的天，怎麼這麼藍啊，最近都是這麼好的天氣，她竟然好久沒注意了。

二〇〇二年六月二十七日　世界日報副刊

作家的另類食譜

數十年前，有位作家在準備晚餐，她手持一冊唐詩，一邊在等兒女放學回家。她曾在她自己的一本著作中寫著：不止一次，我望著爐上裊裊升起的煙，同釜底的煎蛋，笑吟著唐人的句子：

大漠孤煙直，
長河落日圓。

她使燒飯成爲一件有趣的工作。

當作家那上小學的女兒走進巷子。她綁著兩條辮子，揹著書包，飯盒水壺，叮叮咚咚地半跑著回家，半途被一位串門子出來、聞名街巷的鄰家「大嘴巴伯母」堵在門前說：

「小妹啊，妳媽媽好好玩，一邊炒菜還一邊看書呢。」

「是啊，您知道我媽媽炒菜時把天上的月光、星光，還有花香、草香都當作料炒進菜裡去了。」小女孩回答。

「那怎麼吃啊？」她困惑了。

「那才好吃呢，所以我們家小朋友腦子的營養比你們家小朋友豐富嘛。」

「哦?!」她更驚奇了。

小女孩閉著雙眼，歪著腦袋瓜想著平日媽媽和文友的談話用語：「就是精神上的，心靈上的食糧加進去嘛！」說完也顧不得呆楞在一旁的鄰家伯母，就迫不及待地推開大門，大聲喊：「媽，我回來了！」

女孩聽到廚房傳來母親愉快的聲音回應著，歡迎她的「小淘氣」回家。

幾十年後的今日，各種各樣的食譜書籍真是琳琅滿目，充斥在市場上，不知那位鄰家伯母是否也手持一書在炒菜呢？

二〇〇二年五月二十三日　世界日報副刊

畫 心

多年前，在台北的中華体育館，有一大型的文化活動。在場的人每位均發一枝蠟燭參加大典。

當天有位同學來與她跟著她母親同去參加。

萬點燭光在沒有燈的場景下，壯觀、溫馨又美麗。

典禮過程中，同學在節目單上用燭油點畫出一個心型圖案，微笑地拿給她看。

母親大約是注意到了年輕人不專注的小動作，她望見了那個「心」，就輕輕地對他們說：「參加典禮時要專心。」

他馬上將那顆心給折了起來。

「很多人往往注意到小我小愛，如有對上天的大愛，也就包含了人對人的愛心了。」事後女孩「教訓」他。

他拿起節目單問：「我現在可不可以把我的《小心》打開放大？」

二〇〇〇年十月八日

旅遊小記

恐怖襲擊後倫敦記行

二〇〇五年七月中隨外子赴英參加爲飛機零件製作標準審合的會議，世界各地凡與此事有關的公司都派員聚集倫敦。

此一在七月七日倫敦爆炸案後的行期，令我這個「膽小鬼」有些猶疑。有朋友勸說：「一動不如一靜，別去了。」另一些朋友則說：「七日以後的倫敦，戒備森嚴，是最安全不過了。」

今日風華猶見盛世

七月十六日我們在倫敦希斯羅機場下機後，一位英國海關人員先問了外子一些問題，如爲何事而來？開什麼會？耽多少時日……等，然後看著我，笑對外子說：「那你太太是來英國花錢的嘍?!可要她離百貨公司遠些啊！」使我們首先體會到了英國人的幽默。

出了海關之後，看到了兩邊擠滿了迎接旅客的人群，竟清一色的中東人臉孔，令我們有下錯國境之感。倫敦的小餐館、小店許多是中東人開的，印度人也不少。而在街上要分辨巴基斯坦人和印度人有何不同，可能與多數外國人要辨別中、日、韓人的異同同感困難吧！

　　我們是在開會前兩天到的，所以抵達後次日即參加了全日旅遊團，先參觀倫敦市街、倫敦塔、議會鐘樓、西敏寺、倫敦眼……等。在看了白金漢宮前的御林軍換崗後，使我深深感到我們台北忠烈祠前的憲兵換崗的雄姿有過之而無不及，只是英國的御林軍較受國際矚目罷了。他們頭戴著黑色的羊皮帽，紅色制服，有玩具兵討喜的味道。倫敦塔內陳設有王室的皇冠，上面鑲嵌有世界上最大的紅、藍寶石及世上次大的鑽石，還有大小不一的王室不同階級成員的金權杖。

　　我們是在夏日的倫敦遊泰晤士河，穿越倫敦橋，沒有見到冬日霧色下的倫敦，再加上船上領航者的濃重英國口音介紹兩岸建築，更少了些矇矓的詩意。

　　維多利亞女王給他英年早逝的表哥丈夫阿爾伯特王子建了巍峨的紀念碑，可顯出她的一往情深。面對紀念碑是皇家阿爾伯特劇院，每天有最好的古典歌劇演奏。

　　莎士比亞是英人引以爲傲的大文豪，莎士比亞劇院是用古法建成，沒用一根釘子的一幢白色建築，裡面每天上演莎翁名劇。他在劇中名言「To be or not to be」經常被人套用，有些商家甚至改成「To buy or not to buy」令人看了啼笑皆非。

　　這趟我是帶著名作家蕭乾生前給我的書上路的，書名是「蕭乾西歐戰場特寫選」，他在書頁上寫著：

「德蘭：這是四十年前的陳貨了，也許可以幫助你們夫婦了解一下當時的英國。　蕭乾，一九八七年九月。」他寫這些字時已距今有十八年了。書中所記是他當時任駐倫敦特派記者時的經歷，那是五十八年前的英國。因此我在倫敦沒見到蕭乾筆下滿目瘡痍，一片蕭條的倫敦。無可否認倫敦是個美麗的城市，仍不難看出大英帝國往昔的盛世風貌，仍留有世家喧赫的架勢。

出奇的鎮定與平靜

英國人在恐怖襲擊後表現出的是鎮定與平靜，一般人亦溫文有禮，每天仍照常坐地鐵及雙層巴士上下班、上下學，這是他們主要的交通工具。我們漫步經皮卡地里街到特拉法加廣場，熱鬧非凡，擠滿了人，尤其是年輕人，四周建築有許多劇院。地下車站，街牆上到處張貼有《推銷員之死》、《獅子王》、《孤雛淚》……等歌劇的大型廣告，看一個城市的文化藝術氣氛由廣告上可見端倪。倫敦博物館多，公園也多，街上紅色電話亭及紅色的雙層巴士為街道增添了不少顏色趣味。據說大英博物館中有中國文物三萬件之多，國家畫廊中有一二五〇年以來許多著名的宗教畫作，由十六世紀達文西的作品，到一九〇〇年代的名畫都有，其中包括印象派大師莫內的《荷花池》、梵谷的《向日葵》、《長青草與蝴蝶》、《農莊》及高更和塞尚的風景畫等。

第一天的導遊對查理王子目前伴侶似無好感，他說已忘記了那「另外個女人」的名字了，但他確信女王伊利莎白二世到九十高齡時會將王位交給孫子威廉王子，他並說到時希望查理帶著「那個女人」（卡蜜拉）到別國去住。雖是說笑話，但他像許多英國人一樣是同情美麗的戴安娜王妃的。很多人也想不透這麼個可人兒竟敵不過一個老醜的卡蜜拉。「婚姻中三個人的確是擠了點兒。」仍記得戴妃受訪時曾說過這樣的話。

戴妃風華無可取代

七月十九日我步行至海德公園，參觀了園內的肯辛頓宮，舊王宮。宮內看到女王伊利莎白二世迎接各國領袖國賓時穿的長禮服，金絲銀線十分講究。裡面還有一間全是戴安娜王妃的各式晚禮服。名師設計的禮服穿在漂亮人的身上相得益彰，更顯出眾。由衣服的長度看來，戴妃擁有高䠷修長的身材。有件她生前特別喜歡的黑色絲絨長禮服，尖領兩邊有皺摺，緊身裙直至下擺有像魚尾式的直摺子。旁邊掛了一張照片是當年她訪美時，在白宮的晚宴上與美國影星約翰·屈伏塔跳舞的照片，起舞後，魚尾般的裙擺就自然散開來，是衣服的特色。約翰·屈伏塔與王妃這一舞之緣，他的名字在英國也不朽了。

爲了找尋戴安娜噴水池，我在海德公園內步行，公園內一片翠綠，面積很大，有湖、有花草林園。想起那位導遊說的，常有許多小孩在那嬉水，王妃會很高興。當噴泉揭幕那天由女王主持，導遊幽默地說，噴泉的水將女王的衣服濺溼了，戴安娜知道一定高興的笑了，一語道盡了王室婆媳間的微妙關係。

爲了對戴安娜的同情，我走了很久，終於找到了海德公園另一頭的紀念王妃之噴水池，這水泉的設計初看很平實，沒有什麼特別，兩邊呈弧狀，池的外圍及中間均有綠帶可供人散步觀賞。每一段的水流由於水速的控制均不同，有急流、有鱗狀水波、有慢流、平實中耐人尋味。

七月二十日同公司的另位太太到了，我以「識途老馬」之姿帶她出去玩，除了國家畫廊外，整整逛了一天，主要是逛街購物。世界著名、典麗十足的哈洛德茲百貨公司的小開是戴妃最後的男友。倫敦物價很高，用餐、衣物均貴，再加上英磅與美元的匯率約爲一比一點八，即使打過折的物品比起美國仍不便宜。百貨公司內有幾個食物廳，真是美輪美奐，豐富無比，有生、熟食，還有一廳專賣咖啡、茶及糖果，我一向不嗜糖食，但面對各式各樣，包裝精美的巧克力糖仍禁不住買來一嚐。

接著於七月二十一日早上我們按計畫到了維多利亞，阿爾伯特博物館，當時正值世界的藝術工藝特展，館內也有許多中國的玉器、漆器及皇帝龍袍……十分值得一看。

表面平靜外弛內張

當天中午回旅館休息，打開電視機沒想到倫敦第二次又遇襲擊了！三件在地鐵，一件在雙層巴士，窗戶爆開，一人受傷外，多未引爆成功。一下午就坐在電視機前看報導，耳中聽到窗外警車滿街急速行駛的笛鳴……。

一般倫敦市民表面上看不出有巨大的變化，但心理學家分析說市民尚未由七日的恐襲中恢復過來，兩週後又遇到第二次，可能需要一段時間才知道有沒有失眠、恐懼、不信任人、不敢出門等等後遺症。英國總理布萊爾也與澳洲來訪總理在電視上發表談話。電視從二十一日午間後就不停地報導、分析、探討恐怖襲擊問題。而一般倫敦人主要的大眾交通工具是地鐵及巴士，他們大多沒有選擇的餘地仍繼續往日的生活模式。整體看來還算鎮定、平靜。有人說英國人經歷了二次世界大戰的浩劫，已變得「處變不驚」了，但顯然的第二次恐襲後，警力更加強了戒備，白金漢宮附近廣場聚集了百輛警車，有個風吹草動隨時啣命以赴。

二十一日，有市民因有些路段封鎖，用了十四個小時才返家，已累垮了。

這兩次在英國的恐怖襲擊，看來與布萊爾首相支持美國總統布希的伊拉克戰爭似脫不了關係；接著埃及也發生恐怖爆炸。從美國九一一被恐怖組織攻擊後，接著布希發動伊拉克戰爭，這個世界就沒有平靜的日子及真正的安寧。冤冤相報何時了？美國有些有識之士曾說：美國會爲這場戰爭付出極重的代價。

前教宗若望保祿二世曾說過：戰爭不是解決國與國間的分歧及仇恨的方法，只有愛可以。這位受到普世愛戴的宗教領袖辭世的追思禮，布希及布萊爾等各國領袖均曾赴羅馬參加。

對教宗尊敬歸尊敬，但對他的話語卻言者諄諄，聽著藐藐。

怎麼才能讓地球上的無辜百姓有免於恐懼的自由？應是世界政治領袖們一致努力的課題。光明與黑暗，善良與罪惡，戰爭與和平均在一線之間，豈能不慎！

二〇〇六年五月　中外雜誌

旅德漫記

三月底赴台參加了母親的全集發表會，返回加州後又於四月下旬隨先生赴德國開會，這些行程都是半年前早都訂好的。

新教宗的產生

四月二十日在法蘭克福的旅館電視中，看到了新教宗本篤十六世就職後的感恩彌撒，並接受了新教宗對群眾的祝福，很高興我們又有一位教宗了。看了後坐在那不由得凝思，憶起一九七八年時大伯父于斌樞機趕赴羅馬參加教宗保祿六世的葬禮，並選出若望保祿一世（微笑教宗。）一個多月後若望保祿一世又蒙主恩召。在選出若望保祿二世之前，大伯父也累倒了，在教廷去世，一切均為天主的奇異安排，當時有九十多位樞機參加大伯父葬禮，極盡哀榮，像似給他一生為教、為國奔波之安慰。美國幾大電視網當時均有報導。如果大伯父今天還在，我們一定可以聆聽他老人家和我們談談，有關選舉新教宗之事。接連著兩位教宗均打破了以往的傳統，由非義大利籍的樞機被檢選成爲教宗，這樣的改變是如何形成的。

傍晚時間我到樓下買明信片，看到大廳擠滿了人，很是熱鬧。我問櫃台的服務生：「這些人是在慶祝教宗當選嗎？」他笑了，說：「大家雖然高興，但他們是在等待進餐廳吃飯。」德國雖榮耀地出了一位教宗，但是他們的民族性吧，很穩重還不致於興奮過頭。如在其他的國家不是會樂昏了嗎？（我想）。

乾淨漂亮的法蘭克福

第一個星期我們待在緬因河邊的法蘭克福。這個城市十分乾淨、漂亮又安全。我們幾個太太每天坐巴士進城，大眾捷運系統也非常方便。最令人印象深刻的就是街道整潔，店舖打烊了，就很快有人在清潔街道。百貨公司售貨員隨時整理被顧客弄亂的物品，公共洗手間更是清潔溜溜，人行道所舖的小石子都是平坦好走的，即使有些路高低不平，也不會有「大起大落」之感，反而像走平坦的健康道。

童話世界般的羅騰堡

第二個星期開完會後，我們自己租車去玩，幸好車上有衛星導航系統之裝置，不至在異地迷路。我們自認爲是自助旅行，深入德國民間了。

第一站是羅騰堡，沿著那有名的「羅曼蒂克道」駛入。這是個非常美的中世紀古城，裡面的許多雕堡、建築都像是童話世界中的房子。城中也有大教堂、市政廳、市集廣場、聖誕及玩具博物館、城堡公園，甚至有中世紀的犯罪博物館，其中有許多處罰罪人之刑具。這個城曾經歷過三十年的宗教戰爭，後經過了兩百五十年的衰落，而如今仍能保存下來，如今成爲觀光勝地，整個城的稅收，全靠鼎盛的觀光事業。我們主日還找到了聖若望教堂，望了一台德文彌撒。走遍世界，不論任何言語的國家，天主堂的禮儀均是一樣的，這是天主教徒的幸運。

修女設計的小瓷偶

在德國各大城的特色商店均找得到，那些依據一位 maric Hummel 修女畫的，再由 Goebel 公司製作成有名的 Hummel 瓷偶，這些小瓷人在世界各地都有收藏者。那小人像以前在國內也印過卡片。修女畫主要是發揚人間的愛：母子情，聖母抱聖嬰、友情、愛小動物、唱歌彈琴之喜悅、還有姐弟情、讀書樂、凡人間可歌頌的愛之主題均在內，當然還有小耶穌，天使，聖家像等。真值得讚嘆哪！天主給予這位瑪琍哈姆修女太高的才華與童心，帶給了世人不少的快樂與溫暖！

我買了小女孩讀書的瓷娃，還有小姐弟唱歌的及養鵝的小女孩。前一星期我們有幾位團友參加旅遊團去了海頓堡一日遊，那天下大雨，大家冒雨逛街後跑回車上獻寶（購買之禮品）。我們那遊覽車的遊客有台灣來的，有冰島、希臘、及美國各州來的。他們都圍過來看我買的小瓷娃，直嘖嘖稱奇，真的，不論色彩、手工均是上乘的，令人喜愛。這些「寶貝」，我自德國手提捧著回來，至美國達拉斯機場再轉機至洛杉磯，這些小瓷人將會把家中的小耶穌像圍個圈呢！

慕尼黑的宗教氣息

到了慕尼黑，馬上感受到是個文化宗教的名城，好多歷史建築及大教堂。多數教堂均是天主教堂，而且每天都有大量參觀朝拜的人潮湧進。一路上，每個教堂我們均進去跪拜祈禱，爲家人，爲神長們，爲親友，並爲世界的和平，也在聖母像前點燭禱告，一路心中感到特別踏實愉快。

萊茵河畔

開到萊茵河畔，真美！我們乘船遊覽這世界著名的河流。坐在船內，河畔兩邊的建築盡收眼底，在明媚的湖邊座立著哥德式的建築特別好看，見了這麼美的景色，心中不由得想起母親張秀亞女士健在時，每每與我們說：「看到自然美景，心中不由得讚嘆造物主的偉大！」

她說的話，在我心中重覆著。

母親在北平老輔仁就讀時，深受幾位德籍神父、修女的愛護，她又愛讀歌德的詩文。這次在法蘭克福我們還在歌德公園像前照相，心裡感到好像爲母親遊覽德國。這位德國的大文豪的塑像，相片到處都是，他是德國人的光榮！「少年維特的煩惱」誰沒讀過或聽過呢？

經過近兩週之旅程，感謝天主，我們平安的回家了，雖有些時差帶來的疲累，但異國美景與文化古蹟及心靈上之收穫永遠會留在心底。

二〇〇四年　教友生活周刊

仁者的畫像——親長篇

永懷大伯父

十六日晨洛城時間六時，哥哥由紐約打電話來，聖桄接電話後聲音聽來很怪異，緊接著他又問了一聲：「是在羅馬？」我一聽就知不妙，連問什麼事，他一語未發把聽筒交給我就衝下樓去。哥哥在電話中吞吞吐吐的，聲音暗啞地說早上他聽到收音機報告，並有一些報社打電話詢問他一些關於大伯父的生辰年月日，聽完我腦中轟然一聲，簡直不敢相信這是真的，禁不住淚如雨下。

這些年來，大伯父偶犯腿疾，但精神身體還算好，在醫生護士悉心照料下，心臟病也沒有再犯。雖他老人家已屆七七高齡，但聲音宏亮，目光有神，看來仍然年輕漂亮，除了腿力稍差外，看不出有老邁跡象。

以前，我對於不可知的未來，一直強迫我自己去相信一個可能是真實的事蹟發生在大伯父身上就是——他能長生不老。但接到哥哥電話後不久，又接到羅馬的電話，更確定了這件事情的真實性，後來又連續收到許多各方來電，使我不得不相信他的離去是一個事實。我多麼希望這是一個夢，只是一個噩夢。

所有認識大伯父的人聽到這個消息均悲痛異常。無論是由臺北、羅馬、紐約、華盛頓及舊金山等地打電話來的人，原都想詢問一些有關消息，而多數是想對我有所安慰，但他們卻忍不住在電話中飲泣。還有許多人要組團赴羅馬參加追思或返國公祭。昨天我亦收到雷震遠神父的電話，他抱著未復原的身體剛剛出院，這次癌細胞又在他體內蔓延了，他爲了我們國家不顧辛勞，日日上電視、電台做各種的演說。大伯父一再稱他爲一位聖者。嫂嫂告訴我，上次他們在紐約接大伯父下機，大伯父聽說雷神父的病，還曾掉淚，想去看他。一提到樞機兩個字，雷神父這位強者已在聲筒那頭泣不成聲了，我流淚告訴他，樞機希望他身體健康，能再多爲人類服務，他說：「對的……」接著又是一片無聲。今後他失去了一位堅強的反共伙伴、諍友，怎能不傷痛。

這次，大伯父爲了參加教宗保祿六世的葬禮及選舉新的教宗，匆匆兩日內急趕著出國，馬不停蹄地趕路，其內心沉重加上腿力衰弱，旅程的艱苦是可以想見的。若當時他能先在西岸休息一天再轉紐約，如果他晚些啓程，或教廷方面若遵教宗遺囑簡化葬禮，不擴大在聖彼德廣場的烈日炎空下舉行儀式；大伯父可能就不致太累，也就不會走得這麼早。

他老人家知道我們小家庭又將添人，我生產在即，一再囑我不可勞累，並說等我九月初孩子生下後，他要來洛城看我們及新生兒，怎麼也沒想到，他再也不回來了。他還說要小保祿牽著他的手在院中散步的，可是我們卻再也見不到他老人家了！

大伯父這次出國，我就一直莫名其妙地擔心，總是怕他會太累。當我們看 CBS 三小時教宗葬禮的電視特別節目時，最初見到他老人家站在樞機的前排中，後來又沒再見到，心中很納悶，後來又見他出現在觀禮台的前座，心想他一定腿站不住要坐下休息，內心焦急得很，甚至希望典禮能縮短，他就可回住處休息。到祭禮接近尾聲時卻沒見他老人家坐在那了，後來才知他是昏倒了，兩日後又恢復了。我又開始憂慮一連串的會議，加上三天入闈選舉新教宗，不准外人進入，沒有人扶持他又會不會累？這次，我們的焦慮真不是多餘的，大伯真是累倒了，在羅馬聖城，為了一向對他很好的教宗，他極盡光榮地走了。

永遠為了別人不顧自己的身體。大伯父永遠為了自己堅信是對的及應做的事情全力以赴，盡忠竭力地去做。

記得前幾年，教宗保祿六世送給蔣夫人的禮物銅牌，請大伯父呈交，當時他出國均不帶隨員，手中除了拿著重量不輕的禮物，還拿大衣及手提包，上電梯時摔倒了，扭傷了腳，仍不以為意，回國時仍堅持親手提著教宗交給他的禮物送到夫人手中才安心。

直到最近兩年，他老人家非至需要有人扶持的地步，出門旅行才開始有隨員。

記得在我婚禮前幾天，大伯父生病在榮總，甫一出院非要及時趕在我婚禮前到紐約主持。當時有些人勸他不必為小孩子的事如此辛勞，大伯父卻回答說：「婚配聖事是大事，什麼小孩子的事就不重要？」他堅持要按時到。抵達後，一見到未曾謀面的「準新郎」笑開了說：「啊，就是你呀！」接著又由口袋中掏出一些台北人的贈禮，次日又不顧疲勞地爲我們主婚。他不願令我們失望，不顧自己旅途勞頓，令我們異常感動。婚禮後我們每天均去陪他老人家，他處理公事我們就在一旁靜坐，休息時就陪他談笑，他極爲欣慰我們不去旅行而在他身旁陪侍。

與大伯父在一起的日子是最快樂的，時間也飛似地溜得快，他像磁石般的吸引人，講起話來妙語如珠，引人入勝，只要有他在，再寂靜的地方也會熱鬧起來。他在時，關上門，我們就忘了外界的一切，室內頓時成爲一個五彩繽紛、火樹銀花的世界縮影。

無論跟大伯父走到那裡，無論國內外、歐洲、美國，永遠有人圍著他致意，人人對他極爲尊敬，令我們印象深刻，與有榮焉。在美國他與一些政要、報業聞人、工商鉅子在一起時，他們總是靜靜聆聽大伯父的宏論而發出讚詞。開各種文化教育會議，往往他一出現台上，台下的人均起立鼓掌達數分鐘之久，以示尊敬。他真是位勇者，國際局勢不利我國，他常藉機向他們說明共產黨的本質，以及迫害人權，殘害無辜百姓的真實情況，俾使美國友人增加一層的認識，支持中華民國。他並常常爲美國沒有什麼有遠見的政治家而嘆息。在此地，有許多美國朋友對我說，樞機（他們尊稱他爲 HIS EMINENCE）是個了不起的人物，有些從小就聽過他的演說，爲他的人格與口才所折服。

雖然大伯父是位出家人，沒有子女，但他喜愛所有的年輕人，對自己弟弟的孩子——我們，可說是無限疼愛，視同己出。在一九四五年舊金山會議開會那年，大伯父任中國代表團顧問，他爲甫出生的哥哥取名爲「金山」即爲紀念那次的會議。大伯父非常喜歡這個大侄兒，常呼他爲「猶子」，即如同自己的兒子一樣。哥哥念書聰明，常識豐富，有問必答，他每在老友前讚哥哥爲「小活字典」，說完立即發出一片朗朗的笑聲。輔大復校後，大伯父總希望自己侄子能「捧場」投考輔大爲第一志願，放榜後，卻發現哥哥名字出現在臺大榜欄，他當時有些「失望」哥哥的不聽話。過了不久，他又開心了起來說：「這是個有志氣的小子。」當我出生時，大伯父給爸爸媽媽的信上說：「聞我家添人，欣慰很多，如未命名，可呼德蘭，一爲效法聖女，又富古典風味也……。」我長大後，伯父給我一封信內寫道：「小德蘭，今天是你的主保瞻禮，在彌撒中我不斷的想著你，希望聖女德蘭愛護你，使你在靈修上進步，做一個模範的公教青年，應向聖女小德蘭看齊，她愛主的熱情，自己願做小耶穌的皮球，任他玩弄，喜歡時就拿來玩，不喜歡時就扔在一邊不理睬，萬事由天主安排，她就如同小孩子的天真。順從、純潔、依賴……。」我的信寫不好，但大伯父很喜歡收我的信，信尾他還附一句：「給我寫封長信，好嗎？」他老人家經常給我鼓勵，記得我在中學時，他常對人說我和媽媽一樣會寫文章，當別人用懷疑的眼光望著我時，大伯父又補充道：「她的文章上過中央日報呢！」使當時我這個只有兩篇文章的小作者羞慚不已，我自知自己與「秀亞媽」（我幼年時對母親張秀亞女士的戲稱）的文采不能相比，但大伯父爲我打氣，興起我無比的信心，使我自知應多努力。

大伯父出語非常幽默可愛，我小時，他獲知我當了股長，寫封信來說：「德蘭升了股長，又任紀錄，忙個團團轉，我真喜歡那小胖孩活躍起來，免去人工減肥一套麻煩手續。」

他老人家每次生病住院，就急著要出來，他深怕浪費光陰，耽誤正事。出院後，醫生囑咐他多休息，他卻幽默地轉向小護士說：「生病時我聽醫生，出院後醫生聽我。」馬上又開始忙碌的工作。

大伯父腦中日日思考國家大事，世界大局，卻仍有耐心聽我們的童言童語及小同學間的趣事等等。當我們遇有傷心事，大伯父又是最佳安慰者。有一次我爲了一點小事掉眼淚，他拍著我說：「小蘭最乖，把眼淚趕緊拿小瓶子裝起來。」使我破涕爲笑。

大伯父愛人，喜歡接近人。無論尊貴大小，不論皇族貴人或販夫走卒，均一視同仁，他心目中沒有任何階級觀念，對每個人均是親切而慈祥的。常常可以見到他對管電梯的小孩問「幾歲了?那裡人?」他經常與司機同桌吃飯，他的表現是那麼自然又發自內心。記得有一次他去赴一晚宴，車過師大旁邊龍泉街的窄巷，有許多學生在巷內行走，他連忙囑司機慢慢開，接著又對著窗外自語：「孩子們，別怪我的車子由此經過啊，我是你們的公僕，是個爲你們服務的人呀！」雖然車外的人聽不到，也不會知道，我在旁見到這一幕，非常深刻。

在國內時，公餘之暇，大伯父有許多戲票及晚會入場劵，他想輕鬆一下時，常常會帶我去一同觀賞，偶爾入場晚了，他總在後排站一會兒，怕打擾演員，但常常走到前排座位時，見戲中主角在台上特別彎腰致意，再繼續演出。有一次聆聽郭美貞的音樂會，她也在台上向大伯父點頭微笑後才開始指揮。他們均曾是受到大伯父賞識、栽培過的青年人才，都對他老人家極為尊敬。我平時看平劇是一點也不懂，但每次看平劇時，大伯父總是細心講解給我聽，增加了我對中國戲劇的興趣。

大伯父一生幫助的人無數，卻自奉甚儉，飲食起居均極簡樸，他當年在美來信提到：「我住的地方添了一個新床，這是我美國辦事處的創舉，我已由沙發階級升入有床階級，我過去不睡床，乃臥薪嘗膽之意，今匈奴未滅，竟只嘗膽而不臥薪，神父之孝思無形中使我退步，值得注意！」大伯父之苛待自己，由此可見。

他每到紐約，有許多大飯店願免費招待他住豪華套房，他最後總是婉拒回到自己的辦事處，過簡單的生活。大伯父曾與許多國家元首均為好友，任何豪華場合均經歷過，但他卻能屈能伸，極有彈性。我們遷來洛城後，住在一房一廳的公寓中，他老人家放棄了許多修會或友好們寬敞華麗的屋宅，而願屈居於我們斗室之中。當時聖桃深感惶恐不安，深怕委屈了大伯父，他本人卻絲毫不以為意，笑著說：「我看我就睡沙發吧，我是睡慣了沙發的人。」我們當然不肯，後來是大伯父睡床，我們打地鋪，他還很開心地說，我們在左右照顧他好方便。

他並告訴我們：「小夫妻窮沒有關係，只要感情好，即使天天吃鹹菜喝稀飯都是快樂的。」並讚美我們小公寓爲「痲雀雖小，五臟俱全」，又乾淨，又明朗。及至後來我們搬至郊區，他又誇我們的房子寬敞，佈置雅致，使我們開心得很。他永遠看事物的光明面，並要我們滿足目前所擁有的，不做非份之想。

大伯父對一般人婚姻正確觀非常重視。他最痛心聽到別人朝三暮四，不道德的行爲令婚姻瀕臨破碎。若自己親人有一點此類跡象更是憤怒難忍。他常說：「一聽到這種事，就像一把鋼刀軋在我心上。」因此體貼他老人家苦心的人，總是朝美滿之路去走。

大伯父極富同情心，遇有苦難的人，總是給予幫助，對於受過他幫助的人有成功的事業，美滿的生活就很欣慰。若有學生並不順遂，他仍想助一臂之力，當這些人想請他吃飯，他總怕增加別人負擔而婉拒。有些人過年節寄卡片給他老人家，他常會對著卡片說：「寄卡片不如寫信，我是想知道你們的生活情況啊。」他老人家真正做到了「施恩勿念」的美德，去年他率宗教訪問團來美時，受到廣大的歡迎，有些人多年不見，特別提到他們的子女曾受到樞機的栽培，銘感於心，他老人家助人太多，卻也記不得了，當人表示要報答他時，他回答說：「我幫忙人，並不是想求回報的啊。」有人勸他將一生功蹟記錄下來，他說：「我不爲留名在世上，我做一切的事爲了光榮上主。」

大伯父的胸襟非常寬大，對於心窄的小人非常包容，對於壞人也時予感化，他以聖經上一句話「有病的人需要醫治」的道理來救人靈魂。若有人問及他以一宗教家爲何積極參與政治，他會反問：「你愛你的母親嗎？」接著又說：「我對自己國家的感情如同對母親一樣，我爲什麼不能愛自己的國家？」他並說：「如果惡狼撲向羊群，而不對之發出一聲警告，算什麼牧者呢？」往往說得人啞口無言。

若有人告訴他某些人在利用他，大伯父不愛聽小話，反而回答說：「在我有生之年仍能被人利用，也是福啊！」他能一而再，再而三的原諒人的過錯，當有人勸他：「此人曾騙過您，您不必再信他。」他答曰：「他已向我悔改，我不給他機會，他如何能再做人呢？」他對人的寬大真是常人罕見。

大伯父雖受多年的西洋教育，但中國文化學養極深，並不斷致力中國文化的復興工作，同時以行動發揚敬天法祖的精神。近幾年來，很令他高興的一件事，即榮任中華文化復興會的副主任委員，他常說中國文化與天主教有許多相通之處，若能將兩種文化融和，定可放出異彩。他對使中國文化發揚於海外亦極盡力，在一九六五年九月，他希望徐文定公能列品於天主教歷史，他給哥哥的信上說：「徐文定公（徐光啓）列品案，怕要等到大公會議以後再說，現在無法成立調查團，我們要多求文定公顯聖蹟，惟有奇蹟才可保證聖、德。文定公乃溝通中西文化之功臣，一旦列品，對我國文化界之影響必大，盼多祈禱吧！……」

大伯父自小聰慧過人，甚得祖母（即我曾祖母）之喜愛，與曾祖母極爲接近，曾祖母視此大孫為寶貝。大伯父極富情感，常常想念曾祖母，並說曾祖母為他燒的茄子太好吃，以後就不曾再吃過那麼好吃的茄子。多少人曾試著燒茄子給大伯父品嘗，他總覺得還是祖母燒得好，我想曾祖母的確燒得一手好吃的茄子，再加上大伯父對她老人家無限的思念與愛，曾祖母的茄子就成了舉世珍品了。

大伯父記憶力極強，不但讀書過目不忘，對人名亦記得極清楚。他繞遍地球十餘周，見到的人不知多少，若干年後再遇到，他仍能喊出名字，常令人受寵若驚。有一年，我們隨他赴台中。在車上他問我會有多少小朋友來接我，我說有八個，他幽默地說：「啊，比接我的人還多麼！」接著又問我她們叫什麼名字。下車後，當我介紹同學們給他，大伯父能一一念出她們的名字，使她們開心地在車站為他老人家合唱一曲。

以前，當我們住台中時，每年他老人家均會約我們赴台北度暑假，哥哥與我均睡在他臥房外屋。我們返台中後，他給媽媽一信中寫道：「山、蘭二孩真可謂『猶子比兒』，孝順異常，苟非公務鞅掌，絕不准他們離我一步，今『人去樓空』，只有盼暑期之早臨，小蘭之照片，一副嬌憨可愛之面孔，我置之案上，時相對微笑。」對於我母親教養孩子的辛苦，大伯父常說她對于家孩子的養育真是勞苦功高。在我們返家後，他給我們信上寫說：「你們走了，我似乎每夜看見你們的影子，有時自問他倆睡得好嗎？我真不願意你們離開我，不過你們的前途重要，不准我自私，就祝你們神形安適，德業進步吧！」每逢暑假前，大伯父總要我們準時北上度假，說不見我們，無心出國。及至我們舉家北遷，他每年又帶我們台灣南北各地跑，他到處演講、見人，還去許多偏僻的小地方，路經教堂，也會停下來詢問本堂神父教區發展情形，隨時給予鼓勵。有一年，他不帶任何隨員，只帶我們，說要好好休息幾天，到了台中車站，要轉車赴日月潭時，我們老小搬不動幾件行李，大伯父靈機一動，將他的枴杖把行李串起來，他老人家帶頭，我們一同抬去公路局轉赴日月潭。再也沒有人想到他堂堂大主教，竟與我們如此「招搖」路過台中車站前。抵日月潭後，次日遊湖，遇到許多舊雨新知，上前招呼，後又被電力公司招待所主任獲知，堅邀我們由涵碧樓搬到招待所，聽取了所內主任、經理對環湖的介紹，還有幸乘坐總統　蔣公乘過的遊艇。每當我們出去划船，常常玩得忘了時間，近黃昏時，看見老遠大伯父的身影站在欄杆旁等我們回去，他心中擔心卻又不忍拂我們的意，頗令我們感動。那時我們年紀小，體重輕，傍晚飯後就輪流坐在大伯父腿上看月亮、聽故事，那段美妙時光真令人難忘。

聖經上有言「像小孩子的人，能升天國」，大伯父極愛小孩子的天真、純潔。在我兒子未出世前，他就欣喜無限，路過洛城，特來做彌撒祝福，去年當我們扶大伯父在通道上行走時，他看到滿地爬行的小保祿，眼中充滿了無限的愛意，向他說：「小保祿，你讓我這老保祿過去啊！」大伯父並曾餵小保祿喝水、吃水果，細心異常，小孩子也毫不畏懼地抓著他老人家衣角要爬到他身上去玩。大伯父還高興地說：「在你們這裡，我是好好的能休息輕鬆幾天，到了紐約我又開始上『戰場』了。」

以前我常常和聖桃玩笑地說：「不可老是用『小』相機給我的『大』伯父照相。」這次，他真的去買個比較好的相機，已練習多次，預備下次大伯父來時拍些好照片，卻沒想到，這次他回去拍的是大伯父最後的相片了。

現在，聖桃已先回國奔喪。我十六日接到消息後立即赴醫生處，我想見大伯父最後的遺容。在赴醫院途中，一路上，淚水模糊了雙眼，若大伯父有知，一定不許我如此開車，我強忍住了淚水開到醫院，當醫生說我在預產期前一個月不能夠做任何飛行時，我失望得再也忍不住迸出的淚水，哭倒在護士懷中。

我和將出世的嬰兒均無福見到大伯父了。若大伯父這次由羅馬能健康的回來，一定會有好多話跟我們說，現在我們是再也聽不到了。哥哥、嫂嫂也連夜飛來，他們焦心地辦事、弄手續希望能趕回奔喪，手續趕不及的話，就勢必陪我待產。我們三人淚眼婆娑，相對無言，茶飯無心，亦不能安眠，哥哥也不大敢看報，生怕看到新聞報導，增加感傷。只有天真的小保祿翻開相簿，還揮著大老爺的相片，莫非兩歲的他已有點知道？這次雖然我們不克返國奔喪，來年定要回國謁靈。

最近兩年，大伯父偶會提及他離去的日子，每次不待他老人家說完，我們立刻打斷，並說他一定能活一百多歲。他常常爲許多老友的先去而感傷。他又說，如果天主召喚他時，他會很欣喜的接受。如果能多活幾年他也樂意看看世界的變化，多爲上主及國家多做些事情。

大伯父說，他永遠的、真正的休息是在去世以後。並說他會倒在戰場上，如今他的確是爲了人類的福祉，鞠躬盡瘁地倒在戰場上了。他也曾提及他走的那天，他喜歡穿中國的長衫，戴十字架。他老人家之所以透露這些話，無非是讓我們有些心理準備，不致臨時驚慌。可惜我們平凡的生命不能換取他老人家偉大寶貴的生命。大伯父如今極盡殊榮地走了，他在世界上做了上主最好的牧羊人，愛國的勇者，充分表現了敬天愛人的情懷，把基督的信息散布在每一個角落。如今天主安排，正如蔣夫人所說：「上帝之安排及旨意非我儕血肉所能了解於萬一。」大伯父已到天國享永福了，今後世上再沒有人煩他、累他了。明知他老人家不希望我們過分的悲傷，但我們畢竟是平凡的人，又怎麼做得到呢？

大伯父，您安息吧！您永遠活在人們的心中。您在天堂一定會多保佑我們，保佑我們的國家以及這個世界的。我們也會多爲您獻彌撒，多祈禱，這也是您希望的。安息吧！大伯父，我們永遠懷念您！

一九七八年中央日報副刊
選入中副選集第二十一輯
選入中副五十年精選集第四集

註：文中大伯父為教宗保祿六世於一九六九年任命的我國名聞國際的于斌樞機主教。

思念如海深

——紀念于斌樞機主教

真不敢相信大伯父離開我們到今年八月已整整有二十年了，二十年對於思念他的人來說是漫長的……。這些年來，大伯父慈愛可親的面容，親切溫暖的話語，我無時或忘。最近，由於台北、紐約、洛城各地將籌備他老人家辭世二十年的紀念會，以及在公元二千零一年的百歲冥誕，發行他的傳記，主辦人邀樞機的家人寫點紀念文字，及收集些樞機生前的信札、手跡。我抽空開箱檢視相片、手跡及大伯父寫給我們的信，更加思念他老人家，常常不能自已的流下眼淚。

這些年來，在我心目中，我失去了一位長者——我精神的支柱。很多事情沒有大伯父作主，我困惑；有疑難，也沒有大伯父幾句話的化解……。失去了他老人家的疼愛與指導，實在有些茫然。大伯父走了以後，我們的確一直在學習著慢慢地成長……。不過現在，我好想對天上的他說：「大伯父，我們真是想念您啊！我們真是不習慣沒有您的世界啊！」

大伯父一生敬主、愛人、愛國的精神，在他的行動中已發揮至淋漓盡致；多少人佩服他的過人智慧、天才。身爲中國天主教最高領袖，又以自己特有的親和力、才智以及能力，成爲世界上有名氣的「中國人樞機」。但在宗教法統上又有中國儒家思想的心懷，在教宗聖座面前絕對服從。教宗庇約十一世很看重他，稱許他爲耶穌的大門徒「大保祿」。

在抗戰時期教宗庇約十二世卻聽信流言，說由於當時的于主教從事愛中國運動，會影響到中國共產黨壓迫中國天主教徒及活動。因此要他滯留在美長達十二年之久，不能回國。

這對於一位一生愛國的宗教家是多麼大的困苦，但他忍耐下來了，他服從聖座。但當美聯社記者訪問他時，他曾說過一句深感人心的話：「國家就像自己的母親，你不愛自己的國家，那還算什麼好的牧者？（註：愛護大眾的主教）」許多人聽了爲之動容，感動不已。

但是樂觀的他，就利用在美國的那段時間，爲國儲才，爲留學生爭取獎學金，照顧他們生活，受惠者有四、五千人之多，許多人已在世界上各行各業嶄露頭角，做出貢獻，他可以說是「留學生的慈父」。

現今世局變化很大，但事實證明，時代雖變了，教廷和中共之間並無任何的突破與重大改變。天主教徒在大陸受迫害的情形仍時有所聞，可見當年有人在認知上是有所誤差。

以天主教的神職人員而言，大伯父反對的是無神論者，及唯物的黨派而並非是「搞政治」，他一生中從未接受或擔任過一官半職。

大伯父在美時協助取消了美國苛待華僑的「移民法」。在第二次世界大戰以前，中國人除非是在美國出生，否則不能加入美國籍，當時的于主教向眾議員（John W. McCormack）及參議員（Pat McCarren）反映取消美國這一移民苛法，那時曾被稱為「McCarren Law」。

于主教並在美國參院司法委員會作證說：「你們如果不把苛待中國人的移民法取消，也就如同多給日本軍閥數百架軍用飛機，大批戰艦和大量的軍火來攻打美國，因為美國與中國並肩作戰，但卻仍然這樣的苛待中國人，這豈不是自相矛盾嗎？美國這樣對待中國人連二等或三等的國民都不如！換言之，美國政府將給日本軍閥很多口實來攻擊美國，所以這種不平等待遇的苛法非要取消不可。」

「於是美國國會同意了于主教的講法，不但立即取消苛法，並且准許一百零五名中國人成為美國公民，自此以後，美國移民法即逐漸有利於中國人民，這未嘗不是由于主教促成的。」（以上這段錄自潘朝英委員的文章。）

記得前些年羅光總主教到洛杉磯來訪問在美校友，南加州輔大同學會招待餐會上，他曾提到輔大校內一些建設，他講到輔大校務會議中，通過家母張秀亞女士為第一屆傑出校友，並稱讚她的文章後，發現我坐在那裡，笑著說在于樞機生前，常常看到我在樞機左右，好像是樞機的「小跟班」一樣。

的確是，我這個「小跟班」從小就跟著大伯父到處跑。他主持人生哲學研究會、自由太平洋協會、文化協進會……等各種重要會議。那些對一般小孩子可能是完全沒有興趣的集會，大伯父帶著我，我還跟得興趣盎然。當然看戲、聽音樂也少不了我啦。

每年大伯父帶我們去旅行，到處參觀；高中時又跟他去在台創建的輔仁大學，觀賞學生表演英文劇、德文劇，以及各種活動。我後來進了輔大後，有些高班同學說曾看過我高中時來輔大的情形。

記得第一次見到由德國剛返台的狄剛總主教（狄博士現任台北教區總主教），也是跟隨大伯父去輔仁開會時見到。狄總主教也很喜歡小孩，多少年來，他亦是我們最敬愛神長之一。

數十年前大伯父就認為「大眾傳播」在社會上扮演重要的角色，因此率先指示輔大開辦「大眾傳播系」，引進法國先進器材，聘請教授，培植許多傑出「輔大大眾傳播人」，以及其他各行業的精英人才。

大伯父以助人為樂，是一大慈善家。來看他的人由達官貴人至升斗平民各類皆有，他的「訪客群」可說形成了一個小型的社會。

想起來，我倒是很感謝母親對我們兄妹的適當教導，因此我們雖常在大伯父身邊見過許許多多樣的人，仍能絲毫不受外界影響，仍一直以最單純、真摯的心境處之，並能觀察體會出大伯父的心靈、人格偉大之處。那是有功利思想的人不易體會得出的。

我常聽到其他人說：在人生的十字路口上，因為于樞機的一句話，使他們改善、改變了一生。

大伯父一輩子看盡了榮華，得到數不盡的讚美與掌聲，卻欣然地安於修道生活。他以出世精神做入世事業，他有顆「清澈透明的心」從不帶有色眼光去看人，不以窮、富、高、下、美、醜判斷人，而以事論事，也不以人廢言。他的行動中使人確認他的信仰，一生中永遠不斷地在對人類付出。

他內在、外在均吸引人，令人仰慕他，而他說：「一切榮耀歸上主。」他對人對事誠摯自然，坦蕩無私，這些表現對他而言易如反掌，就像呼吸般順暢。這是一種少見的魅力（Charm）。

大伯父的精神，對我一生做人處世有莫大影響，我們雖不能效法做到他偉大之萬一，但大伯父給我們精神上的財富真是一生中享用不盡的，絕非有形的價值可以衡量。

我常常在想，現觀台灣道德重整、外交困境、語言統一等諸多問題，如果大伯父今天還在，他一定有一套獨特的見解與好的作法吧。（他在我國外交史上之貢獻，及盡力提倡文化是有目共睹，許多人曾爲文敘述。）

平日就我觀察，大伯父對大事是高瞻遠矚，小事情亦非常細心，毫不含糊，這點也許在偉人中並不常見吧。

他每天很早起床，起床後多半坐在屋內祈禱、靜思，至少一個小時或更久。做完彌撒吃早餐後，即開始一天的繁忙活動。天天如此，從無一日不靜思、祈禱及默想。他在世時，每次來美住在我家時亦是如此，並不因旅行途中而有任何改變。

大伯父常常在批過公文後，會自己把文件放置整齊，筆、紙、文具全都歸回原處，並不假手他人。到他人家中做客，將椅墊擺正才坐下。我們小時候給他寫信，信封上常忘寫自己的地址，他會囑咐我們不要疏忽寫自己的地址，及在信箋上註明日期。

他在世時頭銜無數，說超過「一百多」也不為過，但他名片上只印有簡單的兩個字，就是他的姓名。

大伯父心胸寬大至極，常言道：宰相肚裡能撐船。我認為他心寬似海，對人寬厚，簡直是沒有止境，而且永遠是磊落達觀。

大公會議以前，天主教仍有許多嚴格的規定，教會內有少數神職因自身犯錯，尤其是他苦心培植出來的神職人員，如果因個人的弱點而離開教會，那是最使他難過的事。我記得有一次看到大伯父為了一位離職的神昆，三天都不開心，都在惋惜。但三天過後，他就儘量忘記它，又有了新的計畫去培育更多人才，又神采奕奕了。

我們于家除了大陸地區以外，近親不多。有血緣的親人輩份最長的就是三爺——我的三伯祖（即大伯父的三叔叔），我上一輩的有大伯父及我父親犨伯，還有我姑姑鳳洲，及一位在美國大學教書的父親表弟沙洵澤，以及我們的這一代了。

我三爺，年紀較大伯父長六歲，大伯父幼年時期是由祖母帶大（即三爺的母親，也是我曾祖母）。由於大伯父幼年時即聰明過人，乖巧懂事，長得體面又溫文善良，頗得祖母疼愛，可能多少引得少年時代的三叔嫉妒。

到了台灣後，有一次大伯父還跟我們笑著說：「三叔這一輩子對我的好處就是小時候沒事兒就把我帶到荒野外，狠狠打我好幾頓哪！」言語之間毫無氣憤。不但如此，仍每月將自己民代收入全數供奉三爺生活費一直到老。別人送的上好人參泡酒及好補品，自己從來不用，均送給三叔，這也是一種無條件的孝心，亦是對養育他的祖母一種間接的感念吧。三爺晚年似也受感動，事主虔誠，每天均至教堂望彌撒，大伯父知道也很安心。

去年清明我曾返回輔園。輔大放假期間，校內靜寂。我們去拜謁位於校中的大伯父墓園，思念之情，更覺深長。想到生前神采飛揚、言語幽默令人敬愛的大伯父，如今長眠在那裡，不禁爲之泫然……。與我們同行的神父說，墓園環境尚好，惟標誌不甚明顯，有時新學生竟找不到輔大在台建校人——于校長的墓園，也是一件小小的憾事吧。

經過文學院時，在校的情景一一顯現眼前。記得下課時，我常常帶些同學去校長室看大伯父，每次我探頭探腦地看他老人家忙不忙時，大伯父見到我總是喊我的名字，或是說：「妳來啦！」聲音中充滿了慈愛。他看著我們笑，那笑容真使人高興，好燦爛！當他忙完一個段落，或會客過後，就會和我們聊聊天。

當時我算是常返家的「走讀住校生」，因爲下課走在校園中，如剛巧遇見大伯父的車子回台北，就會停下來問我要不要回家，他的車可送我。我當然就跳上車，一路上和他老人家講些校園趣事，大伯父是那麼喜歡小孩，哥哥和我又是他最疼愛的姪兒、姪女，小時候他總是稱我們小兄妹是一雙小天使。他走後，每當心情低落，遇有不順心的小事，一想到我受到大伯父的關懷疼愛，心中便感到溫暖，許多事情也就顯得微不足道了。況且，我們要學習他老人家永遠擁有樂觀的心哪。

有些人說大伯父耳朵軟，在他心目中好像沒有壞人。其實大伯父心雖軟，但他是位非常有原則擇善固執的人。如對一般人的感情、一夫一妻婚姻制度的看法，就非常維護與堅持。

平日大伯父常會告訴一些到了國外的女留學生，由於文化背景的差異，避免溝通不良，最好結婚對象是中國男孩子。多年前有位民代的女兒學成後，在國外要嫁給美國人，她在國內的父母非常反對，懇請大伯父到美國勸說阻止。但當大伯父見到那一對中、美年輕朋友，談過話後，覺得他們兩人感情非常好，他不但願意爲他們主持結婚典禮，並反過來勸女方父母成全他們，他認爲最好不要拆散已有感情的純潔年輕人。

但當學生、親友間若有人有破壞婚姻的行爲，卻是他非常不樂意見到的。任何人若是做了不合天主教教義的事，都不敢再來見他。他也堅持不見破壞別人婚姻的「第三者」。這一點完全符合天主教樞機主教神職不姑息罪惡的態度。在聖經中耶穌也是會發義怒的。由於他正義凜然的態度，常常使受委屈的一方得到冤屈得伸的感覺。

我覺得大伯父就像顆巨大的鑽石，不勉強、不刻意，但到任何地方永遠自然地放出萬丈光芒，而且是最耀眼的鑽石。

他一生中幾乎已將內部的光華與熱力，全部反射在人間，呈現出五彩繽紛的效果，而內心卻又是那樣質樸與單純。他用一生的生命來反應上主的大愛，散給世間人。二十年前全世界共有九十幾位樞機主教參加他老人家的告別彌撒大典，打破了歷史的曠古哀榮，使人不能不相信那是上天奇妙的安排。

我讀過蘇雪林教授一篇文章，其中有一段很感人又很透徹的話形容她去見樞機的心情，她說：「若有機會，我總要去謁見他（樞機）一次，雖以他賓客太多，事務叢脞，見到了也不能多說幾句話，卻總可使我興奮慶幸一陣。人總是渴慕著宇宙間『偉大』、『崇高』、『淵深』諸般壯美風景的。是以登山必登泰岱與華嶽，覽水必望汪洋無際，魚龍起伏的大海，像于樞機這樣不世出的偉人，能看到不是幸運嗎？」（錄自「于斌樞機所給我的三個永不磨滅的印象」一文。蘇雪林著。）

有時候偶爾碰到人對我的行止態度若稍有讚許時，我總是想到在大伯父生前，我們小時候不論是在台灣、在歐洲、在紐約、在洛杉磯，曾有那麼多機會追隨他老人家左右，看過許許多多人士，獲得一般不易得到的機會，對我生命中的行止是有很深的影響。

「耶穌腳印」中有一段文字很感動我，大意是：一個人追隨耶穌同行，後來在沙地上行走的兩雙足印變成一雙了，他就問耶穌爲何在他困苦時，需要安慰時離他而去？後來他聽到耶穌的回答：「孩子，我從未棄你而去，當你看到只有一雙足印時，那是因爲我揹著你行走啊。」這段話給我許多啓示。

我是幸運的，能在偉大的伯父身邊跟隨多日。如今他雖然在天上，好像失去了依憑，但相信他仍在默默地看著我們，支持我、扶助我。今後，我們在人生路上仍會儘量按照大伯父生前給予的指示，奔馳向前。

一九九八年八月二日　世界日報周刊

山高水長

——于斌樞機主教

最近，常常夢見大伯父，穿著樞機主教服，滿面笑容地走過來，神采奕奕像往日一樣……醒來後卻發現竟是一場夢！

大伯父一百歲壽辰到了，想起七十年代，我剛剛到紐約不久，有次正值大伯父的生日。事前，他特別交代陳神父說：「不要驚動大家！」

那天，我哥哥金山在中美（聯誼會），還有可敬的雷震遠神父。我下課後帶了三個小同學去，捧著個小蛋糕去給大伯拜壽。那次不同他往年的生日，曾有許多團體爲他慶生，也沒有一層層的大蛋糕及無數的花籃和壽軸字畫。可是大伯父最喜歡年輕人，我們爲他唱生日歌，溫馨的生日會雖小，但他卻顯得格外的開心哪。

有一年他老人家告訴我們：「只要你們勤奮讀書，安份做人，不爲世俗浪潮所沖激，怪戾思想所感染，樸實忠厚，孝親愛國，永傳家聲，比任何禮物都珍貴，也都使我欣慰。」

七十年代的美國，自由風氣彌漫，嬉皮横行處處，秩序有點亂。對當時之社會情況，大伯父不放心，希望我多留歐洲一、兩年，又有獎學金可以繼續學業，以後再到美國讀書。而我在學業告一段落後就到美國來了。他由歐至美再返國後，逢人便笑曰：「小女孩兒很聰明，走到哪都拉著一串子。」他的意思是我們有幾個同學常常在一起，比較安全，言下之意，他也很安心了。

我曾聽過許多老留學生談起大伯父愛護他們就如同慈父。有一次大伯父到德國訪問，一些他送去的留學生至機場歡送他返國時，有些學生捨不得樞機離開，竟淚洒機場，哭出聲來，還是大伯父安慰他們：「別哭，好好唸書，早些回國孝敬你爹媽啊！」多麼溫和慈愛。

平日我想念大伯父時，就會翻看他老人家以前寫給我們的信件。看到那些字句，如見其人，如聞其聲般的親切。我在唸中學時，有一次哥哥隨大伯父坐火車北上，我夾在送行的人群中，大伯父後來給我母親信上提到：

「臨行我看德蘭含淚欲墜，心爲之動，此兒重感情，上主必酬其孝思！」我每逢讀到這段真是「含淚欲墜」，大伯父的細心令人感動，因著大伯父的「金口」，上主必將憐，佑我！

大伯父每次來信必提靈修之事。一九六四年三月十四日信上說：

「教宗保祿六世，他祝福我家人，當然就是你們了。」

「敬禮聖母，每天添唸玫瑰經一串，全家合唸更好。」我們現在仍存有大伯父送我們的聖物及唸珠。聖母聖心會祁志英姆姆說：樞機非常崇敬法蒂瑪聖母。法蒂瑪聖母在法國顯現給三個純潔的小牧童，勸世人悔改，最憂慮蘇聯共產黨對世人之威脅。（此真實故事，曾拍成電影。）所以大伯父主要是反對無神論的共黨，根本無關乎政治。他老人家曾去到苦修會，以特例看望三個牧羊人中唯一存活者——路西亞修女，談了許久。

大伯父曾預言告老友：

「共產黨大約五十年的時間會漸式微。」如今，蘇共瓦解了，東西柏林高牆倒塌了。大家請看看今天大陸是在走社會主義的路線吧！？怎能不佩服大伯父數十年前的真知灼見？

大伯父在六十一年時曾在紐約滑倒，扭了腳踝。他回到台北後來信說到：「回憶在紐約的一段日子，你們日以繼夜的照顧我，甚至犧牲了工作，這份孝心使我非常感動。祈求上主降福你們，使孝愛之情成爲青年人的楷模，波及到每個老年人的內心，發揚光大，以顯主榮。」

當時，我曾跑遍紐約的百貨公司，後來在Bloomingdale's公司找到了一雙軟鞋給大伯父穿。他來信說：「德蘭送我紅鞋寬大、舒適、不論辦公或參加大典，無役不從。希望很快有與你們相聚的日子，享受你們爲我舒適的安排。」

大伯父極爲幽默。有次颱風天，我去信問候，他寫信來：「妳真是我的小姪女，那樣關心我，那個颱風小姐（平時颱風的名字多爲女姓）向妳看齊就好了！」

端午節我送他老人家一串我用繡線編的粽子，他寫道：「小德蘭，粽子看比吃爲我更好，特謝妳高妙的禮物。」

大伯父平常也常常哄我們說：「天塌了，還有高個子給頂著著，不要怕，一切均有上天的安排。」他說的「高個子」就是大伯父自己。他維護我們，疼愛我們，在人前總是誇獎我們。周圍人常說：你大伯啊，「護犢子」得厲害。因此很多人看著他老人家的面子，自然也對我們小孩子們客氣三分。

大伯父是位人道主義者、慈善家。大家均知他的愛國及促進國民外交的努力。當年他曾促成了中國與西班牙的建交，幫助韓國獨立，與韓前總統李承晚為好友。年前，我家曾收到韓國受勳處三封來函，寄來了韓方對大伯父曾爲韓國獨立的貢獻之感謝信。前越南總統吳廷琰在美時亦居住在大伯父創辦之中華文化協會內。當年的德國總理李布克去函于樞機說他們兩人私交勝於中、德邦交，令人無言……。抗戰時期，大伯父且發起美國救濟中國難民之行動。

一九四三年于樞機提出並與美議員（McCarren）、眾院多數黨領袖麥考麥克（John W. McCormack）共提出廢除了「排拒華人法案」，使華人的眷屬可來美團聚，爲美改變華人移民權益之一大步。

一九五三年在當時的于斌主教努力下，改變了美國難民法，美國收留了成千上萬爲中國內戰滯留美國的華人。在美攻讀的留學生，也因之可留在美國。中國物理界之名人揚振寧（其夫人杜致禮當年亦是由于主教送到美國留學的）、李政道等均受益於美國五十年代難民法案之修正，他們留在美國開創了在美華人榮獲諾貝爾獎的歷史。一九五三年，國會通過的新移民法案，允許長久居留在美國第一代華人取得公民權和中國難民的居留權。華人移民自此取得移民公平之地位。

後來一九五七及一九六五年之移民法之修正，當時在美的于主教商請好友眾議院議長麥考麥克（McCormack）之幫忙，改善華人之權益，麥議長夫婦是于樞機主教生前摯友，每次見面，他們必稱：「我們的主教。」（註：參看「美國移民法之變革。」

加拿大原來也是富排華色彩的移民法，後來由于主教與加國首相 Mackenzie King 遊說，改變了華僑攜眷的移民法。（參看前七海大學校潘朝英博士一文「于樞機在海外對我國家民族之貢獻。」一）

于樞機培植美、歐留學生數千人，他重視教育，在海外率先倡導中文教育。同時，他也希望有朝一日留學生回國貢獻，並將天主教信仰帶回中國，影響知識份子，並改變一般國人認爲天主教是洋教的觀念，並使國人得到天國福音的益處，使社會更祥和美好。

大伯父在國際場合是位大演說家，而他不卑不亢的態度，贏得人們高度的讚賞。

而大伯父也瞭解外國傳教士離鄉背井，來到中國的努力。當他們受到誤解，有不能解除的困難，于樞機一定會站在宗教、人道的立場出面解決。他向政府說明並設法營救，使他們得到應受到的尊重與待遇。

直到現在，在紐約，大伯父創辦的中美聯誼會，每年仍舉辦雙十國慶宴會，並慶是日為「中華民國日」。中外佳賓，冠蓋雲集。會中美方參議員們均一再推崇：「于斌樞機主教 Paul Cardinal Yu Pin（此為他老人的正式名稱，熟悉他的人均用此名稱。）在促進中美文化交流、教育及協助移民工作上，給中、美兩國人民留下美好的回憶。」法索（Faso）州議員並稱于樞機的一生精神工作之延續不僅是為中國人也是美國人的楷模。

大伯父生前忠於教會、國家，愛人勝己。他有前瞻、有膽識，具有世界宏觀，一生以追求人類福祉為目標。其個人心胸極為寬大，謙遜，慈祥，十分富感情極有人情味，但又很有原則。任何人做事與教義、教規不合，他不會輕易妥協，除非到對方悔改。他常說：「水能載舟，亦能覆舟，善惡只在一念之間。」鼓勵人應有純正的人生觀，勿為功利思想迷失了自己，害了別人。

于樞機協貧濟弱，常常幫助貧困學生生活零用金，又替人解決婚姻問題，有時有些父母不贊成子女婚事，有的一方家長不同意另一方啦……等等均由大伯父代為說項成功，有時還勸架。找工作的，學生上學問題，獎學金申請更多得不勝數。無論教內、教外學校之立案，人事地方紛爭，到助人競選公職都管。還有早期「政治犯」的家人不能出國的問題亦來求助。平日有人生病請求，甚至有人想擺個牛肉麵攤子也找上門來。

他助人不分宗教，他曾助佛教聖嚴法師赴日讀書，協助度輪法師籌建舊金山的法界大學，只要對社會有益，他發動人力、物力協助。于樞機極重視文藝教育，幫助藝術、音樂家更是不遺餘力，當年他安排我國大畫家張大千移居巴西。黃友棣先生年輕時遇到貴人幫助在義大利唸書，他對友人說那位「貴人」就是于斌樞機主教。

樞機生前常常召集教內藝術家們齊聚一堂，多爲社會做些事，發揚藝術教育青年。平日有人受了委屈，也都去找他評理，他仗義執言，真可謂「現代青天大人」。于樞機的確也發揮了「助人爲快樂之本」信條的極致。他對人誠摯，心中毫無雜質，一生光明磊落。

許多人說他是位上天特別派給中國及中國教會的使者，來救苦難的中國，爲中國天主教在社會的地位而努力。雖身負重任，但因其個人罕見的堂堂相貌及親和與影響力使許多問題均迎刃而解。如重新倡導敬天祭祖，使中華文化習俗與天主教義相結合，如曙光再現。可是他從不驕矜，總是溫文爾雅，謙和待人。他時時感謝上天賜他一切才能，能多爲人類服務，所有事情也平靜接受天主安排，即使遇到阻力，也從不怨天尤人，永保樂觀心情。看到他的人總爲他的雍容風采所吸引。

于樞機常說：「我不求名在這個世上，我所做的一切都是光榮上主。」他無私無我的精神，表現出的一切，自然而然地得到無數人的崇敬與崇拜。

如今輔仁大學巍峨的校園中，萬千學子，欣欣向學。這也是當年由無一磚一瓦，重建台北輔大的這位首任校長最大之安慰。他生前創辦的許多事業均與文化、教育有關，均由後人繼續他老人的教育精神延續下去，發揚光大。

大伯父在世走過受人尊重、光榮的一生，他鞠躬盡瘁的苦心，像蠟燭點到最後一滴油火。他雖走了，但他播下的種子散佈各地，發芽生根，已綠樹成蔭。今年年底以前中華民國郵政總局將發行于斌樞機百歲冥誕之紀念郵票以表揚他一生爲國、爲教育爲社會的貢獻，使這種無形但珍貴的精神之傳揚影響世道人心，也足堪告慰他老人家了。

我這一生最幸運的是上主賜我這麼一位慈愛的偉人伯父。有人說，一生中能遇到位真正的偉人是幸福的事，也就不枉此生。而我又曾常隨在他老人家左右，得到他極多的寵愛，我也由大伯父的行止認識了人性中最高的品質。

大伯父走過豐富非凡的一生，表裡如一，盡力地釋出上天對人類大愛的訊息。他生前接觸面極廣，與人爲善，助人爲樂，從來不求回報，不問名利。

大伯父一生可歌，可詠，可頌，更可讚！他慈祥的笑容，和曾在他身邊的美好時光，在我們姪輩的心中是永不褪色的一段生命樂章。

二〇〇一年四月一日　世界日報周刊

台北輔仁大學建校人

——于斌樞機

一九二九年，北平（今稱北京）的天主教輔仁大學得到教育部批准立案，校址設在北平西城定府大街。

輔仁大學當時在北平雖然歷史不是最悠久，但設備完善，中外教授陣容堅強，校舍建築古色古香，女生宿舍還是以前的恭親王府。學生讀書風氣嚴謹，師生以忠貞愛國聞名，屢見抗敵不屈之事跡，當年出自北平輔大的傑出校友有鄧昌黎、張秀亞、葉嘉瑩、查顯琳、吳祖坪等多位在中國科學界、文學界及工業界的社會知名人士。

國共內戰之後，中共將所有天主教、基督教的大、小學校接收。北平的輔大，如今已改成北京師大之一部分，輔仁大學在北京成爲歷史。

近幾年來我曾兩次赴北京，也尋到了老輔仁的校址，我雖是台北輔大校友，但站在老輔仁舊址，思及家中長輩們與輔仁深厚淵源，也不無感觸。

北平輔仁大學校友遷台者有六百餘人，一九五六年在台成立了校友會，選出吳社坪爲會長，王紹楨爲總幹事，敦聘于斌、胡適、錢思亮、英千里、胡魯士、謝壽康、吳經熊、郭若石、方豪、臺靜農等爲顧問，及三十二位校友幹事。同年十月十五日校友會上書教廷，向教廷申請希望輔大能在台灣復校。

教廷傳信部長雅靜安樞機及天主教聖言會總會長舒德神父，都曾赴台視察，也都對復校表示支持。但各方除支持、贊成及同情外，卡在當時台灣的局勢及經費的籌措兩大問題，而無任何具體的進展。

直到一九五九年二月，北平輔大校董于斌總主教自美返台，于公得到校友會及各方報告有關復校的心意，深受感動，應允盡力。同年六月，于總主教飛羅馬，見恩師雅靜安樞機主教，分析復校事宜及問題。次日于公又呈遞書面報告，建議邀請天主教幾個不同修會聚集合辦一大規模的大學，雅樞機給予于公鼓勵，並請于公去和各修會洽商。

同年雅靜安樞機偕于公晉見教宗若望二十三世，教宗慈祥和藹地說：「輔仁復校對中國教育發展前途關係太大了，我們一定要協助，現首先給你十萬美金以資倡導。」

次日于公接受教廷公報發佈任命爲首任校長，所有天主教大報都發佈了訊息。

爲了籌備建校經費，于公再度赴美國波士頓訪問他的至友庫興樞機主教，當面告知需要百萬美金，才能興建大學校舍（當年百萬美金不是小數目）。庫興樞機表示願意幫忙，並書道：「輔大復校計畫使我興奮，我盡我所有力量，幫助于總主教。」此爲輔大一重要文獻。庫興樞機答應年內湊足百萬（包含教宗的十萬），他邀集的捐款者包括甘迺迪家族、美汽車公司、鋼鐵廠…等大老闆協助。于樞機稱庫興樞機爲「輔大恩人」，現台北輔大的「野聲樓」行政大樓內，有「谷欣廳」，即是紀念庫興樞機對輔大恩澤的。

開辦經費有了著落，于斌樞機用數月的時間，奔走於羅馬、西德、美國之間與各修會商議。德國聖言會負責主辦理學院及外語學院，美國耶穌會主辦法商學院，文學院則由中國的神職人員負責，穩定了基礎，大學可以立案了。

輔仁在台北的重建，從無到有，平地起高樓，辦校維艱，實際上是重新建校、創校，只是校名仍沿用原輔仁大學。

台灣前駐教廷大使謝壽康說：「于樞機在台灣恢復了輔仁大學，是他對國家、社會、宗教很偉大的功蹟之一。」

在台北新莊輔大建立之時，當時的台灣社會經濟尚未起飛，興建一所大學談何容易？而輔大的建立不但栽培國內青年，給當時的人心士氣亦是一大激勵。輔大校舍美輪美奐，堪稱當年全國最新穎美麗的大學學府，許多人都想去參觀。

教廷當時擬依照外國大學校長之例發薪俸給首任校長于樞機，但于斌樞機卻分文不收。于樞機說：「創校需要大量金錢，我既受美國友人支持辦校，實在不能接受任何薪酬！」無私的精神，令人欽佩。

後來于樞機覺得大學內沒有一全校集會的大型場所，師生無法凝聚團結精神，因此又向美各大城的美國友人募款，興建了狀似天壇的「中美堂」如今校中有大活動，都在中美堂舉辦。

輔大於田耕莘董事長去世後，于樞機敦請蔣夫人宋美齡女士為輔仁大學董事長。蔣夫人每年對輔大畢業生均有一篇擲地有聲的演說講詞，以示期許。

老輔仁校訓為「以文會友，以友輔仁」。台北輔大的校訓經于樞機改訂為「聖、美、善、真」。以期望學生追求的境界，親撰的校歌中有「三知求是，明德日新……」校歌由名作曲家黃友棣教授譜曲。于樞機希望大學生應向真理追求，達到「知人、知物、知天」之境界，也應有犧牲服務的精神，並希望基督精義與中國固有文化相融和，開創人類的新使命。

前副校長英千里說：「沒有于總主教（于斌總主教是在一九六九年晉升為樞機主教，當時以總主教稱之）就沒有台北輔仁大學的復校。」

一九七八年，教廷駐華大使葛錫迪自孟加拉趕到台北國父紀念館，參加于樞機追思會的講詞中說：「于斌樞機生前已建立起他偉大的紀念碑，就是輔仁大學的復校。」

于斌樞機於一九七八年八月十六日在羅馬選教宗時去世的消息，美國各大電視均有播出，全球九十四位樞機參加其葬禮，備極哀榮。

如今這位一生盡全力愛護青年的教育家、宗教家　慈善家及愛國者，葬在台北輔大校園中，他的精神留在青年人的心中，直至永遠。

二〇〇九年十月三十　三十一日　世界日報「上下古今」版

效法前賢，造福大衆
——致力修改美國移民法的于樞機

最近在美國眾院通過一 HR4437 的反移民法案，在國會尚未定決之前，引起宗教界及各方普遍的廣大關注。洛杉磯天主教馬洪尼樞機主教強烈抨擊這項反移民之舉，反對通過查閱移民証件法。加州議員駱夫袞認爲此若成立，將成爲新的「排華案」。

遙想四十年代前在美國之排華史真是血淚交織的移民史。

一九三九年，于斌樞機主教（當時任主教）以其個人之影響力，促成美、加二國修改排華法。同年十月他面會當時的羅斯福總統並提及修正法

案之正面影響。

一九四一年珍珠港事變發生後，美、中二國並肩作戰，天主教的于樞機認爲美國移民政策是「苛例」，於是以其自身崇高之地位，罕見之口才，堂堂之相貌與高度的智慧，發動其美國友人在國會做証；他當時說，這一苛例，等於是供給日本五百架轟炸機，不但將會減少中國人民抗日的心情，也深切的損害了美國國譽，中國人之境遇連次等公民都不如，非立即修法不可。

他的這番見解得到好友前眾院議長 John McCormack 及主管移民法有權威的參議員 McCarren 的大力協助，在一九四三年修正通過了新的移民法稱爲「McCarren Law」，自此開始，才每年准許一百零五個中國人移居美開放至今。

在加拿大，早年是不准攜眷入境，于樞機亦向當時的加國首相 Mackenzie king 爭取這不平等法案之修改，後來，華人移民亦得以攜眷。

放眼望去，這樣爲眾人的福祉，去爭取努力的人，真是少之又少。

于樞機從未想到自己，總以悲天憫人的心去爲大眾著想。沒有偉大宗教情懷的人，怎能做到？後來美政府給予他榮譽公民之榮銜歡迎他。但于樞機以中國人爲榮，在台灣風雨飄搖之際，他選擇返國，爲「輔大復校」而努力並奔走世界各國，並受教宗任命爲輔大在台建校之首屆校長，當時對台灣社會頗具安定作用。

幾乎每家均有親人散佈美、加兩國，于樞機當年爲華人在海外安身立命，辛苦打拼離鄉背景的境遇十分同情，他用盡了個人的力量協助修法幫助華人，令人敬佩。世人多稱頌于樞機之功績，我們後生晚輩，更理當學習他無私、無我、不求回報，永爲蒼生盡力之熱誠，以及一生爲人類福祉而鞠躬盡瘁，隨時有助人行動的精神及一顆悲憫博大的慈心！

今年四月十三日爲于斌樞機一百零五歲誕辰，我們求他老人家，在天上保佑我們國家、教會及我們每個人，大家能在思念之餘，並努力向他的偉大精神學習，使基督的愛發揚並散佈到世界各個角落。

二〇〇六年夏　台北聖家季刊

提倡「敬天祭祖」的于斌樞機

轉眼陰曆年又快到了，在美國陰曆年的氣氛不像國內那樣濃厚。記得以前在台北時，大伯父如也在台，他老人家都會帶我們到一位鄉長家過除夕。大年初一，我們穿上最整齊的衣裳去向他老人家拜年，他最喜歡見到晚輩來拜年，這是中國的傳統禮俗啊！

在民國六十年，樞機伯父在國內提倡敬天祭祖活動，得到教、內外熱烈響應。直到現在美國各華人堂區在中國年彌撒後，均有敬天主祭祖先獻花獻果儀式，十分有意義。

于樞機生前常有人問他，爲何提倡「敬天祭祖」，他說敬天祭祖是中國傳統文化，尤其在世風敗壞的今日，提倡祭天，追念祖先，可以「敦教化，厚風俗」，這也是從事宗教活動的人所追求的理想。

于樞機談到祭祖說：我們民間從未間斷過，過去在大陸，每一家庭均設有祖宗牌位，逢年過節，必有祭典。就是孔子所說：「慎終追遠，民德歸厚矣」之道理。而近年來，社會變動，古道已失，祀典亦逐漸廢弛。

海峽兩岸近年雖往來頻繁，但相隔數十年後，也有許多人找不到祖宗塋墓，或路途遙遠，祭掃無人，因此能隔海遙祭祖先，不但是有意義且是必要的。

樞機始終相信：我國傳統文化，「忠、孝、仁、愛、信、義、和、平」博大精深。古人言：「求忠臣於孝子之門」，能孝順父母，尊敬祖先的人也必能忠於國家。

于樞機認爲「仁愛」可戰勝「仇恨」，「祥和」必能克服「暴戾」。我們應保存固有文化。現在看來更適用在國內的社會，現今許多人不但不保存文化，卻去摧毀文化。其實文化應是世代傳承的瑰寶，如果自己文化的根都握不住，那什麼也都握不住了，我們要深思。

我認爲于樞機提倡敬天祭祖也是要使教內外人士瞭解，天主教義與中華文化是相融合的，天主教不但不排斥並提倡贊同在教堂內祭祖，他使教廷瞭解並贊同，又使國人不誤會天主教，更能全心融入宗教的教義中，使更多人接受天主的福音。

國家多難，使我們更懷念于斌樞機主教，他生前無時無刻不爲傳天國的福音而努力，他時時刻刻都爲天下蒼生的福祉而竭盡心力，他是位效法基督的人，他敬天愛人的精神值得後世效法，我們應一步步追隨于樞機的腳步去努力，能使世上多些溫潤的花雨也就值得了。

于樞機曾表示：「輔仁大學在新莊建中美堂，是仿照天壇建構設計的。…是表示我們不忘敬天祭祖的意思。

每年春節敬天祭祖大典已漸漸展開了，是可喜的事，以後我們希望每年在中美堂裡舉行祭天大典。」

現在每年春節全世界各處教堂都有舉行敬天祭祖大典了。

二〇〇七年春　台北聖家季刊

愛護孩童的于斌樞機

一九五四年大伯父由美赴台參加國民大會，他是國大主席團主席之一。返台前，他來信囑告我母親務必帶我們兄、妹兩人去台北見他。

記得有天下午，媽媽到我們上課的小學，和級任老師談了一下，老師就讓我收拾書包先下課回家。媽媽爲我們穿戴整齊後就搭台中至台北的火車。到了台北，我們又趕到松山機場。當時機場大廳擠滿了人，真是萬頭鑽動，水洩不通。大多數人穿暗色衣服，神職人員、政府官員還有信眾及很多想結識于樞機及想一睹其風采的社會人士。

我們因爲人矮小，被大人推擠得東倒西歪，只見黑壓壓一片都是大人的長褲及女士旗袍下擺。當時真不懂那麼多人推擠是做什麼?母親行事一向低調，我們無法往前擠，她只緊緊地拉住我們的小手，深怕我們被擠丟了。

正在無望，不知如何穿出重圍，「重見天日」之時，突然我們面前自動開出一條路，站在兩旁的先生女士們都是先前不顧孩童，將小孩推擠得歪倒的大人們。許多人立刻對我們微笑說：「總主教（當時樞機任總主教）在找你們哪，快上前去吧！」幾十年後想起前面開出的路，就想到摩西電影中洪海分界的景象，不盡莞爾。

在我們幼兒期，大伯父曾見過我們些次，但我年幼記憶不深。後來我們到台灣與當時在美的大伯父隔著太平洋，而他時時來信降福我們。我們寄給他的兒童畫，他還會拿著畫照張相來，給侄輩無限的鼓勵。

那年，在機場我們迎見到的是名符其實的大人物——大伯父是位身材高大淵停，聖德巍巍的大人物。幼時我們稱他爲「大大」，大大在北方也有大伯伯之意。當時伯父見到我們好開心地笑了，立刻張開雙臂擁我們小兒、妹入懷，並在我們的小臉上各親一下。大伯父的慈祥笑容，可親的態度去除了我不少見面時的膽怯。

于樞機在二十歲時已決定奉獻一生給教會。當時樞機在祖母（我曾祖母），不顧族人反對下支持他的決定，開始了修道生涯。

大伯父一生赤誠獻給上主，十分自然，無絲毫牽強，他竭盡心力爲教會、人民、國家。貢獻的事蹟真是太多太多了。他生前那爲萬民謀福利勇往直前之精神令人無限感佩！

大伯父本身是出家人，沒有子女。他一生以「出世的精神做入世之事業」，影響深鉅久遠……。

而大伯父的中國家族關念也十分濃厚，因此對侄兒、姪女十分關懷重視，他因我們兄、妹爲于氏家族的命脈與傳承，愛護我們，因此他生前常常對我們耳提面命，期望我們懇切做人，維護信仰，期望我們做公教青年的榜樣。

樞機伯父自幼六歲喪父，七歲喪母，由祖母養大。他自小刻苦自勵，不但是人中之龍，教會領導，普愛眾生，且是世界馳名有影響力的偉人。他真是天主賜給中華民族的一位奇人。

樞機体察無父母孤兒之痛，在世時每逢年節都帶禮物去孤兒院探訪失怙的孩子們，與他們過節。這樣一位日理萬機的大人物，如此宅心仁厚，對無辜弱小者默默地付出無限大愛，不就是直追耶穌愛的腳步嗎？

今年八月樞機伯父已升天二十九年了，如今想起大伯父嚴己厚人的胸懷，誠摯愛護弱小無助的人，無私無我的爲人類謀福祉，謙遜慈愛的面容，真是非常思念他老人家，忍不住落下淚來……。

二〇〇七年秋　聖家季刊

敬天愛人，浩然正氣的于斌樞機

這些日子，由新聞資訊上見到國內政情紛擾，人民走上街頭，心中感到無限痛心與不忍。想起于斌樞機大伯父在一九七八年離世後，許多長輩及朋友對我嘆氣，並說：「如果樞機今天還在就好了。」、「今後再難找一位像他這樣在政府民間登高一呼，調和鼎鼐的人物了。」、「社會愈亂，我們愈懷念于樞機。」這些話語在這二十多年間常在我腦海中迴盪……。

于樞機在世時，身爲我天主教最高領袖，但因國家多難，他亦不辭辛勞，爲國奔走爲民造福。因此在民間、政府、國際間，均極受推崇與愛戴。他一生爲無黨無派的社會賢達，真正是奉獻自己。追隨基督的精神，貢獻世人。

他以一位宗教家，卻在中華民國外交方面貢獻良多。當時的國家領導人亦十分尊重他，使宗教之傳揚，教化人心，有更大的空間。甚至在初早期政府一度要沒收佛教廟宇，而是心胸寬大的于樞機向當局建言，爲保有宗教自由而開放。當于樞機身體微恙時，佛教的法師至樞機床前跪拜感謝祈福，傳爲美談。

早年威權時代，能向最高當局建言，又具長遠眼光、國際觀又兼有人望者，真是寥寥可數，唯于樞機一人也。當年老蔣總統爲對樞機爲國之貢獻，表示謝意，有意要給予官銜，而于樞機婉謝了。他表示自己一生已獻身天主了，不願也不可能接受官職，但蔣先生特請他推薦適當人選，以示尊重。早年之考試院長莫德惠及內政部長王德浦等人，均是由樞機推舉的。當年蔣夫人宋美齡以一基督教徒身份，卻樂願任天主教輔仁大學董事長，也是基於對于樞機之敬重之意。

而樞機被推選爲國民大會主席團主席，爲民喉舌的民意代表，當年雖是威權時代，在會議中仍會有不同聲音及風雨。每次在困難中，常是由于樞機調和以至風平浪靜，智慧地化解了許多問題。也因樞機具有基督徒的精神，從不想到自身，總是成全他人，助人爲樂，因此各界人士均尊崇愛戴他。十二月廿五日行憲紀念日，當時成爲國訂假日，是由樞機提案成立的，一方面訂憲法紀念日，一方面他內心深處，當然是希望國人有機會好好慶祝迎接耶穌聖誕，可見老人家之苦心旨意。前國大秘書長何宜武說：「于樞機望重當世，人所共仰，弘揚憲政，苦心孤旨，泱泱風範，精誠動人……等」，他並說「于樞機雍容大度，善於接納別人意見，但義之所在，他認爲當堅持的，絕對堅持到底。」在天主教義上也是如此。他平日十分有人情味，包容超出常人，但對不合教義的人與事，他絕不會輕易妥協，爲維護正義他全力以赴。

當年也因著于樞機之感召，許多人接受天主教洗禮，（當然也有些人爲了達到求職、留學等目的而受洗，這些人暫且不談。）我在國外遇到許多好教徒均是于樞機付洗的，他（她）們到現在仍恃主虔誠，深受老人家感召，于樞機的影響力是十分深遠。

當今世界亂、國家亂、社會亂、人心更是亂，道德淪喪，個人主義抬頭，多數人自私自利，不顧他人。一般多追求庸俗事務，少尋求內在的修爲，欠缺正確的宗教信仰，十分可憂。記得多年前賈彥文總主教曾在一次紀念彌撒上說：「我們會覺得自己的力量影響很小，均比不上于樞機，但我們可以聚合眾人的力量，來效法學習于樞機。」于樞機「敬天愛人」的精神，值得我們由自身做起，結合有共同信仰人士的力量，去改變周圍環境，改變社會國家，使宗教愛的力量，深入人心，甚至改變世界。

紛紛擾亂的現世代，常令人徬徨無奈，但想到于樞機就如同一巨大之明燈，指引我們應不斷爲發揚天主的愛而努力，並將溫暖散佈在人間。

二〇〇六年冬　聖家季刊

追憶大伯父于斌樞機的一段往事

——紀念大伯父于斌樞機離世三十周年

狄士尼樂園是個舉世聞名，老少咸宜的休閒好去處，自孩子們大了以後，我們已有好多年未去了。最近小兒大衛提議我們晚上可以去離家僅十五分鐘車程的樂園走走，散步，看人。這倒是好主意，因此我們買了年票，可以傍晚時去走走。

有一天，我們等待看水上表演，途經紐奧良廣場中一幢很美的建築，叫 Club 33，二樓在 Royal Street 上，罕有人知，是招待特定貴賓的地方，使我想起大伯父于斌樞機，及一段往事…。

于樞機在世時，每年在雙十國慶時均會到美國紐約，看看他創立的中美聯誼會，在傳教方面，協助留學生工作，扼止無神論擴展情形，探視教會人士及僑胞外，還有一重要大事，主持雙十國慶酒會，中美聯誼會辦的雙十酒會，數十年來幫助美方重要友人認識中華民國並支持中華民國有鉅大的貢獻。

三十多年前我們遷至美西南加州，大伯父如來美就會先到我家停留數日，再轉往紐約。在我家的幾天中，他每日晨起先做默想祈禱約一小時或更久，然後做彌撒，之後才開始用早餐。每回大伯父來，我們總是會請幾天假，歡天喜地的歡迎他老人家的到來。大伯父平日太忙碌了，到我們小家庭來是可稍作休息。

有一年于樞機光臨洛城，美國天主教最大報刊「雙圈雜誌」當時的發行人——茀蘿雷夫婦和社內編輯們在比華利山莊找到最好的一家中餐館歡迎于樞機。

當天在座的還有雷震遠神父，于樞機以絕倫的口才與論點講天主教媒体應有的方向，全桌人均以欽佩的眼光望向樞機，靜靜聆聽，彷彿是一場個人演說會似的。很少人知道，在于樞機銜教宗指示赴台北復校輔仁大學之前，他本人就是全美兩家天主教大報的創辦人，其中之一就是雙圈雜誌（Twin Circle），他返台前才託給美國熱心奉獻的教友茀羅雷夫婦接辦，以一華人主教創辦美刊物也令美方人士無限折服。

當天飯後聊天提到一位初來乍到的小晚輩問樞機如何去狄士尼樂園玩？

茀羅雷夫人一回去就細心安排了一項節目，他們也是狄士尼樂園創辦人華德狄士尼的朋友，因此他們希望樞機能抽得半日閒去參觀一下這世界最大的兒童樂園。那天一行人還有雷神父，茀氏妹妹教友勃娜黛等人，全程由園方派專人向于樞機解說陪同。

當時我們就是在那幢三十三號漂亮的樓上享受了　頓十分豐盛的午餐招待。大伯父停留了幾個小時大致參觀了這全世界最大的兒童樂園的設施，也看了三百六十度寬銀幕的美國風光影片。

那半日遊是身經世上多少大事，平日處理橫跨宗教、文化、教育、外交，日理萬機的于樞機非常難得的輕鬆時刻。這都因美國友人好尊敬愛戴于樞機而特別以與往日不同的方式招待他。

事隔三十餘年，我站在同一幢樓前回憶半天，竟不能移步……。想念大伯父生前與我們共度的美麗時光，啊，樞機伯父離開我們已有三十年時光了！

夜晚的狄士尼，煙火在空中璀燦地綻放著，火樹銀花，美麗無比。我仰望穹空，似見到伯父慈愛溫和的注視我們，耳邊好似聽到他老人家慈祥地說：「好啊，好啊，輕鬆一下也好。」如同他在世一般給予小輩無限溫暖。

二〇〇八年秋　聖家季刊

于斌樞機對加拿大華人移民的貢獻

上次文中曾提到于樞機對修正美國移民法的貢獻，在一九三九年的同時，當時任主教的于樞機亦力促加拿大修改對華人不利的法案。

當年加拿大也是對華人移民有種種苛刻的限制，而且不准許華人攜眷。當時于主教認爲加拿大是一個平等自由的國家卻不准許移民接妻子同去是不平等的，顯然是歧視女性。

加拿大當年亦限制本地人與外國人通婚，原先加國一個小城中有開鐵路、伐木材的華工數千人，由於以上苛法最後只剩下幾百人留在那。當年于主教也認爲那是：「不平等並是非人道的。」這樣的苛法也缺少了信奉耶穌的精神。

于主教以他慈悲的宗教情懷及正義的理論，遊說了加拿大多倫多及魁北克兩大城市的天主教樞機主教。同時于主教並向加拿大的首相 Mackenzie King 提出，另外也爲援助中國難民的事遊說，他說：「日本人不但打中國，將來也可能打美國及加國。」他在加拿大，爲抗戰時期幫助中國難民的回響極大，捐款全交由我國賑濟委員會救助所有的難民。

有關于主教的有力言論在加拿大當地的報上，均以顯著的字体刊登出來，具相當的影響力。

而加拿大兩個重要城市的兩位樞機主教也被于主教打動了，他們並發表了正式宣示說：「我們站在天主教的立場認爲，不准中國移民的妻子或未婚妻來，簡直是非人道。」

經過于樞機當年的各方推動，後來加拿大開始了准許華人將太太或未婚妻接去團圓，組成好家庭，華僑婦女也得到加國永久居留權。多少年下來，如今世界各地赴加拿大的眾多華人家庭在加國安心生活創業無後顧之憂，均始於于樞機當年奔走呼號的德澤。

于樞機認爲天主教重視家庭，有信仰的夫妻應當在一起共同建立美好聖化的小家庭，更重要的是培育下一代成爲信主堅定的小勇兵。于樞機的無私大愛、道德勇氣、熱誠助人的精神也爲天主的愛在世上留下印記，當然也同時造就了許多望教人及非信徒者。而以一天主教宗教領袖的于樞機希望能幫助所有的人，這樣的大愛精神如能感召一些望教人及非教友走向天主的國，那樞機在天上定會微笑了。

二〇〇九年冬　聖家季刊

留愛在人間的于斌樞機

一位大人物真正偉大的地方是看他如何對待貧困及弱小的人。

早期留歐學生曹日新曾寫過：「近代的士大夫驕氣淩人，不屑躬親和漠漠無聞的留學生做誠懇的交談，也根本不想瞭解中國青年的煩惱與困難。而于斌樞機本身雖常往來於各國要人間，私下仍如慈父一般聆聽每位青年的心聲。所以每位有心的留學生，無不深受樞機潛移默化而感動的。」——這就是于樞機與眾不同之處。他在世時雖與許多高層人士往來，而這也方便他常可爲平民百性的福祉建言，爲眾謀福利。誰爲弱小者做的就是爲主做的，現我願講幾個親眼目睹樞機愛人的小故事。

我小時常跟隨伯父左右，他有時會去大飯店開會，記得有次飯店門口有個來開車門的小孩十分瘦小，大伯父和藹地問他幾歲了？家住哪？當他聽到小孩只有十四歲，馬上交待侍從賞小孩數百元。當時台灣社會並不富裕，國民所得也不高，數百元在那時並不是個小數字。在小孩的生命中大概很少見到如此和藹可親的大人物，我看到那開車門的小孩驚異的臉上發出感激的目光，樞機慈祥地向他揮手道再見。樞機不只是付他小費，而是幫助他，給小孩溫暖。

樞機在世時常會到醫院看養病的朋友，有時自己也去檢查身体。有次當車子經過一教會醫院的門房時，他關心地問那位看門者家中有幾個孩子？姓什麼？門房畢恭畢敬的回答：姓蕭。樞機聽完陷入一片沉思，輕輕地像對他說又像自語：「我自已的母親也姓蕭啊。」那位門房並報告樞機說他家有好幾個未成年的孩子。老人家默記在心，待下次再去時，囑祕書帶了許多友人贈送的禮品瓜果給門房家小孩。記得每次都見門房先生鞠躬不已，遙立久久望著樞機的車子遠去……。

在我就讀輔仁大學時，每逢課後，大伯父常希望看到我，我沒事時大多會上樓到校長室去向大伯父請安。有一回我上樓時正逢大伯父有外賓來訪。我就閒閒地繞過書房，再轉到會議室時，我竟看到一位同班同學在會議長桌上，拿個抹布「輕描淡寫」地在「劃大圈兒」。這位同學是南部鄉下來的，平日很安靜，少言語。後來祕書告訴我說因那同學家境清寒來向校長樞機求助。事實上校內有工友，沒有什麼事給她做，但大伯父自已爲了幫助窮學生的零用錢，一方面訓練學生有自食其力的尊嚴，就給她一個可有可無的輕鬆工作，也解決了學生的苦況。

有位習姓同學曾在「空軍遺族小學」聽過于樞機演講。樞機曾說：「將來小朋友若考入輔仁大學，有什麼困難來找我。」這位習同學考上後　真去找于校長幫忙。校長讓他做工讀生，解決了他四年學費問題，目前他在大學任副教授了。

于樞機一生助人無數，道不盡說不完……。以上只是幾件我親見的感人小事，但蘊藏了樞機對人無限的仁愛。

樞機也很鼓勵疼愛晚輩，我在初中、高中以至大學偶爾會投稿至當時的中央日報，當大伯父看到我的小文刊出時，比我自己還高興，逢人便講。前些時侯中央副刊老主編孫如陵先生還在一篇文章中提到我在中副刊出稿子後：「她的大伯父于斌樞機主教非常高興，買了糖果，讓蘭蘭的全班同學大家香香嘴，寓鼓勵於祝賀中」他又說到樞機去世後我爲大伯文寫的一文，他說那篇文章：「最先選入《中副》，亦選入《中副選集》，最後選入《中副選集精華版》，連過三關，得來不易。「我的大伯父」是蘭蘭爲她伯父立的傳，……」。

孫伯伯的文章使我想到大伯父的愛心與鼓勵，他老人家生前日理萬機，還細心地買糖果讓我帶去學校，一方面當然是鼓勵我，另方面他也希望我全班同學都高興地分享我的喜悅。

大伯父生前最喜歡收到我們兄、妹的信。而在他升天二十九年間，我陸陸續續在各報章雜誌上寫了不少紀念他老人家的文字。現又承聖家季刊主編海華耐心的敦促，讓我記下大伯父生前，在他周圍見到的點點滴滴，一些大、小事情與大家分享，想他老人家天上有知，定感欣慰。

樞機四月十三日誕辰剛過，有心的朋友、學生、晚輩每年均會送花去樞機墓園行禮，如鋼琴家吳漪曼教授等位數十年如一日每年均至輔大樞機墓園致敬行禮，令人感動，樞機天上定覺無限安慰。

于樞機一生做的事真是浩瀚湮海，寫十多冊都寫不完，我們能力有限，只希望記敘下于樞機對人，對教，對國的愛，若能點起許許多多小燈盞，照亮人們的心也好。

二〇〇七年夏　聖家季刊

憶往

八月十六日爲大伯父　于斌樞機主教升天的日子。

大伯父一生爲教、爲國、爲民奉獻，而在一些日常小事情上亦十分有人情味，今記下二、三思念他老人家。

大伯父在世時，很喜歡我們姪輩跟隨在他左右。記得七十年代初期，我們在紐約時，城中希爾頓飯店老闆是美國一天主教徒，堅持招待樞機去住幾天。哥哥金山，我和我的先生於下課、下班後就去看他老人家。

有一次祕書通報：有位董先生來訪。當時我們幾倆在隔壁房間聊天，並未予特別注意。他們談了一些時候，那位客人臨走時請樞機留步，大伯父就呼喚我們說：「小孩兒們！替我送送這位董先生，送到門口啊！」我們返屋後，大伯父就問我們知不知道那位客人是誰？有無特殊印象？我們覺得客人看來像是位有學養的紳士，又很謙和。記得我的先生還說：「和他握過手後，覺得那位客人的手好厚啊！」大伯父聽了就微笑點頭，講出也的名字。我們異口同聲的說：「哇，原來是香港船王董浩雲！」早知道我們該多看幾眼這位當年的船王啊！

後來我聽說每次董先生到紐約趕上大伯父也在美，他都會來看望並談些事情。我覺得真正成功的人，不僅有輝煌的事業，而是有謙和的態度。

于樞機當年是美國兩大天主教報刊的創辦人，他回台灣籌辦輔仁大學時，轉讓給熱心的美國教友接辦。

我們遷來加州後，有一次大伯父到洛杉磯來，美國天主教「雙圈雜誌社」的發行人——那對教友夫婦也來機場迎接。大伯父由貴賓室才出來，機場眾人眼光都被這位身材高大，氣宇軒昂的中國樞機主教給吸引住了。當時那對夫婦在幫忙置放行李，大伯父笑著問我：「小蘭，妳看這對夫婦怎麼樣？」我就說他們看來就不同尋常，那位太太氣質高雅，先生也高尚不俗——他們如有一般世俗想法大可坐在家中安享優裕生活，又何必勞心勞力的辦教會刊物呢？

大伯父很少對我們說教，但他常常因時、因地，隨時啓發我們對事對人的觀察力，引導我們去欣賞他人長處，時時學習，並常指示我們做個好的基督徒。

由於大伯父在生活各層次接觸面太廣，助人太多，也難免遇些「急功近利」的人與事。數十年前，有一天我看到他老人家在沉默無語的思索一些事，我知道一定又有人帶給他困擾了。我當時就以孩子的天真，大人的語氣說：「大大（大伯），我看那個人做事是輕重不分哪！」我永遠不會忘記：大伯父聽了這話後的眼光和語氣，「小女孩兒，就是妳這句話！」說完也未再多加批評。他對我們的明辨，加以肯定，同時為了我們的關懷而欣慰。但他絕不「議論人非」，總是以宗教的情懷去原諒他人。

我們定居加州後，大伯父來美就先住我們家幾天，再轉往紐約他的辦事處。有天，佛教法界大學創辦人度輪法師，不知如何知道大伯父已經來了，就帶了三個外國僧人，兩個佛教徒來拜謁。我們一打開門，僧人們竟是三叩一拜進門來。屋外還站了不少我們的洋鄰居在看「熱鬧」呢！當我們通報說：「那位法師已來了一會兒了。」大伯父不慌不忙地穿起外套說：「不要緊，佛教法師等等天主教的樞機是可以的。」說完了，幽默地笑了一下，那麼和煦親切，真是有如春陽。

他們相見後，大伯父問度輪法師一行人「何事勞步？」度輪的回語是：「我能見您老一面就要見一面哪。」他並說明幾位青年僧人原是以三叩一拜方式由洛杉磯到舊金山去的，但一聽到于樞機到了，就半途折回，轉來拜會了，他們的誠心感人。

大伯父一向的主張是：宗教不能「合一」。但不同信仰的宗教徒可以聯誼，可以聯合在一起做一些對社會有益的事。所以他首創天主、基督、佛、回、道等教在內的「宗教徒聯誼會」。當時度輪法師擬在舊金山籌辦法界大學，大伯父運用他自己的影響力，在人力、物力方面都給予許多幫助。他心胸寬大，對於任何宗教大學能在美國宣揚中華文化，能夠幫助在這方面國人，他認爲是義不容辭。

二十年前大伯父在羅馬去世時，我曾在中央日報副刊寫過一篇追悼小文〈永懷大伯父〉，後來收進《中副選集》第二十一集中及《中副五十年精選集》第四卷中，很多人告訴我看了感動，流了不少眼淚。二十年後我又寫了〈思念如海深〉及〈山高水長〉二文在北美世界日報周刊上發表，我只以一顆誠摯的心來寫紀大伯父的文字，而受到許多溢美鼓勵之詞，令我感動深深。若有教內、外朋友想多瞭解于樞機生平言行軼事，也可在「典型常在」文集中及由社會各方面人士的名篇雄文內亦瞭解到更多。大伯父升天日子快到了，深夜燈下，我再提筆，寫一些大伯父生前不爲人熟知的小事，點點滴滴，也是我時常思及、念及，更也是我一生中最珍貴的記憶。

二〇〇五年　聖家季刊秋季號

兩年前事眼中來

兩年前，樞機伯父在世時，一日下飛機後來家稍事休息，再繼續登程。他老人家才坐定不久，電話鈴聲響了，接通後，那邊自稱爲一位佛教的法師。當我將電話爾筒遞到大伯父手中時，他悄然自語著：「不要讓人家來了吧，太遠了。」在電話中，只聽到伯父頻頻以路遠，開車費時等理由婉拒。後來又說：「我姪女這裏很簡陋，不敢勞駕啊。」說這話時，老人家很風趣的向我們擠擠眼睛，像是對我們說：「你們別生氣啊，我只是替你們說客氣話呀。」接著又聽到他對著話筒說：「好，也好，那麼你就來吧！」電話原來是法界大學主持人度輪法師打來的，他也是才到此地，聽說于樞機在此，一定要來看看。爲了他在電話中向大伯父說了幾句：「您年紀愈來愈大了，我們能見一面是一面呀。」使伯父深受感動，就答應他們遠道趕來了。在普通人聽來也許反應不同，而出家人已參透生死大謎，所以聽來極爲坦然。

不久，法師偕同一位實業家，一位畫家以及一位信友（醫生夫人），另外兩位美國和尚（即中副刊載的那篇「目睹美國和尚三跪一拜記」文中提到的）一起趕來了，兩位美國和尚三跪一拜地進了我家大門。在大家一個多小時的談話中，兩位美國和尚只靜靜的低著頭紀錄，未作一語。他們兩位均爲碩士，其中一位是專攻中國文學的。在法師談話中，我們才知道這兩位美國和尚在前來時，原是以三跪一拜方式「走」上一〇一號公路，法師一行人半途趕上特地以車載他們來見樞機的。當時我們本國同胞鄰居見了這一行客人來訪，想不通到底和尚與我家有什麼關係，還以爲是來找外子的呢，一時弄不清這年輕的中國人到底「道行」有多大！

雖然伯父以天主教樞機身份未便應允爲法界大學校長，但卻答應度輪法師在其辦學方面盡力幫忙，在其創校初期除介紹西東大學祖炳民博士及藝術家揚英風教授協助外，到了紐約遇到佛教人士，總是不忘勸他們爲法界大學募款。這是成人之美的宗教襟懷，也是大智慧的表現。

樞機生前致力於五教的歸一，敬主愛人，熱愛國家，在抗戰期間曾與太虛法師等人發起宗教徒聯誼會，使天主教會以外的各宗教領袖感動甚深。記得道安法師在世時，曾有一次在榮總醫院中，樞機的病床前（當時樞機在小睡），跪著唸經禱祝其早日康復。在他老人家去世後，中美佛教總會等機構曾在美國萬佛城爲這位法界大學名譽董事長的中國天主教領袖，做法事誦經七晝夜，實在是受了樞機偉大人格感召所致。

樞機愛國愛教的情操爲國人深知，他一首詩中曾有句：「百折不撓中華戀」每讀一遍，輒會熱淚盈眶。

前些天見中央日報海外版「四海一家」中曾報導美國兩和尙爲祈世界和平以三跪一拜的方式朝聖，歷時已兩年餘，目前已到達萬佛城了。他們兩位就是我所見過的來見樞機的那兩位。兩年前的往事，又淸晰的映在眼前，但樞機老人家已離開我們一年多了，這是眞的嗎？我常常爲此自問。

一九七九年十二月十四日　中央日報副刊

人物素描

把最美的樂曲留給世界

——憶念音樂大師黃友棣教授

幾十年前的夏日，在附小的音樂教室中，老師教我們唱：「淡淡的三月天，杜鵑花開在山坡上，杜鵑花開在小溪畔，多美麗啊……啊……」當時我望向窗外的花樹草坪，在樂聲中忘記了溽暑，頓時感到清快起來。

今年初，馬英九總統去看望黃友棣教授，在黃教授的病床前，輕輕地在他耳邊唱著這首陪著我們眾多學子長大的「杜鵑花」。不知黃伯伯當時聽了，眼角是否流有幾滴清淚？寫到此，我心中含著許多不忍及不捨的情緒……。

黃友棣大師一生作曲無數，他爲音樂教育的發揚更是不遺餘力。黃教授一九一二年生，廣東高要縣人，一九四九年神州變色後，他任教於香港珠海學院。一九五七年赴羅馬滿德藝術學院學作曲，得到作曲文憑。一九六三年回香港任教。在一九八七年返國後，因眼壓偏高，無法寫作，遵醫囑遷至天氣較乾燥的高雄定居，眼疾痊癒後，過簡單的生活仍作曲不懈，全心致力於樂教工作。

黃教授一直追求建立屬於中國風格的樂曲合聲，他在羅馬期間翻遍了古籍樂譜，詳研調式內容，分析古調、民歌之結構，多經實驗，得到結論。他根據調式特性，用中世紀調式對位技巧，古典期合聲法則，及現代各樂派特色，儘量保存調式原味，以表達出屬於自已心聲的中國合聲，聽起來才格外動人心弦。他一生作有獨唱、合唱、鋼琴、提琴、獨奏、長笛獨奏、管弦樂曲、清唱歌、舞劇，各種曲子及改成合唱的中國藝術歌曲。

早年作家鍾梅音女士寫的詞「當晚霞滿天」，由黃先生譜成曲，近年仍常在黃先生音樂會上傳唱。一九五七年，鍾梅音女士因很喜歡我母親張秀亞女士的一首小詩「秋夕」，她交給了黃友棣先生，黃先生很快的譜成曲子。

秋夕

張秀亞詞

今夜我泛舟湖上，水面是一片淒迷；
只有零落幾點白露，
悄悄的沾溼了人衣。
為了尋覓詩句，　我繫住了小船；
螢蟲指引我前路，　微月如一片淡煙。

山徑是如此冷清，林木間虫聲細碎；
何處飄來了一絲淡香，
可是夏日留下的一朵薔薇？

鍾梅音女士在「黃友棣藝術歌曲選」書中寫關於「秋夕」這首曲子：「黃先生又親自改編成合唱的《秋夕》彈給我聽，也許我早已熟悉了那支曲調，再聽新聲，只覺不但詞美、曲調美，合聲更美……。曲調開始用 bG，……《爲了尋覓詩句》時轉入 D 調新聲下沉，顯示詩人在謳歌自然景象後進入沉思。她悄悄繫住了小船，讓螢虫引路，這時微月如一片淡煙……真是美得淒迷。《山徑》以後，伴奏出現了高八度的輕微跳音，形容《虫聲細碎》；詩未覓得，卻聞見了《何處飄來一絲淡香，可是夏日留下的一朵薔薇？》黃先生引用了 The Last Rose of Summer 那首世界名曲的最後一句旋律，真是詞曲二者並稱雙絕！重覆的那句《夏日留下的一朵薔薇》伴奏中的震音《Tremolo》更顯出了那朵帶露薔薇顫巍巍的姿態。不爲愛國，沒有主觀，無論詞與曲，我認爲這屬於自已民族的作品，實比哪首世界名歌更爲玲瓏曲折，纖巧美麗。」

談到黃先生的音樂藝術，鍾女士說：「音樂是一種最抽象、最空靈、最不著痕跡的藝術，也是最接近上帝與天堂的藝術。」

黃先生平日十分仔細考証，看到有人爲文將「秋夕」歌詞誤植爲「夏日存下」，他會加註說我母親原稿是「夏日留下」，希望我向讀者說明。

「秋夕」這首曲子，多年來也常在藝術歌曲音樂會上有人獨唱或合唱。在二〇〇六年台灣「樂音飄香」黃友棣大師的音樂會中有獨唱演出。

美國南加州母親的一些讀者於二〇〇七年在她生辰日九月十六日那天成立了「張秀亞文苑」並辦了一場詩文朗誦大會。朗誦母親詩文時，主辦的文友們想配合音樂、舞蹈使之更盡善盡美，以饗讀友。

我與黃教授連絡上，並請教播放他的歌曲之意見。他很快就給我回音，表示歡迎我們自由演唱他的曲子，而他也明白，我們光唱一首曲子可能不夠，他很願意以我母親的詩詞再作兩首歌曲。他慈祥地寫信給我說：「我認爲仍是乖女兒選出心愛的兩首慈母詩作給我作曲，更富有紀念價值。」並加註：「請早日給我覆信，我會好好助你一臂。」黃教授信上懇切的言詞令我感動，久久無言……。

當然，我開心極了！母親詩作均晶瑩可愛，難以割捨，我就選了數首寄去，還是請黃伯伯做最後選擇決定吧。

結果黃教授用了四首小詩編成兩首抒情組曲，爲二〇〇七年五月二日所作。抒情組曲第一首「自那葉叢中」包含張秀亞所作詩兩首，（一）愛的又一日（二）一個字。第二首是「晶亮的秋雲」包含（一）秋天的詩（二）叮嚀兩篇小詩。我母親的原詩文是：

愛的又一日

以曉空為頭巾，
朝陽做外衣，
我跪在芳鮮的青草上，
感謝度過漫長的昨夜，
感謝這愛的又一日。
忽然，隔著那道疏籬，
一張粉紅的小臉向我微笑
呵，自那葉叢中，
又煥然的開放了
那小小的玫瑰。

一個字

當他們年輕的時光，
一同在小園裡徜徉，
也凝望著天邊的微雲歌唱。
他掇拾著殘落的槐花嘆息，
一個字，他說了又說，
她卻漠然的毫不在意。
天邊不見了那片微雲，
更沒有成串的槐花落地。

荒園裡，　唯有悄吟的西風，
伴著她，　石徑上徘徊沉思，
而今她知道了那一個字的可貴，
但是，　他在哪裡？
她徒然的問了又問，
只有輕微的回聲答語。

以國人年歲來算寫組曲時的黃教授已九七高齡了，但寫譜寫字一筆一劃，與年輕時的字跡一樣，絲毫不苟，令人佩服他作事認真的精神。有趣的是，他幽默地在「一個字」詞譜下面寫著：在此該問問讀者，「一個字」到底是什麼字？

聰明的讀者，你說呢。

秋天的詩

是回憶之樹的葉片，
抑是昨夜不墜的星辰？
或是迷路的月光雨點，
在心湖中載浮載沉？

有如晶亮的秋雲，
飄漾於夢裏。
是古老典冊中的逸句，
等待著窗前的愛詩者
賦給它形象同聲音。

叮嚀

如果一天你偶去城外的小園，
請別忘了擘下一朵百合。
帶給我們市塵中人，
作為一頁芳馨的精緻說明書。
偶有空閑，
也請在你的心上
複印出迎春枝頭的顏色
留下一個永恆的花季
多看看窗口才開的薔薇吧，
如果你珍愛當年那件鵝黃的衫子，
更珍愛那一地的斜陽。

黃教授有文學素養又十分仔細，他提到詩中「市塵中人」，他認爲我母親原意應是「市廛中人」，應印成「廛」。我說讀者對「塵」字可能比「廛」較爲熟悉，而他仍覺喜歡用「廛」

字，我自然尊重他用在歌詞中了。

黃教授做事十二分的快速，譜好兩首組曲後，馬上就交給屏東教師合唱團演唱，他稱讚該團：「二十多年來雄踞全省合唱團的寶座。」他並請該團的指揮林惠美老師與我通信，他說：「使你有一位名指揮做妳的顧問。」

接著林老師航空寄來他們合唱團錄製的 DVD，除有「秋夕」外，還有新曲「自那葉叢中」及「晶亮的秋雲」兩首，正好趕上我們洛杉磯母親的詩文朗誦大會上用，在優美有意境的組曲樂音中，爲數百位讀友拉開了大會的序幕。

屏東教師合唱團並在二〇〇八年十月二十九日辦了一場以「晶亮的秋雲」爲名的盛大演唱會，黃友棣新作的曲子在當天正式公開問世演出。

常和黃伯伯通信外有時我們也在電話上談天，我向他學到很多。他常在電話中說：「我好愛護你。」給小輩我無限的鼓勵與溫暖。

黃教授近年來爲天主教、佛教、道教都作了很多曲子。

他曾對友人說在義大利學作曲時曾遇到「貴人助」，而那位貴人就是我國的于斌樞機主教。

黃教授在二〇〇七年一月十八日給我的信上說：「我對令伯父于斌樞機，一九六三年在羅馬時，對我學業的關懷有深深的感謝。」他每信稱我爲世姪女也因他與于樞機認識很久的關係吧。

一九六二年輔仁大學校歌由台北輔大建校人于斌樞機撰寫，由黃友棣先生作曲。黃先生給于樞機信函中說：「輔大校歌，詞句端莊，雄厚之力，蘊藏於內，故曲譜之製作，測重涵蓄，蓋涵蓄乃能久遠，中華民族最優秀之精神，乃寄於此……。」數十年來所有歷屆青青學子傳唱「輔仁以友，會友以文。吾校之魂，聖美善真。三知是求，明德日新……。」至今不輟。

近年曾有天主教內朋友找到黃教授，邀請他爲教會及輔大作些宗教聖樂，他都義不容辭的應允。

有位朋友問他應如何酬謝他呢？他篤定的說：「不必謝，于斌樞機早都付過了。」可見黃教授是位多麼知道感念的人。平日私下談話中，對現今社會上有些不知飲水思源的人，他總是搖頭嘆息。

在二〇〇七年十二月三日，台北輔大因黃教授在音樂上之貢獻，決定頒給他名譽藝術學博士學位，由單國璽樞機主教頒贈，當天黎校長表示，黃教授爲輔大復校後的校歌作曲者，作詞者爲復校首任校長于斌樞機主教。黃教授將他的致謝詞亦寄我一份，他很謙虛的說，他誠心的將榮譽轉送輔大全体同仁。

在電話中我曾提過下次回國希望去看他，但自已真也不知何時能成行？而黃教授總說：

「妳不要擔心，沒有看到妳，我是不會走的⋯⋯」聽了十分感動，但我內心也非常焦急，因爲時光是一直往前推移的⋯⋯。

很幸運的，在二〇〇八年的五月，我們報名隨我哥哥于金山帶領的僑界祝賀團要返國參加五・二〇馬總統的就職大典，同時我也可以去看黃伯伯了！

我們是五月十七日到達台北，心中還在計畫著什麼時候去高雄看黃教授較好？一到旅館，想不到林惠美老師早已代買了兩張高鐵票在櫃台等著我們了。

次日一大早，我們到高雄由林老師帶路與屏東教師合唱團的陳董、執事及財長等位會合後，一同去圓照寺。聽說前陣子黃先生跌了一跤，蠻危險的，出院後到寺中去住，可有人照顧。休養了一段時間，尚未開始見客，就是要等我們返國看他時才開放見客。到了之後，驚喜的見到熟友樸月，還有吳玉霞等位也在等著要看黃伯伯。一見面樸月就說：「黃伯伯等美國的朋友來，原來就是妳啊。」寺中主事者通報後，我們大家迫不及待地一同衝進去。哇，當時我見到的是一位眉目清朗、氣質不凡、和藹可親與眾不同，也完全不像是位近百歲老人的黃伯伯。大家談得很開心，我完成了心願，黃伯伯也等到我回去看他了。我們見他慢慢恢復健康也都很高興，但也怕停留太久他會太累，告辭前黃伯伯一再囑咐林老師要好好照顧我，令人感動。

二〇〇八年我在華副寫了一篇「甜蜜的負荷」的小文紀念母親，大意是很慶幸我曾擁有這麼好的母親，我要永久記得母親的愛，即使是愛的負荷，也是甜蜜的負荷，我願背負前行……。沒有想到，也很感謝有位我不相識的作家沈立先生，看到後將之錄下整理後交給了黃教授。黃伯伯心細週到，看過敲訂後，特別要指揮林老師打長途電話來詢問我，是願意由他來作曲，還是想交其他流行歌曲的作歌者？我驚喜之餘，毫不思索的回答：「黃教授能爲我的小文作曲，是我做夢都想不到的最大榮幸！」

不久，我收到了黃伯伯寄來的一大包曲譜（也包恬簡譜），這是他老人家在二〇〇八年八月作的，也就是兩年前。他並在題目「甜蜜的負荷」下爲我加上了（紀念我的母親）幾個字。照往常一樣，他立刻也交給了林惠美指揮一份，待將來有機會時可演唱。

黃教授寫給世人無數美麗的歌曲，又是位謙沖的教育家及樂教的發揚人。他作曲認真，力求完美，以期達到最佳的效果及最高的境界，確是年輕人的楷模。

在二〇〇七年時，黃教授寄了一份他的遺囑影印本給我，首頁上用筆寫著：寄給于德蘭女士（留爲存查之用），並手註，二〇〇七年一月訂正本。內文中有關他的作品：「可自由使用本人所作樂曲。」他無條件的給各界使用。

他在世時也告訴我，希望我同意他以我母親幾首詞作成的曲，能自由給大家演唱。「獨樂不如眾樂」，我欣然同意。

看了黃教授的遺囑各項內容，對他更加尊敬。文內第（四）項，要將他的骨灰撒在山上，

（地點可自由選擇），用爲造林材料，不可註下任何標誌，也不可當紀念品。他不要把他的骨灰撒在海上，他寫：「因爲我不喜歡潮溼，……」讀之令人泫然。

走過人生百年，這位眾人師、國之寶留給世界太多豐富、優美的樂音。我想，當他在天上向下俯視大地時，會見到一片山坡……，因著他音樂的種子撒下而開成滿天遍野的杜鵑花海，無數人唱著：淡淡的三月天，杜鵑花開在山坡上，杜鵑花開在……，直到永遠。

二〇一〇年八月十七日　中華日報副刊

華人之光

——美國勞工部長趙小蘭

記輔大頒贈趙小蘭榮譽法學博士學位

至親友好躬逢盛典

二〇〇三年十月初的美京華盛頓首府已有了冬意，七日早上更是下著淅淅瀝瀝的雨，更增添了一絲寒意，可是在勞工部裡卻是暖洋洋地擠滿了兩百五十位來賓參加典禮，使人完全忘記了室外的寒雨。

七日那天是美國華裔勞工部長趙小蘭女士，獲頒台北輔仁大學授予榮譽法學博士學位的日子。我們很榮幸地接到勞工部及輔大兩份請帖，特由加州趕來躬逢盛典。

輔仁大學於一九二五年在北京（北平）建校。一九六〇年在台灣復校，復校首任校長是聞名的于斌樞機主教。

現任輔仁大學董事長單國璽樞機以及李寧遠校長及社會科學院李院長均遠從台北來，專誠頒贈這份榮譽給趙小蘭女士。

趙小蘭女士八歲隨家人移民美國，是美國首位華裔部長也是歷史上第一位成爲美國政府內閣閣員的亞裔女性。

輔大一方面是表彰趙小蘭對勞工福利的貢獻，一方面是表彰她以華裔身分在美國政府中的卓越成就，確是華人的光榮。

典禮上，趙小蘭的父母親趙錫成博士和朱木蘭女士和妹妹趙安吉均到了現場參加。

中華兒女菁英翹楚

單樞機主教主持聖道禮儀及降福禮。單樞機特別以頒贈名譽法學博士向這位中華民國的女兒，爲人類服務的傑出人士致敬。趙部長曾擔任和平工作團團長對苦難的波羅的海諸國人民的苦難付出了摯誠的關懷，「這份誠意是慰藉療傷的天籟，與輔大校訓聖、美、善、真相符合，以證明人類的尊嚴及價值。趙女士是輔仁學子以及所有在台灣的年輕人學習的榜樣。」

李寧遠校長說：「天主教輔仁大學歡迎趙小蘭成爲輔大家庭的一分子。他特別提到她的孝順，永遠將自己的成就歸功於父母的教養。也從雙親中繼承傳統中國的美德，如勤奮、堅定、自我犧牲及認真工作的精神。而趙小蘭基督徒的愛與悲天憫人的胸懷使她爲民眾發揮愛心與服務。」

趙小蘭在美政府部門是一位受人景仰，高效率及行事務實的菁英翹楚。積極推動勞工部對改善職工生活而全力以赴，協助他人追求更美好的生活。

趙部長曾任美國運輸部副部長、聯邦海事委員會主席和美國運輸部航運署副署長，也曾任美國銀行基金會市場集團副總裁，是傳統基金會之傑出學者。

趙小蘭爲美國哈佛大學商業管理學院的碩士及聖山女子學院的經濟學士。她曾獲美國二十所知名大專院校頒授榮譽學位，這次是首次接受美國以外的大學頒發榮譽學位，而今由天主教私立輔仁大學所頒發是別具意義的。

謙遜之心接受殊榮

趙小蘭說她以謙卑之心情來接受台北天主教輔仁人學所給予的榮譽法學博士學位。她讚美輔大有培養傑出智慧人才，高尚精神的悠久傳統。她特別將她的成就歸功於其父母趙錫成博士夫婦之養育。她說：「我一直以我父母的勇氣、熱情、犧牲奉獻的精神爲自己的榜樣。」她並說：「作爲勞工部長，我傾力幫助他人提高工作技能並獲得財務上的自由，從而實現他們生活的夢想，爲他們的家庭構築充滿光明的未來。」

她致詞時並感謝她的丈夫，美國參議院多數黨黨鞭，聯邦參議員密契麥康諾（Mitch Mc

Connell），她人生中重要的一位堅強領導者所給予的摯愛與支持。

她並引用了單樞機所說的「東方傳統的孝順、努力工作、尊敬他人，對她的人生影響甚深，她並意味深長地說：

「我得益於美國及東方兩種偉大文化。這項榮譽法學博士學位將助我更加珍惜兩種文化所帶給我的精神力量。」

溫馨午宴難得聚會

典禮後勞工部有一慶祝酒會，來賓華僑、輔大校友們爭相與新科法學博士合影。會後中午在我駐美代表程建人及夫人官邸，有一桌十分溫馨豐盛的午宴美食之外，氣氛輕鬆美好，窗外的樹林充滿了詩意，相信這樣的聚會是主、客雙方都十分歡喜又難得的相聚。

而在六日趙錫成博士的晚宴上，有人問道，爲何不在台北輔仁大學內頒贈這份榮譽？趙小蘭部長說她很高興接受輔大頒贈的學位，但她工作繁忙，無法去台北，後來還是由于樞機侄兒于金山先生建議到華盛頓勞工部舉辦，雙方同意了才有這麼有意義的盛典。

華人之光後輩楷模

雖然趙小蘭女士是當今華裔女性也是亞裔在美國第一位成爲總統內閣閣員的女性，而她親切和善的態度，高雅清新的氣質，舉止大方，裝扮得體，集智慧、溫婉的美德於一身，的確是難能可貴的。她不但是華人的光榮，也是所有年輕人的榜樣，她同時也是能使每個人從心底喜愛的一位了不的女性。

二〇〇四年二月　中外雜誌

副刊老編

——懷念孫如陵伯伯

好幾十年前，當時的中央日報副刊主編孫如陵先生由台北坐火車到台中，探望中副的作者張秀亞女士。作家的女兒——年幼的我，當年在蹣蹣米上還走不穩呢。

幾十年來中副造就了多少作家，那時中副人人愛看，文章能上中副也很不容易。孫伯伯編副刊以認真看稿，「鐵面無私」著名，但他也極注意培植新人。

我初二時開始向中副投稿，我的第一篇文字不但很快地變成鉛字刊出，還獲得孫伯伯一封充滿鼓勵的信函。自那以後就常收到孫伯伯的信，孫伯伯是寫信能手，他會寫信也愛寫信，他的文字簡鍊耐讀，可說是字字珠磯。

我寫稿不算勤快，但每投稿中副均受採用，因自認寫得不夠多，常感到對孫伯伯的愛護期望有些微歉疚。

我升高三時，哥哥考上台大，媽媽應邀到剛復校的母校輔大教書，因此我家遷至台北。

我第一次參加中副作者讀者聯歡會，擠在眾名家之林，孫伯伯希望我以當天最年輕的作者上台講幾句話，我哪敢哪？不過心中很感激孫伯伯的美意就是了。

上大學時暑假中，我報名參加了耕莘寫作班，記得有一堂課是宋海屏老師教的，他要求同學一期須交出十四篇作文，快結業前我趕緊交出一篇，沒想到宋老師說那一篇可抵十四篇，使我喜出望外，他並發給班上傳閱。我後來將那篇「萍聚」寄至中副，孫伯伯說：將刊出讓社會大眾有傳閱機會！使我喜上加喜。

我出國後孫伯伯一直和我有連絡。有一年他和孫伯母還有老作家鳳兮先生來美觀光，我們特別請了一天假帶他們在洛杉磯到處玩看，也陪他們去看望鍾梅音女士，當時鍾阿姨已患有巴金森症，但老友相見特別高興，她還親手切草莓給大家吃。

七十年代時，孫伯伯家與我家在新店住在同條巷了，成爲鄰居。孫府新居位在邊間，院落寬大，屋後又有畸零地，再經孫府慧心整理後，前有魚池，後有竹林小徑，後廊拓寬，視野廣闊，真是舒適無比的文人雅居，多少作家朋友都光臨過，在孫府談笑用餐。可惜十數年後，因後面爲政府都市用地，一時間，孫府無際的後院縮小了很多，而豁達的孫伯伯卻毫不爲意，站在被高速車行震動的後廊窗旁，仍笑語如珠　一如往昔。

孫伯伯是美食家，孫府的菜在文藝界是有名的，有一道名爲「金鉤掛玉牌」原來是豆腐繪黃豆芽。燒茄子，豆瓣魚，炒辣椒樣樣可口。孫伯伯廚藝精湛，人又風趣，上菜場一定穿西裝打領帶，表示是「士大夫上市場」。我們兩家成了鄰居後，尤其是我每次返國，孫伯伯三天兩頭會送他的拿手菜來，他說最歡喜看我笑吟吟的來開門取菜。有時還寫食譜給我，信封上記「孫府祖傳食譜——給蘭蘭」。我回美，孫伯伯匆匆去買幾個熱燒餅塞給我，我去辭行，他一定站立門前目送我們走出巷口才返回家。

前幾年返國，輔大新聞系教授習賢德請客，在座的有孫伯伯，戴瑞明大使，家兄金山，還有台大吳偉特、古偉瀛教授以及清大陳文濤教授及翻譯家黃美基等友人。在我母去世後我寫作較勤，寫了多篇對母親追憶文字，孫伯伯大約是喜歡我多提筆吧，宴會中他特別拿起酒杯向我恭賀，看出他非常開心。孫伯伯在二〇〇一年寫我母親「張大作家，慢慢走！」一文中一段話提到：「在母親的薰陶下，女兒于德蘭那枝筆也磨得鋒利無比。……」感謝孫伯伯的金口，對我是最大的溢美之辭。

去年返國與樸月一同去看孫伯伯，談了許久後，他又堅持隔天請我們再吃一頓，還要我約我自已的一些朋友，現在回想起來，雖每次返台，行程緊湊，幸好孫伯伯堅持，使我們有多一次與他相聚的機會。那天我們在師大會館前集合，他還先在畫家梁秀中畫展簽名簿上留下大名，梁秀中後來好高興地來尋找正與我們共餐的孫伯伯，向他致謝，大家相談甚歡。飯後外面已大雨滂沱，我看九十多歲的孫伯伯弓身上計程車的後影，感到十分感動不安。返家路上，他還和樸月說：下次蘭蘭回來，我還要請她吃飯。但以後再也見不到孫伯伯了。

最近我找到一些母親保存許多各方文友給她的舊箋，其中有一封是民國四十三年孫伯伯寫的，距今已過半世紀之久，由信中不但可看出當年純樸的社會中作家們談文說藝的互動情形，也知當年好書不易得，文友交換好書及詩作譯本之餘，更可看出孫伯伯的幽默風趣，謙遜及真誠，當時收信人及寄信人不過三十餘及近四十歲，但信中文字精簡，談哲學、譯文及人生哲理，散發出智慧的光芒，可謂孫氏的精典信，值得一讀，當穫益良多，今特錄如下與大家分享：

「借書的人」先生：

你「在附近小郵筒投郵」的書——杜威的名著和詩論，我都收到了，你已由「借書的人」變成「寄書的人」了；至於我呢？似乎也有一百八十度的急轉，已由「債權人」變為「債務人」。不錯，我說你的贈賜是「債」，非利息可比，因為我在拜賜之餘，不能僅以「謝謝」二字了之。

杜威名著，我一定會「喜歡讀它」。一點鐘之前，我在等車回府時，曾在簷下就室外燈下讀其「序言」的一半。我對哲學雖稍有涉獵，總是似懂非懂的。我想，這當是我的道根太淺的緣故。但我讀哲學有一個基本讀法，就是我必須用哲人們的智慧，決不以求得智識為滿足。我們的哲學教授當年耽心我們因多讀哲學而成書呆子的顧慮，哲學所佔的比例，不算太低；然我畢竟未作系統的研讀，是以能免於書呆子的苦境。

讀哲學的過程；似乎是由愚昧出發，去向聰明，再向睿智的高峰上爬，然後以糊塗爲依歸的。聰明人如果不能糊塗，實在算不得聰明；聰明對他或她沒有好處，倒會成爲他或她害神經衰弱症的根源。我之喜歡讀哲學，始終停在愚昧的階段；在理，我應該憎恨哲學了，但哲學有如高山，高山當前，可使我自覺，渺乎其小，而去掉幾許自滿自傲，用以醫治我的大病。你知道，一個病人無論怎樣憎恨藥物，也是不能不服葯的。我既然愚昧，我只好喜歡哲學。

我的那幾本書，我不是和你客氣，我萬分盼望它們留在台中，藉你的大筆，把它們變成方塊文字，仍保持原詩的情趣和韻味，使千萬的讀者受益——我即讀者之一也。倘如你爲避「久假（借）不歸」之嫌，我今願在白紙上寫黑字，並用一片誠心，將它們贈給你。

我高興在四十四年的元旦，享受你允許接受我贈書和光榮！

如陵

四十三年除夕之晨

如今孫伯伯平安的走了，孫府兒孫們都優秀懂事，孫伯伯一生對副刊文學的貢獻良多，他應了無遺憾。我想恢諧的孫伯伯現在一定會說：我老孫雲遊四海去了，你們不要難過。

孫伯伯一生對朋友俠義助人的熱忱，豁達樂觀的天性，對晚輩誠心的鼓勵，幽默睿智之言語，我們一直都會記得。

二〇〇九年四月四日　中華日報副刊

憶乾媽

——胡葉霞翟女士

聽到乾媽去世的消息，悲痛不已。雖明知她臥病已久，但總覺得還會拖些時日。我曾和爲美妹提過爲乾媽預備了許多問候卡片，想隔幾日就寄一張，爲使在療病中的乾媽時時收到卡片而感到安慰。沒想到還未寄發幾張，她已走了。又原想秋季間返國時去看望她，不意今已天人永隔，再也見不著她慈祥的面容了。

乾媽不但是位名教育家，也是位文筆細膩，感情豐富的女作家，筆名葉蘋，其著作有：軍人之子，天地悠悠、梅林花開……等多本。她並是位不可多見的最佳風度的人。在我記憶中從未聽到她大聲講過一句話，永遠都是輕聲細語的，常給人一種如沐春風之感。

記得我尚在大學讀書時與輔大訪問團赴成功嶺慰問同學。回途路上遇到當時我還稱她葉阿姨的乾媽，她當時以文化學院（今文化大學）教務長身份訪問嶺上。她每見到我都很開心，並邀我跟她一起赴彰化八卦山，及員林玫瑰花園等地遊覽，一路談笑，更感投緣。她生前愛護我，喜歡我，常向我母親誇讚我，（雖然我實際上沒有那麼好。）後來，她設一桌酒席正式收我爲乾女兒。

在台北時，每逢年節，乾媽家經常擠滿了親戚團聚，她總是邀我這唯一沒有血親關係的乾女兒參加，並特別介紹給大家，一直當我爲她家中一份子看待。她任台北師專校長時訪美，更忘不了抽空來探望我們，使我們感到無限溫暖。

乾媽生前是少有的幾位女性中擔任繁重教務，行政主管工作者。千頭萬緒的工作，非常費神。但她熱愛工作，一直到最後病床上仍批改學生考卷。平日無論多忙、多累，多煩，從未見她抱怨過，她把一切的苦煩昇華成一股工作的力量，或埋藏心中成爲一種克己的犧牲獻給上主，因此見到她的人總是看到一張微笑的臉龐，給予人非常愉悅的感覺。

如今乾媽已離開人世。人生最大的悲傷莫過於生離死別。自從三年前家伯父于斌樞機升天後，我即已深深地體會到了這種哀愁。這三年中我已不復記得，我曾真正地像以前一樣開懷地大笑過。失去親人的悲傷積藏在內心最深處，偶一憶及，仍隱隱作痛，時間愈長久，懷念日深。尤其是失去愛護自己的長輩，實在是精神上的極大損失。

乾媽平日雖工作忙碌，而且自胡中南將軍於十餘年前去世後，乾媽獨立扶養四位子女長大成人，如今個個教育有成。大兒爲真爲駐南非傑出青年外交官（註：今任國安局祕書長），小兒爲善在教育界也發揮長才。兩個男孩穩重、懂事，兩女爲美，爲明溫柔可愛，美而慧，四位兄弟姊妹極其友愛，如今每人均已成家立業，非常優秀亦可告慰乾媽了。

以前隨家母在台北參加女作家慶生會時，記得有次，我兩位乾媽坐在一塊兒（另一位乃女作家琦君女士），有作家阿姨問及兩位乾媽怎麼稱呼辨別呢？後一位說愛喝紅茶，一位愛喝綠茶，因此就稱「紅茶乾媽」及「綠茶乾媽」吧，談笑情景，仍歷歷如在目前。

今後，不但再也見不到乾媽百忙中寫來的長信，信中那一筆溫厚的字，及溫暖鼓勵的語句。也再聽不到她那口悅耳的聲調喊我：蘭蘭、蘭蘭了。也不能看到她慈愛的笑容，真是何等感傷。但她那良好的教育家的風度，那美好高雅的氣質，努力工作的精神永遠長留在我心中，並是萬千學子的最佳典範。

一九八一年九月二十四日　世界日報副刊

擅用留白的藝術家

——「藍與黑」作者王藍

兩家至交情同手足

當代水彩畫家、「藍與黑」作者王藍，一九二二年生，已於二〇〇三年十月離開了這個世界。

王藍先生在世時我稱他爲舅舅。他的大姐怡之，二嫂敬銘都是我母親張秀亞女士中學時代的好友。二姐亦是，二姐夫李辰冬先生是我母親口中聲稱的老師。尤其是王家大姐和母親中學時代、在台灣，直到晚年往來甚密，時相存問，情同姐妹。王藍夫婦在抗戰時期仍是未婚夫妻時，即常去看望新婚不久的我父、母親，他們在重慶常常一同吃飯聊天。王藍當年爲愛國赴太行山打仗，又拿筆桿又拿槍桿。我母親十四歲開始寫作，後任重慶益世報副刊主編。他們「姐弟倆」均是在二十餘歲即被選爲國代的，當年代表中不乏許多傑出的菁英人士。

文學藝術研討精進

到了台灣後，許多人都知道王藍在太太的縫衣機上完成了巨著「藍與黑」，後又拍成了電影及電視。記得電視連續劇的主題歌詞是王藍請母親寫的。在我母親面前，他生前時時以小老弟自稱。他曾在中央日報發表的一篇文章說：

「我在重慶創辦『紅藍出版社』，很榮幸能為秀亚女士印行了她的第一本小說集〈珂羅佐女郎〉。我常說迄今出書近百種的秀亞姐真是著作等身，她的老弟王藍我迄今僅出書十三種，只是『著作等腳』。」（**作者註：這當然是王藍先生的謙虛及幽默說法。**）

他又寫道：

「秀亞女士是散文大家、詩家、中外語文造詣均高，我的英譯本『藍與黑』，即是秀亞女士以英文寫的序：遇有中外古典與現代文學，或文學史、藝術史等方面的不知、不解，或『欲求甚解』時，我便會向她請教，她的頭腦是一部文學藝術的『活辭典』。」（以上參見〈甜蜜的星光〉一書，光啓文化出版。）

的確是這樣，他是求知欲很強的作家，當有什麼問題時，均會打電話來和母親切磋研究，直到找到答案爲止。

愛護晚輩驚喜連連

每次王藍夫婦來美，正逢母親也在此，他們一定會來看她。但他最後一次來美後，打過電話問好，卻不克前來。原來這二、三年他身體情況直走下坡，十分虛弱，無法再像以前那般的活動了。

一次我有位同學問我可否帶他們去看看王藍的畫作，我當時也想去看望他，就同去了。見面後，我感覺王藍舅的身體情況，精神均大不如前，不勝感慨，但他記性仍好，講到自己的畫作看來很高興。

我的同學買了一張王藍真跡以及許多複製品預備當禮物送人。記得王舅母對我說那天她很高興並非因爲我帶朋友去買畫，而是王舅舅看到我去又帶了朋友，他眼睛都張開了。王藍廣愛交友，愛護晚輩，看見我們去自然是開心的。

返家後我向母親報告王藍舅情形，她還說爲他禱告早日康復。誰知一向耳聰目明的母親卻早她小老弟走了兩年。

以前王藍舅知道我公餘喜歡畫畫娛樂，有一次他約好了來看母親，當我一開門即見到他帶著畫具畫架就進來了。他說要畫畫給我看，頗有「授徒」的意味，我聽了大樂。

他帶了一張已畫好的有漁船的海景，頗有「江楓漁火」的味道，他說要照著再畫一張。

畫好後，他問我喜歡哪張？我表示都喜歡。

他又問：「妳要哪張？」

我喜出望外地說：「這張新畫的。」

他又問我選這張的理由。我看了第一張畫上是多些筆觸和線條，新畫與之相比較爲簡單，但兩張意境上是同樣的好。我就說：「因爲這張是王舅舅在我家畫的，有特別紀念的價値及意義。」他聽了很高興就送了給我，還告訴我先生要照張相。

講求完美精益求精

王藍對畫框的挑選十分注重及講究。話說那張畫，我歡天喜地的拿去裝裱，還裱了雙層框，認爲已很考究了。

但王舅下次來時，佇立在那左看右看那掛在鋼琴上的畫。他說話了：

「德蘭哪，這畫框的邊再寬些更好。」

我原以爲他隨便說說，並不以爲意。

結果再次他來時又表示了同樣的看法。我們觀察了他展覽的作品，真的裱邊都很寬比其他人的畫邊寬了很多。而且由於大的寬邊一襯，他畫中那濛濛美的味道，用色的妙更顯現出來了。因此我就將這張「寶畫」又重新送去框裱一次，達到王舅舅滿意的結果。

王舅舅後來還送了我幾張他的複製品，一張畫的是魚，名爲「泳」，另一張是「花卉」。正巧那年美國南加州中國大專院校聯合會主辦校友聯合畫展，是由輔大張錦亮負責召集，他來邀約並熱心要幫我把畫帶去會場。我就將王舅舅兩張以及我自己畫的荷花及白菜，上面均有我母親爲我畫作題的字，寫的是「紅乍笑，綠長嚬」以及「菜根香」，就跟著王藍舅舅到他平日熟悉的畫廊去裝裱，因熟悉的店才懂得他的意思，藝術品均是藝術家的心血結晶，對待自己的作品就像善待自己孩子般的心意。

蒞臨畫展鼓勵後進

前面提過王藍十分愛護晚輩。有一次我們文化協會有個師生聯展，我到那時，看見王藍先生和洛城劇坊的年輕朋友們坐在樓梯上休息。一問之下，知道我們展覽會場在樓上，他二話不說，就忙著上樓去看。他這位大畫家一到，師生皆振奮不已，與有榮焉。他當時還特別拉著我先生聖桄在我的習作前留影，他真是一位非常鼓勵晚輩的人。

在一九九〇年正值我擔任第二年度的輔大校友會會長，舉辦的文化活動就是與僑教中心聯合主辦的王藍座談會，賓客踴躍，陳錫蕃大使、吳祖禹大使夫人、僑務委員許引經等均蒞會，讀友校友畫友有兩、三百人非常成功，他也很高興和大家談天說地。

王藍先生爲人熱心，多年前他們夫婦及我母親常來美考察及探視兒女。我母親因膝關節疼痛多年，他們三人結伴來美，返台一路上可照顧，有五、六次之多，一直到我們回去接母親為止。記得媽媽文友，前新生報副總編輯張明有次問母親：「最近你們『三人幫』如何了？」母親因後來有我兄、妹陪伴，開始單獨行動，就幽默地說：「散夥啦！」把張阿姨笑得眼淚都迸出來了。

我母親生前，為關節炎所苦多年，卻無暇無心做徹底治療。有一次在台北家中竟跌倒在地一天一夜，十分危險，雖後獲救平安，總是令關心的人懸念。王藍夫婦聽說了，馬上帶了親戚中研院院士汪家康醫生以及王家七妹等多人來遊說，勸母親去動膝關節手術。王藍當時一再懇求一定要去就醫，再加上大家打邊鼓，母親大約是受到感動，終於同意去了台大醫院，又遇到骨科權威劉華昌醫師，動了十分成功的手術。後來我們又堅持接母來美做復健運動，由於王藍舅的「遊說團」，也無形中使母親減輕了許多病痛之苦。

留白藝術永存人間

談到王藍的畫，他擅用留白的藝術，他先以色彩渲染出濛朧之美，再用細筆勾勒出印象而非具象，留下一些空間，留給人想像。比如說海浪、雪，都不上色而留出原來紙上的白及紋路，更顯得自然又特別，令人印象深刻。我偏愛他的水彩風景，如「海之舞」將留白的美發揮到極致。「那天下雪」整片雪是留白的原色，再勾畫出小房子，感覺就是一片靜。又如

「夏威夷之夢」有如仙境，使人像走出了喧嚷的世界，「合歡山踏雪」都有留白之美妙，使人有想像的空間。

王藍舅的另一本小說「長夜」，據他說是他最喜歡的一本。多年前承王藍舅抬愛，囑我寫一篇讀後感。因工作、生活忙碌，一直未好好研讀，不敢匆促下筆，未能應命，我想篤信基督的王舅舅一向愛護小輩，應會原諒我的疏懶。今天當他天上有知，我寫一篇紀念他的文字，他應當會高興吧。王藍先生走了，我們都想念他的親切溫和，他的幽默話語，他愛護後生的心意。而他特有的留白藝術不但常留人間，並給予後世思索，欣賞並無言的使後代藝術家發出想像力，並繼續發揚下去。

二〇〇四年一月　中外雜誌

松濤・花氣・文情

——安於平淡的王怡之阿姨

真情流露

由南加州橙縣馳車至聖地牙哥，近兩小時的車程，我這趟是去看望女作家王怡之教授——一位我很熟悉，稱呼她為大姨的人。

自二〇〇一年她來參加我母親的追思彌撒後，已五年未見到她了，記得那天她在台上細敘著：「我與秀亞有六十八年的友情……」聲淚俱下，也感染了台下許多學子。六十八年對有些人來說就是一生的時間，多麼長久及難得的一段友誼啊！

這些年，她以高齡之身居然成功的接受了一次心臟瓣膜手術。近年來她的聽力又大不如前，我給她打電話時常常要很大聲，有時還惹得家人「側目」，但也不見得溝通得清楚，即使她戴上耳機也是時好時壞的。算算她一九一五年生，現今已是九十一高齡了，她的獨生女有鄰最近也升格成了祖母，王怡之已是太婆級的人物了。

當車子駛入聖地牙哥郊區，進了一片安靜的社區裡，下車後感到風和日麗，一陣清涼的微風吹來，聖地牙哥真不愧是全美天氣最好的一個城市。

一進入有鄰巧手佈置的家中，與王大姨相擁久久，再定神一看，她精神體力還蠻好，走路時須靠一帶著滑輪的助行器，她看起來像位七十許的老人，要說九十一了，是絕對不像的。很令我喜悅的是，見了面，我們面對面的溝通，竟是暢行無阻，毫無問題。

在我們共進中飯前，王怡之做了一個禱告：「感謝神，把我好朋友的孩子帶來看我，我真是太——高興了——」她因爲心情激動，眼淚落了下來。她細心孝順的外籍女婿在一旁輕輕拍她安慰著，並小聲用英文對我們說：「我知道ㄋㄞㄋㄞ丶（奶奶）她太感動了。」我們後又閒聊些別的事情，談談有鄰收集的玻璃擺飾，看看她家的院子，大家的心情總算慢慢的平靜下來……。唉，她太想念他的老友了，重感情的文學人哪。

王怡之與她的女兒有鄰同住，在她們家樓下有間套房給她，免得上下樓的麻煩。她的房內收集了很多洋娃娃以及許許多多的小天使，她指著一個披著紅袍的小天使說是我母親在台北華明書局買來送她的，「這個小天使跟著我搬了好幾次家。」她又說：「我啊，童心未泯。」人說老小老小，老人可愛得就像小孩一樣，不是嗎？

書香門第

王怡之祖籍河北阜城，生於天津，長於北京，於北京中國大學畢業。自幼伴慈母遊園賞花，隨父兄欣賞國劇，陪外公品嘗美酒，心靈爲美好的藝術所滋潤。

她說：「我接近文學不是由於謝冰心的《寄小讀者》或一些兒童讀物，而是《史記》，白居易的社會詩。」

她六歲入小學，校長像個老祖父，老校長嘲笑當時一般小學採用的白話文課本，四年級即教小孩念淺近的文言文，她高小兩年就唸司馬遷的《史記》國文教材，難怪打下了深厚的國學基礎。

《史記》對小學生不是太深了嗎？我記得我們上大學時，許多人仍感到《史記》是很艱深的書。王怡之認爲那位老校長很有見解及魄力。他請來的老師也非常瞭解孩子心理。他選《史記‧列傳》幾篇當故事講，然後再分析故事中的人物個性、言語及心理，十分傳神，讓學生聽了很入迷，不感覺艱深。

王怡之說：「太史公思想與文筆引導我認識文學價值。」她並覺得在《史記》中充分表現出反暴君，反暴政、豪強、酷吏的思想和關懷民生疾苦之情。凡愛國、愛民品質高尚者，任俠尚義，出身微賤的下層人物，同樣受到重視。而其筆下的管仲、晏嬰、魯仲連、蒲相如、田單、信陵君、荆軻，都在歷史舞台上放射出不滅的光輝。

當王怡之小學畢業時，她母親贈她一件襟上繡著一朵玫瑰的綢衫，而父親的禮物則是唐代大詩人白居易的《白氏長慶集》。她就是在這樣一個書香之家長大的。王怡之的父親十八歲中舉人前，白天種地，夜晚苦讀詩書，深知民間疾苦，至瞭解到清廷的腐敗，乃唾棄功名，遠走日本學紡織。學成歸國在天津創建直隸模範紡紗廠，抵制外國進口棉紗對祖國之經濟侵略。父親創業成功，卻擔心兒女在都市中不知人間疾苦，因此特選白居易詩送給孩子。在詩集中，社會詩——新樂府五十篇、秦中吟十首以及諷諭詩，爲受壓迫老百姓鳴不平的句子，老父親還用朱砂筆在上面點大紅點，示意女兒細心熟讀。

到了天津女師，這座天津最有名的女子學府，王怡之讀了六年，這學校讀書氣氛濃厚，注重品格教育，引進新文藝巴金等名家的書。張秀亞、羅蘭都是她低班學妹。《花之寺》作者凌叔華，前中共總理周恩來的妻子鄧穎超均是該校早期畢業生。

當時王怡之的二嫂張敬銘也是校中鋒頭人物，擅體育。二嫂是張秀亞的好友，二嫂的弟弟張樹柏（前香港《讀者文摘》編審）也是張秀亞的小讀友，再加上王怡之的二妹王志敬、弟弟王藍（《藍與黑》作者）和張秀亞均很熟，七妹後來也成了熟人。她並說她和張秀亞均是心性誠懇之人，合得來又在中學一同做年刊和月報，王怡之一家人均與張秀亞交情深厚，因此感情親如自家人一般，往日張秀亞稱王怡之爲大姊，均不帶姓的稱呼她及她的弟、妹們，他們也真誠地把張秀亞當成自己的姊妹。

在中國大學讀中文系的王怡之，「詩詞，作詩法（古體詩）是我們必修課，杜甫詩、老莊哲學、老子都是必修。」線裝書讀多了，到底有沒有用？她說：「有用，一點不受拘限，瑰寶端看能不能消化，就如吃雞、魚骨如能吸收到營養，不但不妨礙，反而是很豐富的營養。」

春風化雨

她大學畢業後，日本人進城了。當時王家住在英租界，她三年在家閉門讀書，她父親覺得她應該在家把字練好。她寫讀書筆記，寫讀《史記》的心得，培養文思。勝利後回到女師教了一年初中國文。經過了抗戰、當時的心情非常複雜，心有所感，投稿至《大公報》，蕭乾主編的《小公園》副刊。

一九四九年渡海來台的王怡之，獻身教育工作三十載。她曾教過北二女（中山女中）等校。在建中任教時，她教過夏烈，幾十年後夏烈寫過一段有趣往事，王老師曾在他中學的作文簿上，一些他當時抄錄張秀亞的句子旁畫了許多雙圈，這件事他一直「不敢」和王老師提那些句子是她好友同學寫的。後來王怡之任教於政治大學、淡江日夜間部，夜間部就教了十年，中國小姐劉秀嫚就是她的學生。又教藝專。當年的学秀英也是中國小姐，還有瓊瑤片早期導演劉立立也曾是受教於她。劇作家李曼瑰教授邀王怡之至政工幹校（今政戰大學前身）

戲劇學系執教，大導演張曾澤、性格明星崔福生都是她的學生。幾年前我曾在王藍先生的宴席上見到了張曾澤、李虹夫婦，張氏當時已是出名導演，但在王老師面前是畢恭畢敬的。王怡之說政工幹校學生均深知受教育不易，十分珍惜這樣的機會，因此對老師也特別恭敬有禮。另外名詩人瘂弦在台北時見到王怡之，叫她「老師」，王老師面對這位傑出學生時，自謙地說不是「老師」是「老朽」，十分有趣。她後來也在輔仁大學任教，在我們出國後，她與我母親約好同時間下課，由新莊坐校車到台北後，兩人到中山堂吃飯，或到「都一處」去吃小米稀粥、餡餅等北方麵食，吃完了再去買些水果、點心才各自返家。王怡之在台灣教了三十年書，講授中國文學、新文藝、中國小品文、歷代文選、修辭學等，她任教過這麼多學校，也教出了許多名學生，真可說是桃李滿天下了。

王怡之說，當年在台北，「婦友」編輯委員會每月一聚，還有林海音、王文漪發起的慶生會也是每月一聚，女作家們一同聚餐談文說藝，也談衣履，十分有意思。她較熟的文友是張秀亞、林海音、王文漪、畢璞、劉呂潤璧、琦君、葉蘋、王明書、艾雯等位。她很想念這段中、壯年時光，當時身體、精神、心情都很好。王怡之來美較早，漸漸地與文友們失去了聯繫。她說：「秀亞與文友仍保持聯繫，她來美時會告訴我一些文友近況，聽了也很高興，減輕一些思念之情。」

王怡之的作品有散文集《台北街頭多麗人》，一九五四年出版。詩、散文《遊子吟》寫鄉愁，也是同年由紅藍出版社出版。《修辭學》一九七一年世紀書局出版，爲大學講課材料。一九七二年出版《文學原論》，啓德出版社出版，是寫民間藝術鼓兒詞淺探的書，此書於一九七四年獲得中山文藝獎。還有《王怡之自選集》爲一九八七年黎明文化公司出版，以及詩聖杜甫歷代文學欣賞，古典文學欣賞等著作。

《台北街頭多麗人》，我很喜歡這書名，卻未見過此書，也不知內容。王教授目前自己都找不到了，好可惜。我問她當時爲何會取這書名，她說是受到杜甫一首詩的影響，詩的內容是諷刺唐朝楊玉環三姊妹。她說當年在台灣時，國家面臨一些困難，可是見到少數台北街頭的女人虛榮心重，每天化妝打扮，歌舞昇平，在街頭亂晃，不能共體時艱，她完全是因有感而發寫出的。

別離感傷後的寄文抒發

今年王怡之將整理兩本書印行，她已準備了兩年時光，一本是二十年前的舊作（小說集）。稿紙已泛黃了，書名是《郡主樓》，寫中大未拆的圍牆，內爲清朝鄭王爺府，鄭王爺的女兒住裡面，述說的是荷花池畔的愛情故事。王怡之翻著稿紙說：「看以前細膩的文筆，現在是寫不出來了。」另一本是新作，散文集，正在整理中。

王怡之是一九八六年到美國鳳凰城依親女兒，他們於一九八九年又搬至聖地牙哥。她到美國後放下了粉筆（教書），做「看護」，照顧患巴金森氏症的老伴——前立法委員張興周。老伴走了後，她拿筆桿的手又變成拿鍋鏟、花鏟及招呼女兒一家人。她喜歡種花，自喻為「蒼顏華髮一花農。」當年水運了一貨櫃書過來，她說：「夠讀一生了。」她愈老愈覺得尚未讀的書太多。而她到了美國這些年，除了六四（天安門事件）時發表了兩首詩外，幾乎未再動筆。她嘆了口氣說：「我總覺得對不起秀亞，她總是勸我寫，說不寫可惜，但我都沒寫出來……。」

空了那麼久，最近幾年怎麼又忽然提筆了呢？她以堅定的口氣說：「我再提筆，現又整理出書，就是為了兩個人，一個是好友秀亞，一個是弟弟王藍！」可見友誼及親情之推動力多大！王怡之家中有兄弟姊妹七人，知名的作家、水彩畫家王藍（原名王果之）是小她七歲的弟弟，姊弟手足情深。

二〇〇一年張秀亞走了，王怡之感傷，覺得秀亞應該多活幾年，多寫美文給讀者。她說：「我接觸西洋文學較少，都是秀亞介紹許多好的英美文學作品給我。現在我有問題，不知去問誰了，秀亞雖比我小幾歲，但她是我半個老師啊！」接著二〇〇三年她的胞弟王藍也因病離世，她太傷心了，她說：「我真願意代替他們，弟弟還可為國家做些事啊。」她平日是十分虔誠的基督徒，因好友和親弟的離去，她說她自己：「活不成了。」每天竟然與神「吵架」，問神「為什麼？為什麼？」這時血壓就直線往上衝。她的女兒有鄰看不下去了，就直勁兒地勸，要她想想她多麼幸運曾擁有數十年的友誼及手足之情，這些是有些人一生也得不到的。

她不但不應悲傷，反而要感謝上天曾經擁有的。她對右鄰說：「我現在想和他們說話卻無法。」女兒就勸她：「寫下來吧！他們會看到，聽到的。」張秀亞走後，十多年未動筆的王怡之大筆一揮，寫了〈逝水——秀亞，好想念你〉她寫：「相識、相知，相扶持，幾番相別又相聚。匆匆六十八載，悲歡歲月，滄桑人世。」這一大篇文章於二〇〇一年刊在《中華日報》，後選入張曉風編的《九十年度散文選》中。之後又寫了〈濃郁友情一錦盒：珍藏張秀亞書札詩箋〉刊於二〇〇二年《中外雜誌》。爲了追憶思念胞弟王藍，王怡之又洋洋灑灑寫了一大篇，都將會收入新書中。王怡之說她是被女兒給「罵醒了。」失去了好友、老弟後，她心中有種不吐不快的感覺，她，開始寫了，因著友情、親情的力量，促使她重新拿起了筆桿，心情也好多了。

目前她雖已九十一高齡，每天都花四、五小時在讀書，在整理編排她的新書。她夜讀時賦詩一首：「海外棲遲年復年，故國山水夢魂牽。人間憂患知多少，夜讀莊周秋水篇。」她目前整理的新書名爲《雪泥鴻爪，九十春》，均是未結集的新作品，其中還包括一百首詩。全書分有「天恩」、「親情」、「友情」、「手足情」幾個部分。

平實真誠

王怡之是位謙遜甚至可以說是謙卑的人。她自認單純，說自己是：「一生平凡、平順無成就，『玉不雕，不成器』也是應該。」她又說她一生沒有受過痛苦的大折磨，沒有高潮迭起的人生，自喻就如同一塊未雕琢的石頭，所以也很坦然接受平凡的命運。其實王怡之的散文寫得很生動有情，在一篇〈不如歸〉中，她寫道：「母親愛那扶疏的花木，愛孩子們撒落在芳草青苔上的輕輕笑語、琅琅書聲；我愛母親唇邊那一點隱約的喜悅，愛她額間被朝陽染上的一縷健康光彩；母親怡悅地生活在小園中，我幸福地生活在母親身邊。」這一段話將母女之情寫得溫馨感人，使有母親的人讀之想貼在母親身邊，失去母親的想伏案拭淚思念母親的愛！還有她寫〈金色童年〉、〈兒童晚會〉等文都十分生動有趣。她愛飲小酒，曾寫過一篇〈酒與我〉。如今怕血壓升高，久已不品酒了。

王怡之國學底子深厚，曾爲讀者解析蘇東坡〈念奴嬌〉赤壁懷古的豪放之作及〈水調歌頭〉，說那是何等的氣慨、胸襟。這些均是大家所熟悉的，但這位豪放不羈的大詩人，偏偏也寫過一闋極盡婉約蘊藉的〈蝶戀花〉：「花褪殘紅青杏小，燕子飛時，綠水人家繞，枝上柳棉吹又少，天涯何處無芳草；牆裡秋千牆外道，牆外行人牆裡佳人笑。笑漸不聞聲漸悄，多情卻被無情惱。」由王怡之的介紹可看出，她也希望大家能瞭解「詩人的豁達豪放與忠厚纏綿之作合在一起，才足以闡釋這位大文豪的個性。」像〈蝶戀花〉中的絕妙句子「天涯何處無芳草」、「多情卻被無情惱」多句均被今人引用無數，甚至做電影的片名，但誰會想到這些句子是出自蘇軾之手呢？

她向讀者介紹張籍，一位倔強的詩人，介紹張氏的錦繡文章，大家熟悉有名的〈節婦吟〉

中的句子「還君明珠雙淚垂，恨不相逢未嫁時！」便是出自社會詩人張籍之手。她還深入淺出的介紹大詩人王維，這位有詩情、畫意、禪理的王維詩作。「詩人王維將光華的日月，閃爍的星辰、青山白雲、鳥語花香、松濤麥浪……均以靈眼納入詩囊。」她並介紹屈原說：「〈離騷〉這篇不朽傑作是馳騁他豐富的想像，造成雄奇的幻境，以最沉痛的句子，最美的象徵，寫出了他生平與心願，寫出了他性格的狷介，靈魂的高潔，也寫出了他熱愛祖國悲天憫人的眼淚，憤世嫉俗的怒火，和對真理的追求與幻滅的悲哀。」

王教授用她的國學知識，不厭其煩地爲讀者做十分深入的介紹，實是貢獻良多。

王怡之如今平淡愉快地過她的退休晚年生活，沒有怨言也無煩惱。她每天到院中望著遠處起伏的山巒及房舍，曬曬太陽，聽聽鳥鳴，聞聞花香，平靜的心境可由她寫的一首詩中看出：「松濤飛瀑鳴天籟，雲雀黃鸝婉轉歌。生命皆由造物賜，讚頌感謝聲相和。」

我們談了幾個鐘頭，她竟一點沒有疲累之態。我一來，她興奮，她激動，她也感傷，我攪亂了她平靜的生活秩序，也掀起了她感情的波濤。而我深深地體會到這位老阿姨平日每天享受陽光的日子，雖看來平淡，但這樣看似平淡的日子也是一種福分，不是也很令人羨慕嗎？

雖依依不捨，我們該讓她休息了。目前我們企盼等待她整理的新書早些印行。對這樣一位認真生活，誠懇寫作的人，值得我們給予無限及最高的祝福。

二○○七年六月　文訊雜誌

永不消失的餘音

——念鍾珮阿姨

徐阿姨為中國首位女記者，她觸角敏銳，有專業素養，多年的外交官夫人生涯，常見她穿著體面大方，又具有文學的感性，是位不可多得的時代女性。她與朱撫松部長伉儷情深，在她文中常見兩人的內斂型感情互動。

二〇〇一年我返台參加文藝界及輔大爲母親舉辦的追思紀念會。在聖家堂的追思彌撒前，我望見了母親的文友徐鍾珮、華嚴、余宗玲等阿姨送的漂亮高架花。在一旁的文友告知，徐阿姨與朱伯伯身體較差，腿腳不健，近年來很少出門。

會後二日，我和先生約好了去看他們，徐阿姨在我們未到之前已泡好了茶。坐定後，朱伯伯說在電視上見到了媽媽紀念會情況，辦得很好，大家都很懷念她。徐阿姨、朱伯伯和我談到我母親，南加州情況，他們的健康狀況，馬德里時代及一些朋友的近況……在我們聊天的時光中，徐阿姨一直圍著我送她的深藍淺藍花色的人圍巾笑著。

談到我正在讀她寫的自傳體小說，她又另送我們兩本她的著作。文字簡潔，智慧，筆端常帶幽默，是徐阿姨的文字魅力及特色。她以記者所見所聞寫《英倫歸來》描述戰後英倫的蕭條及重建，給讀者啓示。追憶西班牙的鬥牛寫得如聞其聲，如見其況。《我在台北》等書也令人愛不釋手。

那天臨別時，他倆送我們到電梯旁，徐阿姨說：「德蘭，讓我親親。」我們擁抱，她吻我面頰說：「什麼時候回來，再來啊！」我答應著。

下電梯時，我想到一九七〇年在馬德里的大學就讀時，朱伯伯正是駐西大使。馬德里多留學生，環境頗單純，當時他們生活似十分愉悅，十月他們在使館中舉辦國慶酒會，我們均盛裝出席。他們亦常在家中招待出門在外的留學生。有一次大家在他們府中作客進餐，朱伯伯見一盤中仍有兩個小籠包，曾親切地說：「德蘭吃吧，妳一個，我一個。」當他們回國述職，徐阿姨與文友們相聚，她告訴我母親，她有一次生病，我在路上買了熱的糖炒栗子送到她床邊，手上端著，嘴上說著「好燙，好燙」，令她十分感動。

在台北時於張明阿姨家聚會，徐阿姨常說：「阿姨們都喜歡德蘭。」這句話由徐阿姨口中說出，我當成是最高讚美。

當我在馬德里學業告一段落，準備再赴美進修，心中最不捨的就是徐阿姨他們。

我赴美後，大伯父于斌樞機主教有次到馬德里訪問，他們幾位談起我，大伯父對我的徐阿姨和朱伯伯說：小蘭走了，你們府上從此少了一個「小蝗蟲」了！徐阿姨常笑著轉述這段話。可見我當年真是他們寓所常客啊！

徐阿姨爲中國首位女記者，她觸角敏銳，有專業素養，多年的外交官夫人生涯，常見她穿著體面大方，又具有文學的感性，是位不可多得的時代女性。她與朱撫松（外交部）部長伉儷情深，在她文中常見兩人的內斂型感情互動。

徐阿姨曾說她是個抽去了感情就成真空的人，她的愛之餘音，她的文字會長存在懷念她的人心中……

二〇〇六年四月十七日　聯合報副刊

一個「美國」女孩

週末早晨，天氣清亮明麗，電話鈴響了：

「嗨，今天有什麼計畫？我想來看你們！什麼時間比較方便？」一聽到這一連串興沖沖的聲音，就知道是海倫打來的。我把本來想帶孩子們去遊樂場玩的打算給吞了回去，對她說：

「當然，隨時歡迎。過來吃中飯吧。」

「好極了，一年兩次（Twice a year），哈哈。」

可不是嘛，上次她來是聖誕節前兩天。海倫自訂的一年兩次來訪已成了定例。Twice a year，也成了她每天結束電話的口頭語。就像是前NBC電視名新聞播報員華特康凱，在每日新聞的最後一句話：That's the way it is，已成了註冊商標了。

上個聖誕節她來時，也是充「聖誕老人」例行送禮的。好幾天前我早早地就把我們給她的棗紅色毛衣外套、巧克力糖及一枚台灣珊瑚別針用花紙包妥，放在聖誕樹下顯眼的位置。她看了很開心，直讚台灣的珊瑚別針好看，說不定今天還戴著呢。

海倫，一聽這個名字，若連想到「木馬屠城記」那一笑傾城，再笑又傾國的、美麗又有魅力的海倫的話，那就太離譜了。

說來，剛遷至洛城時第一個工作地點是在威榭爾大道上，那是在一個丁字路口上。記得有一個中國同事，她先生有時還和我們開玩笑說，你們到「總統府」上班去啦。由於座落在名街上的丁字路口，還頗像台北總統府的樓房，看了真是又親切又熟悉。公司環境很美，室內有許多盆景，還有柔和的音樂播放。頭一天上班，我頗爲理想的工作環境而高興，而且同事也都很和善。

早上咖啡時間到了，有一位叫瑪琍的美國女孩來找我同去。她的金髮發亮得像一段絲綢般披散至腰間，很靈秀可愛的一個女孩。當我放下工作站起來時，發現她身後還有一個人，頭髮在後頭用橡皮筋綁了一個大結，卻沒有一般女孩「馬尾」梳得那樣俏皮好看。近視眼鏡片後的兩隻細眼不肯直視。一身直統統的褲裝，平凡的臉上表情十分嚴肅，乍一看，還以爲是何處來的同胞呢。瑪琍介紹說她就是海倫。

一路上海倫未曾講什麼話。在餐廳坐定了後，我想緩和一下氣氛，自認很友善的打開話匣子，問她是那裡來的。誰知她立刻怒氣沖沖的說：

「爲什麼?我是標準的美國女孩，加州生的女孩。」

當時，我感到好難爲情。

從那時起，我心中就決定咖啡時間再也不要和海倫一道了：但每天瑪琍一定來喊我，而海倫每次都在。仍是冷冷的臉，偶爾說幾句話而已，　邊看她的雜誌。久而久之，對她的態度也逐漸適應習慣了些。

由同事口中得知，海倫未婚，是日裔美國人，與母親相依為命。其母在一日本農場工作，每天都固定打一通電話給海倫。她下班後去接她媽媽一同回家。

海倫工作能力強，又負責，老闆不在時由海倫替代。雖然她常常抱怨，但她每天會把自己分內的事做好，卻不多做。她最見不得別的同事偷懶，常常一副義憤填膺的樣子。全部門都知道她的個性。她有時會走到我的桌旁說：「泰瑞莎　不必做太多了。你要平衡賬面總數，非找出她們一大堆錯誤不可。她們天天聊天，怎能不錯？妳拿給老闆去頭疼吧！妳何必替他解決那麼多問題？」她聲音之大，唯恐別人聽不到似的。

老闆為我升等加薪時，她就說：「加得夠不夠你多喝幾杯熱巧克力？哼，工作加多而已。」看來她對部門內許多現象不滿。

她是同事背後談話中的笑柄，因個性耿直，易得罪人。有少數苛薄的人說海倫沒有男朋友，因為她是她媽媽的老寶貝，嫁不出去了。她在公司十多年了，已成了家具的一部分，所以脾氣古怪得很。

有一次正巧有一個日本公司派員來我們公司實習。「促挾鬼」佩蒂抓到機會告訴那男士說，本部門有位日本小姐，下午二時吃完午飯回來等等。屆時那人準時到了，對著海倫噼哩啪啦講一堆日語，整個部門安靜了下來。不一會兒，只聽到海倫對那人大吼：「我不懂你說什麼話！我是美國女孩。」嚇得那小日本直道：「受里，受里（Sorry）。」

海倫時時刻刻強調她是美國人，大家知道了也儘量避免提這些問題。有人一提到日本，她就像一隻驚弓之鳥，不是不語，就是一走了之。有一次，她自動道出，原來她內心一直認爲美國人對珍珠港事變餘恨猶存，因此她爲了保護自己，不承認她是日本人。

我和海倫相處的機會多了，發現她冷冷的外表下有一顆好心腸。有什麼地方大減價，一高興，她常自願開車帶大家去買。有一次我母親來美小住，她得知我母親常常引頸以待孩子回家。她住處離公司較近，就幾番邀約我母親去她家休息，中午還可一同吃飯。到她家後，她給我母親沏一壺熱茶，準備了日本小點心及許多美國書刊雜誌，細心得很。她平日絕口不提日本，但她房中完全是東方擺設，有許多日製玩偶。由此可知她心中仍是有某種難言的情結及矛盾。

我懷老大時，家又搬至郊區，由於路遠，就辭去了那份工作。幾年後，她也換到政府部門工作。有些同事生活也有了變動，但有幾位仍有來往。其中海倫是很特別的一個，一直保持一年來兩次的記錄，不多也不少。

她來的時候，給我家小孩的禮物，都是在大公司買的講究的名牌衣物。每次都使我想起她家中縫衣機上的幾片布，她一直很節省，自縫衣服，從不講究流行，但給別人的，都是最好的。

平日聽人說日本人集在一起就很可怕，單獨看每個人還不致於那麼糟。海倫就是冰冷直率的外表下，有一顆善良的心。不過她不承認她是日本人就是了。她對朋友認定了就不斷付出，很令人感動。我們除了盡己之力給她溫暖外，願上天給她更多力量，使她由內心中感受到生活是多麼美好的一件事，並祝福她——海倫，一個「美國」女孩。

一九八七年四月九日　世日界日報副刊

艾茀琳老師

艾茀琳要退休了。

提起她的名字，附近畫畫的人、畫廊及商號都知道。畢竟她在這個社區已經教了二十年的畫了。

艾茀琳的炭筆畫、水彩畫也經常在地方上的展覽會得頭獎，尤其她的油畫及水彩表達得傳神極了。

那天，在歡送她的宴會上，她眼望著滿桌子大家親手做的佳餚，手上捏著一特大信封，內有卡片及我們送她的一點意思——禮金。她眼中貯滿了淚說：「你們對我太好了！」幾次講話不成句就哽咽……。她說：「我在課堂上對你們付出的就是愛，就是愛……」好多人邊聽邊用紙巾拭淚。

的確，艾茀琳是位有愛心，上課又頂認真的好老師。她上課偶然也閒聊幾句，不過度，反而有提神效果。她有一隻大家公認的「魔手」，有些時候同學對自己灰心了，畫筆擲下了，她來點點弄弄就有畫龍點睛之妙，令同學們大爲嘆服。

我之所以會去艾茀琳畫班也是很偶然的。有一年我度假回來，由於興趣，很想再去附近大學續選些畫課，但那次註冊日期已過了些時日，後來有人介紹就找到了艾茀琳。我之所以蠻喜歡她，原因很多，她深具有學院派老師的風度，因材施教；她知道每個人的程度與喜惡；她不勉強我們畫她規定的東西；她很瞭解我，給予我極大的自由；我可以任意畫我自己選的及喜愛的素材。她知道我偏愛印象派的畫，每次去博物館或畫廊看到了好畫，一定會興致勃勃的來告訴我，形容佈局是怎樣的，色彩又如何，要我也去參觀。在她班上畫畫是種享受，記得每星期我開車去畫班的路上，心情總是十分輕鬆愉快的。

她很會鼓勵人，美國人通常都很會說甜話，而艾茀琳每次誇獎妳的時候都會重覆好幾遍，使妳深信不疑。有次我畫個印第安小女孩。她湛藍的眼睛盯在畫布上的神彩充滿了喜悅，對我說：「她是真正的可愛，這張臉畫得比我好。」有次我畫個秋景，碧雲天，紅葉地，朦朦朧朧的景色，她說話時配著她的手勢：「妳畫得那麼生動，這一點是我最喜歡的。」令人開心的並不完全是她的讚語，而是她那麼不吝於給予人快樂的心意。

有一回，她告訴我她另開了一班人像課，需要一位模特兒，她希望我能幫忙去坐在班上給大家畫；主要是畫臉部及肩以上，並說會付我一些酬勞。我說酬勞是不需要，只是我當時心中並不十分想去，但她說動了我，並說我可以隨意穿什麼便裝。想到平日她對我們的好，就答應了。到了那天，我套件紅、黑格的絨衣就去了。一進教室，她好意地向三十幾位同學介紹了我。當我端坐在台上時，一支不知多少度的大燈就照了來，刺目得很，熱力十足。過了約二十分鐘，我臉部肌肉已開始發痠，底下竟有人要求我繼續微笑；本來已經快笑不出來了。艾茀琳在旁很幽默地說：

「你們看泰瑞撒那蒙娜麗莎的微笑有多好啊。」

這一聽，可非同小可，我才大笑了出來，也趁機休息了一下，換個姿勢。過了一陣子，艾茀琳要我去喝杯咖啡，吃些點心。我就下來看看大家的作品。不看還好，一看之下才知道自己有那麼多幅「嘴臉」呢。有人問我，看了這麼些不同的「自己」有何感想？下課後還有好幾個同學擠在門口請我在他們的「傑作」上簽名，儼然「大人物」狀呢。那次做模特兒經驗也滿有趣的，不過一次也就夠了。

平日艾茀琳上課時，由她高跟鞋敲在水泥地上的頻率可知她有多忙。她來來回回到每個需要指導的同學處指點，平日也從不缺課。有一陣子，她一連兩次沒來，後來又連續請假，才知她胃不好，去醫院動了胃部手術。她回來後，看來衰弱多了，臉頰更窄小。主要的是我們注意到她不像往常走路那麼有精神。教教畫，坐一坐，時時得到書包裡掏些餅乾哪或香蕉什麼的吃吃，因她的胃不能久空著。大家想她退休的日子可能不遠了，果然那一學期前她就表示，雖然教畫帶給她許多快樂，但以後可能教不動了，只好忍痛放棄，以後就多跟她先生消消遙遙的旅行，自己在家畫些畫。

臨走前，我們合拍了一張相作爲紀念。她曉得我有時不夠積極，懶於參展。她一直叮囑我不要忘記參加畫會，把畫作拿到圖書館、銀行去展示。有什麼問題也隨時打電話給她。我當時很感激她的好意。藝海無涯，以後自己作畫能更有進境，有所突破，有新意才好再拿出來啊。平日能以畫畫達到自娛的境地也就夠了。

一九八九年五月十日　世界日報副刊

小小說

滴水的屋簷

上午十一點多，瑋來到佳佳的公司。

他見佳佳還在忙，就坐在前面會客室翻看雜誌，等待中午休息時間和她一道用午餐。

當他們穿越過洛克斐勒中心的溜冰場時，樂聲悠揚，場內著了各色短裙的女孩，像穿花蝴蝶似地享受人造冰上飛翔之樂。空氣中瀰漫著快樂的氣氛，還夾著賣丕索（一種烤的餅）的鹹味，他們佇立半晌，觀看著。

佳佳想起她到紐約的第二天，好友信華就帶她來到這，當時她看到這個可愛的廣場，聽到美妙的樂聲就已經沉迷了。直到現在她還感念信華，因爲那一刻使她忘了初抵紐約——這個亂、髒、卻又是藝術文化中心的奇妙的地方，這既嘈雜又具吸引力的城市——使她感到的茫然及恐懼。記得那天，她倆坐在冰涼的石階上欣賞溜冰場上的動人情景許久許久，竟忘記了晚餐。

現在她對這附近已很熟悉了，常常在下班休息時間，信步走來，欣賞場前花圃，那些隨了季節而變換的枝頭花朵，給予她無限的美感，時間過的真快，好幾個月已經過去了。她一邊走著，一邊想著，不知不覺的她和瑋進了中心大樓內。他們找了一家餐廳，走了進去。暖烘烘的食物香味使她感到有些餓了。那寬大的餐廳中，迴旋著一些老外的交談聲……，他們點的熱三明治還沒來，瑋低聲俯耳向她說：

「吳正明天東來呢。」佳佳還未來得及回答，他又接著說吳正將住在他自己姐姐家，瑋預備開車過河去看他。

說著，瑋更以徵詢的眼光望著佳佳：

「明天是週末了，妳有沒有什麼事？我可以來接妳一道去。」

「噢」她低下了頭，一綹長髮斜掠到白淨的額邊，一時不知怎麼回答才好。

瑋對她的漠然表情，顯然感到些許的驚異，過了一會兒他又說：

「吳正昨天在電話中才聽到妳來美國了，妳一直沒告訴他。」他只顧在那裡講著，並不等待佳佳的回答。

佳佳只點點頭也沒再說什麼，但過去的事，一時又襲上她的心頭了。

佳佳來美前幾天還收到吳正一封長信，她沒有覆他就逕來美國了，她對於吳正的心境是很了解的。這也正是她今天不能決定要不要去看他的主因。除非吳正當真把她當個普通朋友，而對她的感情中毫不摻雜其它的成分，她會去看他的，但事實上在他，這是可能嗎？

這些話她不能告訴瑋。由瑋平日言行看來儘管他同吳正是好友，但對他感情事件卻是毫不知情。此刻，佳佳不願透露太多，以免擾亂了他見吳正時愉快的心情。

而且，她和瑋雖然認識那麼多年，卻尚未熟到無話不談。瑋是個沉靜的人，他對佳佳不錯，每個人都可感覺到。任何事，只要佳佳開口或者佳佳還未開口，而他測知了原委均會盡力幫忙。

秋季開學前佳佳找到這份短期工作，開始幾天都是瑋送她並教她如何乘坐，轉換地下車。有次，瑋來看她，正好她要去銀行辦事，當她正遲疑著如何開口（她剛到美，乍以英文講話，總覺得難以啓齒），他已走到櫃台前替她辦妥了，只等她簽字。

她學校早已申請好，瑋也知道，但每次來看她，總帶一份他自己學校的申請表給她，結果厚厚的一大疊，約有七、八份堆在她辦公室的抽屜裡。他每次見了她不多言語，只是微微的笑著。他們之間一直不是熟得無話不談，但也無虛僞的客套，他們中間的情誼是很自然的，卻是淡淡的。佳佳與他在一起習慣了沉默和恬靜。

佳佳知道如果告訴瑋自己情感上的一些瑣事，他一定會很有耐心做個聽眾，但她不想這麼做，對瑋而言，明天有什麼事比去看他的老朋友更重要的呢，還是不要擾亂他的心曲吧。

一頓午餐是在沉默中吃完的，佳佳只吃了一點，剩下大半個三明治。她望著瑋慢慢地喝他的熱咖啡，她的思緒很零亂，想到吳正給她的沉重的感情負荷。那要追溯到好多年前，她留著短短的頭髮，在高中讀書的時候了。

當時吳正和瑋及一棋正在唸大學，因家在台北，就在校外和同學合租了一棟樸素的民房。房子在巷尾，後面是一望無際的碧綠稻田，還有一彎小河潺潺而流。那建築是三房一廳帶廚房，在當時學生而言，稱得起是豪華的住處了。進門處可望見寬廣的低覆的屋簷。在下雨的日子，雨水自屋簷破損處沿著鉛管漏下，滴滴嗒嗒的像是天然優美的交響樂。他們總愛在屋簷底下聊天。下雨時，他們只有提高嗓門——嘈嘈雜雜，如大珠小珠落玉盤的簷溜聲盈耳——彼此才聽得到。每次下雨，小麗和佳佳就偷懶不想補習功課了，說要看雨聽雨，那臨時做家教的吳正也無可奈何。

那是一段很有意思的日子。

有一個週末，佳佳和小麗她倆帶了好幾位同學去他們那聊天，後來大家就用撲克牌算命玩。小麗一個人算了好多次直到她自認滿意爲止，而一棋每次都算得和女朋友兩顆心遙遙相隔，一棋自嘲地說：「沒關係，來個環狀排列就行了。」惹得大夥兒笑。每個人都輪流算過命了，末了瑋卻注意到只有吳正一個人倚在柱旁看著圈內發楞，突然說：

「該你啦。」吳正閉上眼，一付很虔誠的樣子，他在想一個他心目中的女孩呢。

大家見狀都起哄了，想不到一向乖乖的吳正還有心事！他只默默笑的著，那張娃娃臉閃著神祕的笑容。

過了一段日子，小麗發現吳正每天爲他們補課時都心不在焉，神情恍惚。

佳佳有次去補習，正在解題，抬眼看到吳正呆呆地望著她，見她一抬頭，就緩緩的說：

「佳佳，我很煩，可不可以陪我去划划船，變換一下心情？」

佳佳一向把他視爲兄長一般，看到他心煩，當然不忍拒絕。

一路上，吳正卻開心的直講話。佳佳左顧右盼深怕遇到教官或會引起同學誤會，緊張兮兮的，毫無樂趣可言。

划船後，第一次的補課，吳正穿著整齊，早已坐在客廳等候了，佳佳進門時看到茶几上很意外的有瓶艷紅玫瑰，房間收拾得更整潔了些。但桌上卻沒有書，也無講義，佳佳問起，他才匆匆去架上拿，半天也不開口，只是雙眼看著佳佳。

佳佳玩笑似揚起頭來，頑皮地說：

「好吧，沒心情講課是不是？有什麼煩惱儘管說，是不是要我幫忙往ＸＸ女子專科去傳信哪。」

佳佳講完，還爲了自己的聰明得意呢，是啊，一棋的女友剛開始交往時，全靠小麗和佳佳「傳信」才成功的。吳正深深的呼了口氣，靠在藤椅上，臉上突現一抹紅暈，表情怪怪的，沒有平日那般坦爽了。

半天，他問她：

「妳知道我有感情上的煩惱，猜對了。」他又噓了口氣說：「妳知道她是誰嗎？」

佳佳搖搖頭，天真的瞪著他。

吳正就在紙上匆匆的寫了兩個字，拿在佳佳面前一晃，上面正是她的名字！

佳佳真不敢相信自己的眼睛，以爲吳正故意拿她開玩笑。

但吳正說：「在感情方面我是不開玩笑的。」佳佳說了句「不可能」就匆匆衝出門去，當時外面下著雨，屋簷前一片嘀嗒之聲，她沒帶雨具，只拼命向前跑，也不顧吳正在後面大聲喊她。

隔了一段時光，再見面時，吳正整個形貌改變了好多，他蒼白多了，瘦了一圈。佳佳見他站在滴水的屋簷下。他的樣子對她好像很陌生了。見到她，眼中卻透過一絲驚喜。她故作輕鬆地問：

「站在那做什麼？」

「站了兩星期了，等妳。」佳佳避不看他，但開始補課時彼此再也不能像以前一樣了。

佳佳收拾習題預備回家時，見他由口袋中拿出幾張小紙條，上面都是佳佳的字跡！以前他們上課時約法三章，課中不許閒聊，如忍不住想講話時，就寫在紙上，閱後就丟掉，想不到那些無意中寫的紙條他竟留存著，並且說：

「這是妳二月五日寫的……這是三月二十日寫的，那天……。」

佳佳不能不承認那是「事實」了。當時她抬眼看坐在玄關旁的他們同學「老羊」，正耐心等候他那在附近做家教的女友呢。佳佳在路上曾碰見過他們幾次，「老羊」騎車帶著女友，在鵝黃的傘下，那女孩深情款款的望著他，那真是雨中最好的點綴。佳佳也想過，將來遇到一個令她心動的男孩子的話，她也會以這樣的眼光望他，但她的遠景中的男孩不是吳正，她能這樣向他說明嗎？和他在一起，她沒有那種神秘的感覺。她每見他一次就很難過，啊，若一切都沒有發生該多好……。

她想到這裡，看到旁座的瑋已經吃得差不多了。

「老羊現在怎麼樣？」佳佳問著正在吃甜點的瑋。

「結婚了，和他原來那個女朋友。」實在是很漂亮的一對，她想。

飯後，瑋問佳佳：

「決定了沒？要不要去看看吳正！」

「還沒決定，也許有別的事，晚上我在電話中再告訴你好了。」

瑋習慣性地閉著嘴，沉思了一下說：

「我打給妳好了。」

「好吧，再見，我該回公司了。」

佳佳揮別了瑋，獨自再穿過洛克斐勒中心時，佳佳已無心欣賞眼前繽紛的景色了，只站在大理石的道旁，看看錶還有一些時間，她索性就找了一個椅子坐下，往事在腦中又明顯的浮現出來：

那段日子，佳佳愈逃避，吳正愈以爲自己表示的不夠明顯，常常有意無意地傾吐更多心意。

佳佳沒有告訴任何人甚至小麗，她既不能接受吳正的感情，更不顯宣揚出來，讓別人取笑他。每次當小麗不知情的來約佳佳去吳正他們那裡玩時，她心中不願卻也硬著頭皮去了，每回到了那裡又後悔，催小麗快走，吳正就拼命留客：

「不要走，我真願意永遠聽到妳的聲音，這一生……。」那是一種怎樣熱切的聲音，熱切企盼的眼光啊，他已忘了有小麗在旁看他道出這一幕的台詞了。

佳佳實在不知要怎麼做才不傷害到他。一次，只好說出她自己脾氣不好及其它種種缺點，不等佳佳說完，吳正脹紅了臉，像是爲自己爭辯似的：

「我不要聽這些，妳不要再破壞妳在我心中的完美好不好？」又說：「對於妳，這是我這一生第一次也是最後一次的愛情，再也不會變了，妳再說也沒有用。」

吳正的執著，癡情令佳佳震驚，心悸，又非常感動。他太好了，她又怎麼騙他。

「不可能的。」佳佳輕聲地說。

「爲什麼？」

「沒什麼原因，主要是感情分很多種……」

「我可以等，妳的年紀還小，再等幾年……」

「再等也沒用。」狠心的佳佳，斬釘截鐵地說完，卻連抬頭的勇氣也沒有了。

吳正的臉一陣紅，一陣白，他極力使自己鎮靜，失望已爬滿了臉，整個人有點好像陷於癱瘓。自己一心一意追求那自己本以爲蠻有把握的愛情，到頭來，只是一個彩色的泡沫，一碰即逝，他問：

「妳永遠不會改變對我的態度了嗎？」

「永遠不會。」見到吳正眼中連綿、晶瑩的水滴，她聯想起那嘀嗒的簷前的雨點，心中老大不忍，只有轉身走出大門，心裡話都講出來了，似乎也感覺輕鬆多了。吳正人太好，佳佳不願他將時間感情都浪費在一場空夢上。卻想不到使他以後很長的一段時間的陷於消沉，那晚佳佳走後，吳正忍不住伏在一棋的肩上流淚，每天在X大上課後，就到處亂跑，就怕有太多空閒時，無名的煩惱會重又湧來。

有一次佳佳和小麗由綜合大樓的自動電梯走下，卻見吳正乘另一自動電梯上樓，小麗拉著佳佳就每樓追跑，想看看吳正一個人到底做什麼，到了七樓未完工的保齡球場空地，只見吳正獨自站在窗口望著樓下，小麗由後面叫，把他嚇了一跳。見到佳佳，他的眼神好奇怪，空空洞洞的。後來三人一同喝冷飲時，他眼光時而躲避，時而盯住佳佳，模樣好奇特。感情真會如此令人神傷？佳佳一心只希望他振作起來，而他卻又做不到。

佳佳遷往台北，上了大學後，一次送小麗回來，在車站碰見吳正，看起來精神、身體都較前健朗。佳佳問他是否一直和小麗有連絡，吳正說：「只爲了打聽妳的消息。」佳佳聽了半天說不上話。他就順手把佳佳裝書的蔴線編的花提袋接過去，問她「去看早場電影如何？」

佳佳婉拒了，而且她那天也還得趕赴修女那兒學英文。他送她到路口，她連忙道再見，吳正問她：「是不是怕別人以爲我是妳男朋友？」

她笑了，一轉身就跑掉了。

吳正在服役期間一面申請獎學金，一切很順利，出國前，他來辭行，在佳佳家門前的大榕樹下，他提出了佳佳給他寫信的請求，他誠懇的問她：「好不好？」

「看情形，不忙就寫。」

事實上佳佳只有耶誕節時才回了張賀卡。而他的賀卡寄來，信封上貼滿了的不同的郵票，都被室友搶了去。那美麗的賀卡，真摰的語句，在在都說明他仍在愛著。

冰天雪地，寒風刺骨，他說他避開室友到圖書館給她寫信，洋洋灑灑，常常一寫就是十張、八張信紙。他說寫了幾個小時手都僵了，企盼她的信，她的相片，而佳佳卻一次次地讓他失望了。

他又告訴佳佳：他榮登校中榮譽榜，教授極欣賞他，要幫他申請學校，安排一切，他仍想盡他所能，獲得她的情誼，佳佳卻都沒有接受。

佳佳一直沒有機會再當面告訴吳正的就是：吳正的條件實在很好，成績好，肯上進，不浮華，長得蠻瀟灑，是許多女孩夢寐以求的對象。他實在用不著一再希望佳佳以言語肯定他條件的優越，更不必非得到她的認可。他的用心極苦，常令她感到不勝負荷。如有一日吳正掉頭而去，也許佳佳還會好過一些。

每次收到他的信，他寄來的雜誌，心中就沉甸甸的，她有時也希望自己的想法會改變。不可諱言，她喜歡他，但是一種不可能轉變成愛情的感情，她深怕若隨意敷衍，會使吳正陷得更深，將帶給他更多的痛苦。因此表面上佳佳是冷酷的，不給予吳正任何機會，其實也是因爲吳正太好，佳佳不願傷害他。她希望他們永永遠遠是好朋友，一直能保持真純的心境，到了那一天，他們再見面時，仍可以保有像以前一樣在小河邊，屋簷下聊天談笑的心情了。

佳佳回到辦公室，一下午有些心不在焉，下班回到住處後，翻出小麗前幾天的一封來信，信上提到她曾經過以前吳正他們幾人的小屋，現已改建成大廈了。她信上還說：「滴水的屋簷已不復存在，而分散的人們何時再相見？」佳佳看了不覺有一點悵然，又有一絲無奈。

紐約又下起冷雨，新澤西州僅一河之隔，她正在想等一會兒瑋打電話時怎麼和他說，佳佳望向窗外，玻璃上白茫茫一片水汽，她用手劃了「祝福」兩個字，默默地想，不知吳正他可知道？

有人說過「人生分爲兩部分，一部分是過去，是一場夢。一部分是未來，是希望。」佳佳願吳正瞻望前程，有的是希望，光明正等待著他。

一九八二年四月十六日　以雨蘭為筆名刊於中華日報副刊

異鄉假期

宿舍中一片喧鬧，大家都興沖沖的忙著收拾行李，準備回家過節。大廳中坐滿了等候女友的男孩。

多數同學坐車一、兩個小時就到家了，有的乘幾小時飛機就會到了。而珩瑜——這個異鄉客——還未來得及想該如何度過這第一個在國外的寒假時，大廳的一端已傳來喊她名字的聲音：——是誰打來的電話，恰好在這個時候？珩瑜邊走邊想，拿起聽筒稍稍停頓了一會兒才輕聲地：「哈囉。」

「嗨，是我。」令平的聲音，又是他！他真是無時無地的不在啊。

「我馬上過來，等我啊。」沒等她回答，那邊將電話已掛斷了。

大約十分鐘後，他已出現在會客大廳。夾雜在外國同學群中，她也成爲「不寂寞的」一員了，與他相對坐在那裏。牆上鐘擺滴達，聽來格外清晰。

過一會兒，他示意要出去走走，她默默的隨著他步出了校門。從她來到D城後，他一直對她那麼照拂，像個兄長似的關懷她。他約她出來走走，她沒有理由拒絕他的好意。

才一走到街轉彎處就遇到了傑，他穿了件深色套頭毛衣，那張英俊的臉，在見到他倆後顏色都像是變了，一語不發，掉頭而去。

她沒有喊回傑，只目望著他大踏步地憤然而去，背影很快就消失了。

「傑每次見到我總是鐵青著臉，不知是否我得罪了他？」令平展露出一絲笑容。

傑曾告訴過她：令平對她「有意思」。仍記得傑說話時的神情。這樣想著，不禁心緒有點紛亂。

在鵝黃的燈影裏，用過簡單的晚餐，令平提議去看場電影，珩瑜實在沒有心情去，她說了聲：「回學校了。」就一直走上了來時的路。

經過一片相思林，樹密密的碧綠枝葉，使一條街上佈滿了深綠色的影子，迷濛的月光透過樹葉的空隙像錢幣般洒滿了一地。

「我問妳一句話好嗎？」令平的聲音有些顫抖，臉上表情似也不大尋常。

她加緊腳步向前走，她有種預感，知道他要問什麼。珩瑜想起了上次她預備到百貨公司爲母親選張生日卡時，在踏下公司的電梯時，他曾笑著說：「我可不可以在卡片上簽個名字啊？」當時急得她脹紅了臉，一直說那怎麼可以啊，是我的媽媽啊！令平就說妳怎麼保證不在D城披上婚紗呢？當時她只當他是開玩笑，也沒在意。後來同學圈中因他們常在一起引起的敏感，以及許多人問她。而現在，她才意識到事情的演變沒她想的單純了。

她只希望快快走完那條多樹的長街，走到樹林的盡頭，學校也就在望了，她就可以不回答他的問題了。……此刻，他們又邁入一片更密的樹影中了。

「妳不用講話，只要點頭就可以了。」他又道了一句。

「請你不要問我，不要問，不要……不行」珩瑜惶急得不知如何措詞了。

說完，她心裏又有點難過了，她原不想傷他的心的啊。珩瑜想起上學期學校中供應熱水有時間限制，她每次去中國學生中心與玫立他們聚談，總順便洗了頭再回校，每次一邊洗時一邊想：等會兒有段漆黑的路要走，可得跑步回去。但每一次出來都發現令平在交誼廳等她。看到她，他就說：「聽說妳在洗頭，我怕妳一人回去路上會害怕，所以等著送妳回去。」她的心中感到一陣溫暖，她想：他的語句多像個可感之兄長啊。

他們幾個女孩子多少次上街購物、辦事，他均自動相陪、接送，在她心目中，他是那麼一位善解人意的大好人。

有次他陪她辦事，走到街心，珩瑜看著銀花繽紛的噴泉發楞。捨不得走，細細的水珠飄落過來，飄上她的面頰，他說：「有點冷，把手放在我口袋中好嗎？」

她明知故問：「爲什麼？」

他說：「萍宜就是這樣的，以前。」他曾一遍又一遍的告訴珩瑜，他那已與別人結婚的女友。常常提起她的種種可愛，珩瑜曾為他對那位女友的深情而感動。他說珩瑜說話時常用的口頭語「這樣呀！」「真的啊！」的表情和他以前女友好相像。也許就是這原因，他特別願意接近珩瑜吧，她想。

在他第一次失戀的心靈創傷剛剛平復癒合，珩瑜現在似乎又傷了他一次。默默地到了校門，他們仍是未交談一語，可怕的沉默！抬起頭來，她看到一對發亮的眸子，寂寞地閃著一明一暗的淚影。

她沒有說一句抱歉的話，只輕輕說聲再見。他走了，低著頭走了，她望著那藕色的風衣影子漸漸變小，那影子忽然又靜立不動了……然後又漸漸更小至於消失。

「喜歡不是愛，感情不能施捨。」珩瑜心中一再告訴自己。她仰起頭來，望著深色的夜空，祝福他將來有個真心喜愛他的女孩吧。

一眼見到校園內聖誕樹已被校工佈置起來了。燦爛的燈光閃爍著像水晶玻璃般的光亮，她邊想邊看，該好好地過一個清靜聖善的耶誕假期吧。

一九八二年一月二十一日

以小欣為筆名刊於世界日報副刊

聖誕卡的故事

——一個哭泣的小孩

眼前坐著的這個人，有二十年不見了。這次他來此地出差，透過一個他們共同的朋友找到她，約她出來見個面。

喝口咖啡後，他問了她這些年別後的情形，突然很正經地說：

「二十年前，我給你寄了張聖誕卡和一封信，從此怎麼就沒了消息？而且……那麼快就結婚了？」

那張聖誕卡，她怎麼會忘呢？卡片上畫著一個小孩坐在那，頭低低的，好像好難過的樣子，臉上還有一滴淚珠。卡片裡的字是：妳在那，我在這，怎辦？

她當時實在想不透他哪找來這樣的一張聖誕卡？沒有一般聖誕卡美麗的設計、歡樂的氣氛、多彩的色澤、漂亮的風景或雪人、聖誕老公公，也不是晶晶亮亮的聖誕紅、鈴鐺或聖家圖……怎麼會是這樣一張讓她看了一點都不快樂的卡片呢？

新澤西州天寒地凍，她接到他的卡片後更冷，她穿上大衣，戴上毛帽和圍巾走出門去，她把卡片撕得片片，丟進了哈德遜河去……心中空空的。

當時他那州也是天寒地凍，爐火不溫，他苦等回卡而無著……

現在想想當年年輕的她是被家人親友給寵壞了，哪裡懂得去瞭解對方心底的寂寞與無奈？她也不願去面對或解決很多問題。那時的留學生都很窮，分處兩地，一時不能見面，連打個長途電話都不易。在各方壓力下，也許並非意志不堅，而是屈就了環境大手的安排吧。就是因爲那麼一張聖誕卡，她下了決心似地把過去切斷，很快地與同校另一同學結婚了，快得連她自己都嚇了一跳。

今天面對著中年的他，微胖了些的中年男人似乎顯得更穩重。是嘛，如今他已是獨當一面，一家股票上市公司的老闆了，沒有了以前的青澀與脆弱，表情中透出了自信。唯一沒變的是他的謙和斯文以及眼中、嘴角儘是淺笑。

她怕見他的笑容，那溫存的笑容。如果當年能面對面像今天這樣，而不是接到那張可憐的聖誕卡，他們的命運會改觀了吧？她不敢想，也不願意去想。

她怎麼說呢？能說她不喜歡他選的卡片嗎？話梗在喉中說不出來。過了一會兒，她聽到自己幽幽地說：

「以前不懂得人生……」輕輕地嘆了口氣。

他似懂非懂，又說了一句：「只要妳幸福就好。」

然後他很誠意地說：

「妳有什麼事情需要我幫忙儘管說，我經常全世界到處跑，任何事情都行。」

不知是氣自己以前的幼稚還是什麼，她感到眼眶溼熱。她轉頭看到這家餐館的佈置已充滿了聖誕氣氛，閃亮的冰花在窗上，優美的聖誕歌曲……好美！

她望著他那張等待回答的臉說：

「今年寄張聖誕卡來吧，我會留著。」

二〇〇三年十二月十四日　以得蘭為筆名刊於世界日報副刊

國家圖書館出版品預行編目資料

愛的叮嚀 / 于德蘭著 -- 初版 -- 臺北市：
文史哲,民 100.04
頁；　公分（文學叢刊；246）
ISBN 978-957-549-960-0（平裝）

855　　　　100004815

文學叢刊 246

愛的叮嚀

著者：于德蘭
出版者：文史哲出版社
http://www.lapen.com.tw
e-mail：lapen@ms74.hinet.net
封面設計/攝影：葉瑞正/葉瑞聲
登記證字號：行政院新聞局版臺業字五三三七號
發行人：彭正雄
發行所：文史哲出版社
印刷者：文史哲出版社
臺北市羅斯福路一段七十二巷四號
郵政劃撥帳號：一六一八〇一七五
電話886-2-23511028・傳真886-2-23965656

定價新臺幣四〇〇元

中華民國一百年（2011）五月初版

ISBN 978-957-549-960-0　　08246